D1335163

BESTSELLER

Arturo Pérez-Reverte nació en Cartagena, España, en 1951. Fue reportero de guerra durante veintiún años. Con más de veinte millones de lectores en todo el mundo, muchas de sus novelas han sido llevadas al cine y la televisión. Hoy comparte su vida entre la literatura, el mar y la navegación. Es miembro de la Real Academia Española.

Para más información, visita la página web del autor:
www.perezreverte.com

También puedes seguir a Arturo Pérez-Reverte en Facebook y Twitter:

 Arturo Pérez-Reverte
 @perezreverte

Biblioteca
ARTURO PÉREZ-REVERTE

Sabotaje

DEBOLS!LLO

Papel certificado por el Forest Stewardship Council®

Primera edición en Debolsillo: junio de 2019

Printed in Spain – Impreso en España

ISBN: 978-84-663-4838-6 (vol. 406/22)
Depósito legal: B-7.771-2019

Impreso en Rodesa
Villatuerta (Navarra)

P 3 4 8 3 8 6

Penguin
Random House
Grupo Editorial

A Lorenzo Pérez-Reverte, soldado de la República,
que fue a la guerra cuando tenía dieciséis años,
regresó con diecinueve y murió antes
de cumplir los veintidós.

Hay héroes tanto en el mal como en el bien.

La Rochefoucauld, *Máximas*

Un cuadro es la suma de sus destrucciones.

Pablo Picasso

Aunque documentada con hechos auténticos, *Sabotaje* es una novela cuya trama y personajes son en su mayor parte imaginarios. También son imaginarias las acciones que en algún caso se atribuyen a personajes reales. El autor ha alterado ciertos detalles históricos según las necesidades de la ficción.

1. Las noches de Biarritz

Bajo la pérgola de la terraza se veían cinco manchas blancas y un punto rojo. Las manchas correspondían a la pechera y el cuello de una camisa, dos puños almidonados y un pañuelo que asomaba en el bolsillo superior de una chaqueta de smoking. El punto rojo era la brasa de un cigarrillo en los labios del hombre que permanecía inmóvil en la oscuridad.

Del interior llegaba sonido apagado de voces y música. Había una luna terciada, decreciente, que esmerilaba el mar negro y plateado frente a la playa, entre los destellos del faro situado a la derecha y la parte alta de la ciudad vieja, débilmente iluminada, a la izquierda.

Era una noche serena y cálida, sin apenas brisa. Casi a mediados de mayo.

Lorenzo Falcó apuró el cigarrillo antes de dejarlo caer y aplastarlo bajo la suela del zapato. Dirigió otro vistazo al mar y la playa en sombras y miró hacia la zona más oscura de ésta, donde en ese momento alguien encendía y apagaba tres veces una linterna. Tras confirmar la señal regresó al interior cruzando el salón desierto, decorado en cromo y laca carmín, donde entre apliques *art déco* los grandes espejos reflejaban el paso de su figura delgada, elegante y tranquila.

Había ambiente en la sala de juego, y Falcó dirigió una mirada a quienes se agrupaban en torno a las dieciocho mesas. En los últimos tiempos, la clientela del casino municipal había cambiado. De los agitados años de coches rápidos y frenesí de jazz, grandes de España, millonarios anglosajones, *cocottes* de lujo y aristócratas rusos en el exilio, Biarritz no retenía gran cosa. En Francia gobernaba el Frente Popular, los obreros tenían vacaciones pagadas, y quienes mordisqueaban un habano o alargaban el cuello rodeado de perlas, pendientes del *chemin de fer* o del *trente et quarante*, eran clase media acomodada que se codeaba con restos de otra época. Ya nadie hablaba de la temporada en Longchamp, el invierno en Saint-Moritz o la última locura de Schiaparelli, sino de la guerra de España, las amenazas de Hitler a Checoslovaquia, los patrones para confección casera de *Marie Claire* o la subida del precio de la carne.

Falcó localizó fácilmente al hombre a quien buscaba, pues éste no se había movido de la mesa de bacarrá: corpulento, con abundante pelo gris, vestía un smoking de muy buen corte. Continuaba junto a la misma mujer —su esposa—, y se inclinaba hacia ella para conversar en voz baja mientras jugueteaba con las fichas apiladas en el tapete verde. Parecía perder más que ganar, pero Falcó sabía que ese individuo podía permitírselo. En realidad podía permitirse casi todo, pues se llamaba Tasio Sologastúa y era uno de los hombres más ricos de Neguri, el barrio selecto y adinerado de la alta burguesía vasca.

Desvió la vista hacia la mesa contigua. Desde allí, de pie entre los curiosos, Malena Eizaguirre vigilaba de lejos al matrimonio. La mirada de Falcó se encontró con la suya, él hizo el gesto discreto de tocarse el reloj en la muñeca izquierda y ella asintió levemente. Con aire casual, Falcó fue a situarse a su lado. Cabello corto ondulado a la moda, ojos negros y grandes, Malena era atractiva sin excesos: algo regordeta, treinta años y facciones correctas, aunque su vestido de noche, un Madame Grès de chifón blanco drapeado, le daba un agradable aire clásico de remembranzas griegas.

—No se han movido de ahí —dijo ella.

—Ya veo... ¿La mujer ha perdido mucho?

—Lo habitual. Fichas de quince mil francos, una tras otra.

Compuso Falcó una mueca divertida. Edurne Lambarri de Sologastúa era muy aficionada al bacarrá, como a las joyas, a los abrigos de visón y a todo cuanto exigía gastar dinero. Igual que sus dos hijas, que a esas horas debían de estar bailando en el dancing del Miramar, como era su costumbre: Izaskun y Arancha, dos lindos y frívolos pimpollos vascongados. Miró de nuevo el reloj. Las once y veinte.

—No creo que tarden mucho en irse —concluyó.

—¿Está todo a punto?

—Telefoneé hace un rato y acabo de ver la señal —dirigió una lenta ojeada en torno—. ¿Has visto a los guardaespaldas?

Malena indicó con la barbilla a un fulano moreno, fuerte, con frente estrecha y nariz de púgil, enfundado en un smoking demasiado prieto en la cintura. Se mantenía algo retirado de la mesa de bacarrá, con la espalda apoyada en una columna, y miraba a Sologastúa con fidelidad de mastín.

—Sólo a ése. El otro debe de estar fuera, con el chófer.

—¿Dos coches, como siempre?

—Sí.

—Mejor. Cuantos más somos, más nos reímos.

La vio sonreír levemente, controlando bien los nervios.

—¿Siempre eres tan gamberro? ¿Todo lo tomas así?

—No siempre.

Malena acentuó la sonrisa. Tensa, pero decidida. La muerte de su padre y su hermano, asesinados por los rojos en la matanza del 25 de septiembre a bordo del barco-prisión *Cabo Quilates,* atracado en la ría de Bilbao, tenía algo que ver con esa firmeza. Procedente de una familia bien situada y de tradición carlista, durante la sublevación militar había trabajado con mucho valor para el bando rebelde, llevando mensajes ocultos del general Mola entre Pamplona y San Sebastián. Tras lo del padre y el hermano había pedido pasar a la acción directa. Ahora ella y Falcó trabajaban juntos desde hacía tiempo, montando la operación. Era una buena chica, pensó él. Hembra de fiar, seria y valerosa.

—Se levantan —dijo ella.

Falcó miró hacia la mesa. Tasio Sologastúa y su mujer se habían puesto en pie, dirigiéndose a la caja para cambiar sus fichas. Llegaba el momento en que el matrimonio, tras la cena habitual en Le Petit Vatel y un rato en el casino, solía regresar a su villa de Garakoitz. Separando la espalda de la columna, relajado, el guardaespaldas se fue detrás. Falcó rozó con dos dedos, con suavidad, una mano de Malena.

—Vamos a lo nuestro —dijo.

Ella se colgó de su brazo y caminaron con naturalidad hacia el guardarropa.

—Son puntuales como clavos —comentó Malena, poniéndose un chal de lana burdeos sobre los hombros desnudos—. Cada noche a la misma hora.

Parecía satisfecha de que todo se desarrollara con la exactitud prevista. Cuando Falcó había regresado a Biarritz tras un breve paréntesis clandestino en Cataluña —una misión de urgencia ordenada por el Almirante—, ella llevaba un mes vigilando a los Sologastúa. El matrimonio había pasado la frontera con sus hijas el año anterior, cuando las tropas nacionales estaban a punto de tomar el paso fronterizo de Irún. Tasio Sologastúa, miembro destacado del PNV —partido nacionalista vasco, católico y conservador, aunque aliado por razones de oportunidad con la República—, era uno de los principales apoyos en el exterior del gobierno autónomo de Euzkadi. Desde aquel exilio dorado, donde un triste menú costaba tres veces más que uno con champaña en cualquier buen restaurante de la España franquista, su influencia se hacía sentir en los círculos nacionalistas del sudoeste francés; y sus cuentas bancarias situadas en Gran Bretaña y Suiza financiaban importantes embarques de armas con destino a puertos vascos. Según informes confirmados por Falcó gracias a sus viejos contactos de contrabandista —el pasado nunca se borraba del todo—, Sologastúa había equipado a los gudaris euskaldunes con 8 cañones, 17 morteros, 22 ametralladoras, 5.800 fusiles y medio millón de cartuchos, además de fletar dos pesqueros armados para la marina auxiliar vasca. Lo que no era, precisamente, coleccionar soldaditos de plomo. En todo caso, motivo de sobra para que los servicios de inteligencia franquistas tuvieran mucho interés en secuestrarlo o matarlo. Ése era el orden de prioridades de la misión encomendada a Lorenzo Falcó.

Se detuvieron bajo las luces de la gran marquesina de la entrada mientras el ayudante del portero les traía el coche. Desde allí vieron cómo uno de los automóviles de Sologastúa, un elegante Lincoln Zephyr, se acercaba desde el aparcamiento al tiempo que el otro, un Ford de apariencia más modesta, aguardaba en la explanada con los faros encendidos y el motor en marcha. El matrimonio se instaló en el asiento trasero del primero, y el guardaespaldas vestido de smoking, tras ayudar a cerrarles las puertas con el chófer, se encaminó hacia el Ford. Arrancaron uno tras otro haciendo crujir la gravilla bajo los neumáticos, el Lincoln abriendo la marcha, en el momento en que el mozo detenía frente a la entrada el Peugeot 301 de Falcó y Malena: una berlina espaciosa y potente, especialmente elegida para la operación. Con toda naturalidad, Malena se puso al volante mientras Falcó daba propinas al mozo y al portero, ocupaba el asiento contiguo al conductor y cerraba la puerta.

—¿Dispuesta para la acción? —preguntó.

Ella tenía una mano en el volante y metía ya la primera marcha. Con la claridad exterior de la marquesina, Falcó observó que se había quitado los zapatos y subido la falda del vestido largo hasta los muslos, para conducir más cómoda.

—Absolutamente dispuesta —respondió.

Falcó le miró un momento más las piernas antes de asentir, divertido.

—Pues vámonos de caza.

Arrancaron, y aún tuvo tiempo de ver a Malena sonreír, tensa, antes de que las luces del casino quedaran atrás. Seguían de lejos la luz piloto del Ford, que escoltaba al Lincoln iluminándolo en las esquinas con el resplandor de los faros. Subieron así por las calles desiertas y poco alumbradas hasta la Atalaya y la plaza Clemenceau, y descendieron luego hacia la carretera de la costa en dirección a Saint-Jean-de-Luz.

—Perfecto —comentó Falcó—. Como cada noche.

—Sí —el perfil de Malena se definía en la sombra cuando los faros del Peugeot incidían en algún muro próximo—. Los vascos no somos amigos de cambiar rutinas.

—Pues las rutinas matan.

—Sí —ella rió en voz baja—. Eso parece.

Su voz, comprobó Falcó, sonaba serena. Conducía con seguridad y pericia, mantenía la distancia suficiente para no perder la presa y procuraba no acercarse tanto como para ponerla sobre aviso. Habían dejado atrás el pueblo y corrían por la carretera recta bordeada de pinos, con el mar iluminado por la luna a la derecha.

—Estamos a dos kilómetros —anunció Malena.

Abrió Falcó la cajuela del salpicadero y sacó un pesado envoltorio. Al deshacerlo tocó el metal frío de la Browning FN de 9 mm y el tubo alargado del supresor de sonido Heissefeldt. A tientas, sobre las rodillas, extrajo el cargador de la pistola, comprobó que estaba lleno, volvió a introducirlo con un chasquido y metió una bala en la recámara, dejando el seguro puesto. Después enroscó el silenciador en la boca del cañón.

—Ahí está el desvío a la derecha, y luego el puente de Garakoitz —dijo la mujer.

Esta vez sí había tensión en su voz. Había levantado el pie del acelerador y ahora el Peugeot iba más despacio. Delante, a unos cien metros, las luces de los otros dos automóviles se habían detenido.

—Control de policía —comentó Falcó, con el arma en el regazo—. Párate despacio.

Se aproximaron lentamente a los coches hasta colocarse detrás. Las luces del primero alumbraban una barrera móvil, puesta sobre unos caballetes ante un puente de piedra, con la palabra *Gendarmerie* en un círculo blanco, azul y rojo. Había dos agentes uniformados de oscuro junto al Lincoln, uno alto y otro bajo, situados a los lados del coche. El más bajo se inclinaba hacia la ventanilla del conductor. Sobre el resplandor de los faros, las siluetas de los guardaespaldas se recortaban en los asientos delanteros del Ford estacionado detrás.

—No pares el motor —dijo Falcó.

Abrió la puerta. Después bajó empuñando la pistola, pero con el brazo caído a lo largo del cuerpo, para disimularla. Respiró tres veces hondo mientras quitaba el seguro con el pulgar. Cruzó sin prisa entre los dos coches hacia el otro arcén de la carretera, dirigiéndose al lado del conductor del Ford, pendiente de él y su compañero pero vigilando por el rabillo del ojo a los gendarmes. Al llegar junto a la ventanilla, la golpeó suavemente con los nudillos de la mano izquierda. Sonreía con la naturalidad de quien va a preguntar algo. El conductor bajó el cristal, y entonces Falcó le disparó en la cara.

La Browning no era un arma de mucho retroceso, pero saltó en su mano como una serpiente que acabara de morder. Por eso tuvo que bajarla otra vez para apuntar al segundo guardaespaldas, el de la nariz aplastada, que se revolvía desesperado —su compañero había caído contra su hombro—, buscando algo, seguramente un arma, bajo su chaqueta de smoking.

—¡No!... —le oyó suplicar—. ¡No!

En el resplandor de los faros, aún tuvo tiempo de ver sus ojos muy abiertos, mirando espantados el cilindro metálico del silenciador antes de que la pistola saltara de nuevo en la mano de Falcó, abriendo un desgarro del tamaño de una moneda en el cuello de la camisa del otro. Todavía se removió éste, intentando abrir la puerta. Acababa de lograrlo cuando Falcó apretó otra vez el gatillo, y el guardaespaldas quedó colgando del asiento con medio cuerpo fuera.

Cuando miró hacia el Lincoln, la situación había cambiado un poco. La puerta delantera izquierda estaba abierta, y el más bajo de los gendarmes arrastraba el cuerpo del chófer fuera del coche. El otro, con una linterna y una pistola en la mano, apuntaba hacia el asiento trasero, donde Tasio Sologastúa y su mujer, abrazados, contemplaban con horror la escena. Falcó fue hasta allí, abrió una de las puertas de atrás y le apoyó al marido la boca del silenciador en la cabeza.

—Salga del coche... Usted solo. Ella se queda.

La linterna del gendarme alto lo iluminaba todo muy bien: el rostro crispado del financiero vasco, la expresión aterrorizada de su mujer. De pronto ésta se puso a gritar. Un chillido agudo, poderoso. Vibrante. Sin dejar de apuntar al marido, inclinándose sobre éste, Falcó le pegó a ella un puñetazo con la mano izquierda, en la sien, que la arrojó sin sentido contra la ventanilla opuesta.

—Salga —le repitió a Sologastúa, con calma—. O la matamos a ella también.

Obedeció el financiero. Cuando Falcó lo apoyó contra el coche para revisarle los bolsillos por si llevaba un arma, lo sentía temblar. En ese momento, el automóvil conducido por Malena maniobraba para situarse en dirección contraria. A la luz de los faros del Peugeot, Falcó vio por un instante el cadáver del chófer, que se desangraba en la cuneta degollado de oreja a oreja.

—¿Qué está pasando? —acertó a preguntar al fin Sologastúa.

—Que es usted prisionero de los nacionales.

El otro tardó un momento en digerir eso. Cuando lo hizo, su indignación casi superó al miedo.

—Esto es un atropello —dijo—. Estamos en Francia.

—En Iparralde, sí —admitió Falcó—. Euzkadi norte.

—¿Qué quieren de mí?

—Que haga un pequeño viaje.

—¿Adónde?

—Ah... Sorpresa.

Lo agarró por el cuello de la chaqueta y, sin apartar el arma de su cabeza, lo empujó hacia el Peugeot. A su espalda, puestos al volante de los otros automóviles, los gendarmes los retiraban de la carretera, metiéndolos entre los pinos.

—¿Y mi esposa? —preguntó Sologastúa.

—No se preocupe por ella. Nadie le hará daño.

Aturdido, el otro se dejaba hacer. Pero al ver el maletero del Peugeot —Malena acababa de abrirlo— se detuvo bruscamente.

—Hijos de puta —dijo.

Falcó lo hizo avanzar de un violento empujón. Malena había sacado del maletero un rollo de esparadrapo ancho. Con él le ataron a Sologastúa las manos a la espalda e inmovilizaron sus piernas. Éste se debatía al principio, de modo que Falcó lo golpeó en el plexo solar, sin ensañamiento, haciéndolo caer de rodillas.

—Si es cuestión de dinero, puedo... —empezó a decir el financiero cuando recobró el aliento.

Malena interrumpió su frase con dos vueltas de esparadrapo que le taparon la boca. Entre Falcó y ella lo alzaron en vilo, metiéndolo en el maletero. Entonces Malena fue hasta el asiento delantero y regresó con un frasco de cloroformo y un trozo grande de algodón, empapó éste mientras contenía la respiración, vuelta a un lado la cara, y se lo aplicó al prisionero en la nariz. Medio minuto después, Sologastúa dejó de moverse. Cuando Falcó ocultó el cuerpo con mantas, una maleta pequeña y una cesta de pícnic, y cerró el maletero, Malena ya estaba de nuevo al volante. Entonces Falcó se volvió hacia los gendarmes, que habían retirado los cadáveres de la cuneta y ocultado la barrera de control.

—¿Qué hay de doña Millonetis? —preguntó en español.

En la penumbra, a la luz de la luna terciada, Falcó vio que los gendarmes se despojaban de las prendas de uniforme, arrojándolas entre los arbustos.

—Sigue inconsciente —dijo el más bajo.

Asintió Falcó, satisfecho.

—Al despertar, si no sabe conducir le espera un buen paseo.

Sonó la risa del otro.

—Tendrá que andar de todas formas, porque hemos inutilizado el motor y pinchado los neumáticos de los coches... ¿Te parece bien?

—Colosal.

—Para cuando llegue a su casa o a un teléfono, ya estaréis en Irún.

Falcó sacó la pitillera y el Parker Beacon de plata y prendió un cigarrillo.

—Ha sido un buen trabajo —comentó, exhalando el humo.

El otro se mostró de acuerdo.

—Esa chica tuya se ha portado bien —dijo.

—Sí.

—Pero que muy bien.

Con ayuda del encendedor, Falcó miró la hora en el reloj de pulsera. Se hacía tarde.

—Hay que ir largándose —comentó—. ¿Necesitáis algo?

—No. Todo está en orden.

—Pues buen viaje.

—Lo mismo digo, encanto.

Antes de apagar la llama y encaminarse al Peugeot, Falcó tuvo tiempo de ver los ojos de batracio y la sonrisa cruel de Paquito Araña.

Había doce kilómetros hasta la frontera. Pasado Saint-Jean-de-Luz, la carretera discurría sinuosa entre pinares y acantilados, bajo los que el mar negro y plata brillaba como azabache. Falcó y Malena Eizaguirre no habían hablado desde el puente. Encendió él un Players y se lo puso a la mujer en la boca. Después prendió otro para él.

—¿Quieres que conduzca yo un rato?

—No. Estoy bien.

La claridad de los faros reverberaba en el perfil de Malena. Ella tenía el cigarrillo en los labios y las dos manos en el volante.

—Nunca había visto matar a nadie —dijo.

Se quedaron callados un momento. Falcó fumaba y miraba la carretera iluminada por los faros. La luz hacía desfilar, por la derecha, las franjas de pintura roja y blanca de las vallas y mojones que bordeaban los acantilados.

—Jamás imaginé que pudiera ocurrir de ese modo —añadió ella.

La miró con curiosidad.

—¿Ese modo?

—Con tanta normalidad, quiero decir. Siempre pensé que iba acompañado de pasiones o arrebatos. Lo de antes fue un acto casi burocrático.

Redujo la marcha con desenvoltura ante una curva cerrada. Chirriaron los neumáticos, y Falcó pensó que Sologastúa debía de estar moviéndose mucho en el maletero. Más le valía seguir dormido.

—Te vi tan tranquilo, tan... ¿Siempre lo haces así?

—No siempre.

—No creo que a mi padre y a Íñigo, mi hermano, los mataran de esa manera. Imagino más bien chusma enfurecida. Hordas comunistas. Ya sabes.

—Pudo ser —asintió Falcó—. Hay muchas maneras de matar.

—Viéndote, cualquiera diría que las conoces todas.

A eso siguió otro silencio. Vuelto hacia la mujer, Falcó continuaba mirándola, interesado.

—¿Lo habrías hecho tú, en caso necesario?... ¿Apretar el gatillo?

—Imagino que sí —movió los hombros bajo el chal—. Después de todo, soy requeté... Una carlista.

Se quedaron callados de nuevo.

—Esa República de locos y asesinos era un caos y un disparate —añadió al fin la mujer—. Los marxistas preparaban su revolución, y nosotros nos adelantamos con la nuestra... ¿Dónde te pilló el dieciocho de julio?

—No recuerdo. Por ahí.

Ahora fue Malena quien se giró a mirarlo, intentando evaluar su seriedad o sarcasmo. Después volvió a estar pendiente de la carretera. Redujo ante otra curva y otra vez chirriaron los neumáticos. Por suerte eran nuevos, pensó Falcó sujetándose con una mano a la correa del techo. Unos Michelin instalados para la ocasión.

—Soy un soldado de esta guerra —comentó ella tras un momento—. Como tú mismo... Como esos dos camaradas vestidos de gendarmes.

Sonrió Falcó para sí. Llamar *camarada* a Paquito Araña era conocer poco al personaje. Como llamárselo a él. El sicario había llegado al sudoeste de Francia una semana antes, para la fase final de la operación, oliendo a pomada para el pelo y agua de rosas. Sin hacer más preguntas que las operativas y dispuesto a cumplir órdenes.

—Quizás algún día me toque a mí —dijo Malena tras un momento, pensativa.

—¿Matar?

La oyó reír con suavidad mientras otra vez cambiaba de marcha. Ahora sostenía el cigarrillo entre dos dedos, en la mano derecha apoyada sobre el volante.

—Morir.

Falcó dio una larga chupada a su cigarrillo. La mujer se volvía a mirarlo de vez en cuando, sin dejar de prestar atención a la carretera. Ésta descendía ahora, tornándose más recta. Los acantilados quedaban atrás y los faros corrían bajo la sombra de los pinos recortados por la claridad de la luna.

—No milito por venganza —murmuró ella después de un largo silencio.

Había girado la manivela de la puerta para bajar el cristal. Arrojó fuera el cigarrillo, y el aire exterior metió dentro centelleos de chispas.

—Ya estaba con quienes preparaban el Alzamiento —añadió— mucho antes de que asesinaran a mi padre y a mi hermano... Esto es una cruzada contra el marxismo ateo y el separatismo.

Asintió Falcó, ecuánime. Empezaban a verse las primeras casas de Hendaya. Los faros iluminaron un cartel con el rótulo de la población.

—El propósito de hacer daño ayuda bastante —dijo en tono neutro, como si eso lo resumiera todo.

—El propósito de hacer daño —repitió Malena dando una palmada en el volante—. Suena bien eso. ¿Hay remordimientos cuando matas, o matas demasiado?... ¿Se puede matar demasiado?

Guardó él silencio unos segundos, como si lo pensara. En realidad no necesitaba pensarlo.

—Se puede —dijo.

—¿Y deja recuerdos incómodos?

—A veces.

—Me pregunto qué tal te llevas con todos esos muertos.

Aplastó Falcó su cigarrillo en el cenicero, bajó la ventanilla y tiró la colilla apagada.

—Me llevo bien.

Malena tardó un instante en hablar de nuevo.

—Eres un tipo extraño, ¿sabes? —suspiró—. O más bien inquietante. Creo que me convendrá dejar de trabajar contigo.

—Todavía te falta un trámite difícil.

—¿A qué te refieres?

Señaló Falcó un cartel que los faros alumbraban en ese momento: *Douane française*. Después sacó la Browning de la guantera y comprobó que tenía una bala en la recámara antes de meterla allí de nuevo.

—Estamos llegando.

La garita de la gendarmería estaba junto a una farola encendida, en el lado izquierdo de la carretera. Al otro, una farola gemela iluminaba el edificio blanco de la aduana. Más allá de la barrera pintada de franjas rojas y blancas, bajada para cortar el paso de vehículos, se alargaba el puente internacional, recto y sombrío, a cuyo término alcanzaban a verse las luces lejanas de la aduana española.

—No pares el motor si no te lo ordenan, ni salgas del coche —dijo Falcó—. Y si hay problemas, acelera, embiste la barrera y sigue hasta el otro lado sin mirar atrás.

—¿Y tú?

—No te preocupes de eso. En caso de que se tuerza el negocio, haz lo que te he dicho. Conmigo o sin mí... ¿Entendido?

—Sí.

Ella había detenido el automóvil a unos diez metros de la barrera, atendiendo a la indicación de un gendarme que balanceaba una linterna eléctrica junto a la garita. Había otros tres a la vista, contó Falcó. Uno en la barrera y dos en la puerta de la aduana.

—Apaga los faros y baja la ventanilla.

Obedeció Malena, manteniendo el motor en marcha. El gendarme de la linterna se acercaba por el lado del conductor. Antes de que se extinguiera la luz del automóvil, Falcó pudo ver sus galones de sargento.

—Buenas noches —les dijo en francés—. Documentos, por favor.

Inclinándose sobre Malena, Falcó le alargó los dos pasaportes. Nombres falsos, falsas direcciones en San Sebastián, fotos reales. Usados ambos, con los tampones necesarios y el debido aspecto inocente. Señor y señora Urrutia. Un respetable matrimonio burgués, bien vestido y con un buen automóvil. Nada que ocultar.

—Es un poco tarde —comentó el gendarme, ahora en español, revisando los documentos con la linterna—. ¿De dónde vienen a esta hora?

—Del casino de Biarritz —repuso Falcó con calma.

En el resplandor de la lámpara eléctrica advirtió una mirada penetrante bajo la visera del quepis.

—¿Hubo suerte? —preguntó el gendarme.

Su español tenía un marcado acento, atrancado en las erres. Se encogió de hombros Falcó.

—La suerte es una cosa relativa, como diría Einstein.

—¿Le interesa Einstein?

—Me interesa más Danielle Darrieux.

Había sido el intercambio de palabras que estaba previsto se produjera, comprobó con alivio. Exactamente lo acordado. Por un momento, la linterna iluminó las piernas de Malena, la falda del vestido de noche subida aún sobre las rodillas. Después se movió por el interior del coche hasta detenerse en el rostro de Falcó.

—¿Llevan algo que declarar?

Falcó movió la cabeza, negando con naturalidad.

—Una cesta de pícnic y una maleta pequeña con algunos objetos personales.

—¿Eso es todo?

—Sí.

—Paren el motor.

Malena cortó el contacto y cesó la suave trepidación del Peugeot.

—Abran el maletero, por favor.

La voz del gendarme había sonado seria, impersonal. Evitando la mirada inquieta de Malena, Falcó abrió su portezuela, bajó del automóvil y se subió el cuello de la chaqueta. Hacía un frío húmedo, por la proximidad del río Bidasoa y el mar.

Pese a que todo parecía ir según lo previsto, se mantuvo alerta. Tenso y listo para pelear, o huir, o para las dos cosas una tras otra. Los gendarmes de la puerta de la aduana parecían tan soñolientos y relajados como el de la barrera, advirtió con una rápida ojeada táctica. Pero llevaban fusiles colgados al hombro. Si algo iba mal y Malena se largaba con el coche cumpliendo órdenes, las posibilidades de que él alcanzara el lado español del puente iban a ser escasas. Aunque echara a correr, podían pegarle un tiro en la espalda a medio camino, pese a la poca iluminación en un lado y otro. Las balas las orientaba el diablo.

Miró, en la penumbra, la barandilla metálica del puente y las sombras de los árboles que se extendían a su izquierda, tras la garita. Lo había estudiado bien a la luz del día. Una posibilidad remota sería buscar refugio allí. La otra, más simple, era dejarse detener y que las cosas siguieran su curso. Si Malena alcanzaba el otro lado, poco iban a tener los franceses contra él: un incidente menor, confuso, rutinario con la guerra de España tan cerca. Nada que no resolvieran una gestión del consulado nacional y un poco de dinero bien repartido.

Se detuvo ante la trasera del coche, con el gendarme al lado. Hizo girar la manija del maletero y lo abrió despacio, sintiendo batirle la sangre en las sienes mientras calculaba con frialdad dónde y cómo sacudirle al gendarme si todo se iba al garete.

El haz de luz iluminó la cesta, la maleta y las mantas inmóviles. Nada más estaba a la vista. Sologastúa, comprobó Falcó con alivio, ni se movía ni roncaba. Era como si no estuviera allí debajo. El cloroformo seguía haciendo su benéfico efecto.

—Muy bien —dijo el gendarme, apagando la linterna.

Ni siquiera hizo ademán de tocar nada. Cerró Falcó el maletero con suavidad mientras su pulso recobraba el ritmo normal. Miró a los otros guardias, que no se habían movido de donde estaban. Todo seguía en orden. Los 50.000 francos que el propio Falcó había entregado dos días antes en la prefectura de Hendaya eran un eficaz trabajo de engrase. Y facilitaba el asunto que entre los gendarmes hubiese antiguos Croix de Feu: una agrupación política francesa de ideología fascista.

—¿Podemos irnos? —preguntó.

El gendarme le puso los dos pasaportes en la mano, sopló un silbato y el que estaba junto al puente levantó la barrera.

—Por supuesto, señor. Que tengan buen viaje.

El automóvil se internó en el puente, tierra de nadie, a velocidad moderada.

—Lo hemos conseguido —dijo Malena, admirada. Todavía incrédula.

Falcó no dijo nada. Con la cabeza apoyada en el cristal frío de la ventanilla, dejaba que la adrenalina acumulada en los últimos minutos se diluyera despacio en su sangre. No era fácil o rápido, ni siquiera cómodo, pasar de un estado a otro. De la tensa disposición a pelear, a la calma de los momentos siguientes. Al retorno.

—Ha sido coser y cantar —insistía Malena.

Falcó miró a su derecha, más allá de los puentes de ferrocarril, hacia el ensanchamiento del río donde la claridad lunar incrustaba una cuña negra y plata entre las dos orillas. Las luces de Irún —muy pocas, pues la ciudad había sido incendiada por los rojos meses atrás— punteaban aisladas, a intervalos, la ribera oscura.

—Ya casi estamos en España —apuntó Malena.

Había emoción en su voz. Ardor patriótico, apreció Falcó. Por Dios, por la patria y el rey. Una chica valiente saboreando la victoria. El padre y el hermano quedaban parcialmente vengados aquella noche.

—Lo has hecho bien —dijo él.

—Tú lo has hecho muy bien.

El Peugeot estaba a la mitad del puente. Sus faros iluminaban a lo lejos el caserío blanco de la aduana española.

—Haz la señal —sugirió Falcó—. Que sepan que somos nosotros.

Malena apagó y encendió dos veces las luces.

—Después de esto nos separaremos —comentó—. Supongo.

—Claro.

Dudó la mujer un momento. Cambiaba de marcha para reducir la velocidad.

—Ha sido un honor trabajar contigo... Me gustó ser la señora Urrutia.

—El honor ha sido mío.

Aún vaciló ella un instante.

—Eres de los pocos hombres —dijo al fin— que no se me han insinuado desde que ando en esto. Y no te faltaron ocasiones.

—Espero que no lo tomes como una ofensa.

—No, por Dios —se echó a reír—. Al contrario. Es el mayor cumplido que me podías hacer: tratarme como a un camarada.

—Es lo que has sido.

—Sí... Es lo que procuré ser.

Recorrían los últimos metros del puente. *España,* indicaba un cartel. Los faros iluminaban la barrera, ya muy próxima, entre las dos columnas de piedra que señalaban el territorio nacional. Había varias personas al otro lado, aguardando inmóviles bajo la luz incierta de una farola.

—No sé qué más decir —añadió Malena.

—Quizá en otro momento.

Ella dudó un poco antes de responder.

—Quizá.

Se alzó la barrera y el automóvil recorrió un corto trecho antes de detenerse junto a los pilares del porche de la aduana. Los que aguardaban se acercaron, rodeándolo: uniformes, gabardinas, charol de tricornios. Falcó bajó la ventanilla y el haz de una linterna eléctrica lo deslumbró, haciéndole entornar los ojos.

—Llegas con retraso, como siempre —gruñó la voz seca y ruda del Almirante.

2. Las apariencias no engañan

Era media mañana en San Sebastián, y el sol que entraba por las ventanas del hotel María Cristina iluminaba muebles bien barnizados, botas lustradas, uniformes, correajes y ropa cara. Llena de militares y refugiados con recursos, cosmopolita y elegante, la ciudad se beneficiaba de que los frentes de batalla estuvieran lejos. El rumor de conversaciones en el bar era aún más denso que el humo de tabaco que cargaba el ambiente. Tras el mostrador, entre las botellas alineadas en los estantes, había una fotografía enmarcada de la Virgen del Coro, una bandera rojigualda y una radio de galena donde la voz de Concha Piquer cantaba *Ojos verdes*.

Ante la mirada dolorida del barman, Lorenzo Falcó —chaqueta de tweed castaño y pantalón de franela beige— dejó intacto el cocktail que no había tenido tiempo de probar, puso tres pesetas en el mostrador, se ajustó el nudo de la corbata, cogió el sombrero del taburete contiguo y se dirigió hacia la puerta, donde acababa de aparecer el Almirante.

—Escucha —dijo éste, alzando un dedo cuando Falcó llegó hasta él.

Parpadeó Falcó desconcertado, mirando en torno.

—¿Qué pasa?

El Almirante seguía con el dedo en alto. Malhumorado el ceño.

—La Piquer.

—¿Qué pasa con la Piquer?

—¿No oyes la letra?... Acaba de cantar: *Apoyá en la puerta / de mi casa un día.*

—¿Y qué?

—Que siempre ha sido: *Apoyá en el quicio / de la mancebía.*

Sonrió Falcó, burlón.

—Se moraliza España, señor. Las putas ya no salen en las coplas.

—Ay, Dios... A veces no estoy seguro de si conviene que ganemos esta guerra.

El jefe del Servicio Nacional de Información y Operaciones vestía de paisano, como acostumbraba: traje gris, paraguas, sombrero. Aunque era de Betanzos, el mostacho de color ceniza y el paraguas le hacían parecer inglés. Miró el ambiente del bar por encima del hombro de Falcó y señaló hacia el vestíbulo.

—Demos un paseo.

—No creo que hoy necesite usted eso —Falcó indicaba el paraguas—. Hace un día espléndido.

Hizo el otro un ademán de indiferencia.

—Soy gallego, lo que incluye no fiarse ni del propio padre. Una precaución de más es una sorpresa de menos. Y en estos tiempos, ni te cuento... ¿Lo captas?

—Lo capto.

El ojo de cristal y el ojo sano del Almirante convergieron en Falcó, críticos.

—A tu respuesta le falta una palabra de protocolo, chico.

Sonrió Falcó, poniéndose el sombrero.

—Lo capto, señor.

—Así me gusta. Y ahora muévete, anda. Vamos a tomar el aire.

Salieron a la calle, y bajo la marquesina el portero se descubrió al saludar a Falcó.

—Llevo dos semanas en este hotel, y ese idiota ni me conoce —se lamentó el Almirante—. Y a ti, con dos días, te barre el suelo con la gorra.

—Es que uno se hace querer, señor. Es mi natural simpático.

—Y tus monstruosas propinas.

—Sí... Eso también.

—Después resulta que el contable ve tus notas de gastos y pone el grito en el cielo. Me echa los perros.

—Explíquele que invierto en relaciones públicas. Engraso la eficiente maquinaria de la patria... Mírelo usted desde ese ángulo.

—Lo mire por donde lo mire, lo único que veo es tu cara de chulo de putas. Y en tu caso, las apariencias no engañan.

Se alejaban del hotel por la orilla izquierda del Urumea, en dirección al último puente. Sobre un cartel pegado en una valla —*Una Patria, un Estado, un Caudillo*—, el cielo era de un azul casi falangista. Uno de esos días, pensó Falcó sarcástico, en los que a Dios le apetecía poner de manifiesto de qué parte estaba.

—¿Qué tal Sologastúa? —se interesó.

El Almirante, que lo miraba de soslayo, dio unos pasos sin decir nada y al cabo hizo un ademán ambiguo.

—Coopera.

—¿Como un buen chico?

—Exacto. Al principio hubo algún inconveniente. Sólo respondía en vascuence, negándose a hablar en cristiano... *Euskal gudari naiz* y toda esa murga.

Compuso Falcó una mueca exenta de compasión.

—Pero ahora lo hablará de maravilla, imagino.

Sonreía el Almirante, malévolo.

—Lo habla con asombrosa fluidez, sí... Y eso está bien, porque aún tiene que contar muchas cosas. Así que en eso estamos, sin prisas... Después, cuando hayamos terminado las charlas íntimas, lo entregaremos al brazo secular.

—¿Consejo de guerra?

—Pues claro. Ese fulano creyó que sus jueguecitos transfronterizos iban a quedar impunes. No cayó en la cuenta de que lo de espías y contraespías es como un parque de recreo: la entrada es barata, lo caro son las atracciones.

—Dígamelo a mí, que las disfruto.

El otro balanceó el paraguas.

—Hay que dar ejemplo —dijo—, y que sepan en Bilbao lo que les espera cuando su famoso Cinturón de Hierro se vaya a tomar viento. Esos torpes separatistas tienen que pagar por las matanzas de enero.

Caminaron un trecho en silencio. El SNIO estaba al corriente de que el 4 de enero, después de un bombardeo nacional sobre Bilbao, al gobierno autónomo vasco se le había escapado la situación de las manos. Milicias de la UGT y la CNT, enviadas a las cárceles para proteger a los prisioneros, se habían dedicado a fusilarlos en masa ante la pasividad de gudaris y ertzainas: doscientos presos asesinados a sólo diez minutos de la sede del gobierno.

—De momento —comentó el Almirante— hemos pasado por las armas a varios sacerdotes nacionalistas vascos, para que vayan tomando nota.

Aquello arrancó a Falcó una sonrisa.

—No vayan a creer en el Vaticano —apuntó, divertido— que los rojos tienen el monopolio de asesinar a curas.

—Ése es el punto. No eres tan bobo cuando te lo propones.

Caminaron un poco más, mirando la desembocadura del río y el edificio del Kursaal en la orilla opuesta, convertido ahora en cuartel de requetés.

—Esa chica carlista, Malena, lo hizo bien en Biarritz —opinó el Almirante.

—Muy bien —confirmó Falcó—. Es valiente y seria. Un buen activo para el Grupo Lucero.

—Lo sé. La tendré en cuenta, aunque los expertos aseguran que las mujeres no son buenas como agentes de campo. Dicen que bajo presión resultan demasiado emotivas —el ojo sano miró a Falcó de soslayo—. Pero ya sabes que, en asuntos importantes, los expertos nunca tienen razón.

—¿Sigue ella en la ciudad?

—La hemos alojado en el Excelsior.

—¿El de la calle Guetaria?

—Sí.

—Vaya... Un hotel de segunda categoría.

—Pues claro. No es una estrella como tú. Además, con la guerra los alojamientos escasean. Tampoco me fiaba de dejártela cerca.

Anduvieron otro trecho en silencio. El Almirante seguía mirándolo de reojo.

—No hubo nada entre ella y tú, espero —dijo al fin.

Falcó se había puesto la mano derecha a la altura del corazón.

—Por Dios, señor —protestó—. Era una misión. Mi conciencia profesional...

—No me hagas reír, que me atraganto con el bigote. Tu conciencia no vale una mierda.

—Me refería a la profesional.

—Ni la una ni la otra. Para ti sólo hay dos clases de mujeres: las que te llevas a la cama y las que te puedes llevar. Con tu sonrisa de rufián latino las haces sentirse princesas o actrices de cine, cuando en realidad sólo te interesan de cintura para abajo.

—Me sigue ofendiendo usted, Almirante. También me interesan de cintura para arriba.

—Sí, hasta los pechos... Anda, vete al carallo.

En las terrazas de los cafés, el ambiente era de uniformes, lujo y mujerío. Había un grupo de alemanes conversando en el Guria, con estrellas de oficial en el gorro distintivo de la Legión Cóndor. Falcó se volvió a medias hacia el Almirante. Inquisitivo.

—¿Es verdad lo que se rumorea sobre Guernica?

—¿Qué se rumorea?

—Que no la han destruido los rojos, sino que la bombardeamos nosotros —indicó a los alemanes—. Ellos, concretamente... Esos guapos chicos rubios.

El Almirante deslizó la mirada sobre los militares, inexpresivo. Como si no los viera y pretendiese que el resto del mundo hiciera lo mismo.

—No te creas todo lo que dicen por ahí. Y menos siendo de nuestro oficio, donde mentir es un arte.

—No suelo hacerlo. Pero se habla de un millar de víctimas y de aviones alemanes.

Encogió el otro los hombros.

—Exageran. Cuando entraron nuestras tropas, sólo confirmaron un centenar de muertos... Y lo hicieron dinamiteros asturianos.

Miró Falcó de nuevo, brevemente, hacia los alemanes a los que dejaban atrás. Luego chasqueó la lengua.

—Esas bestias marxistas —dijo.

Al Almirante no se le escapó la guasa. Fulminaba a Falcó con la mirada.

—No te pases ni un gramo, que te lo peso. ¿Eh?... Como a Shylock.

—¿Shylock Holmes?

—Pero qué bruto eres, oye. Cierra el pico.

Se llevó Falcó dos dedos al ala del sombrero. Bajo el fieltro sonreían sus ojos grises como limaduras de acero.

—A la orden.

—No estoy de humor. ¿Me sigues?

—Afirmativo, señor.

—No todo en esta guerra es tan simple como asesinar y secuestrar a gente, como haces tú. O encamarse con fulanas... Algunos nos vemos obligados a pensar.

Dieron la espalda al puente y al río torciendo a la izquierda, en dirección al paseo de la Alameda, que desde la toma de la ciudad por los nacionales se llamaba de Calvo Sotelo. El Almirante balanceaba el paraguas con aire severo. Después se lo apoyó en el hombro, como si fuera un sable o un fusil.

—Tampoco es la primera vez que los rojos perpetran algo como lo de Guernica —dijo de pronto, mientras se detenían para dejar pasar un tranvía—. Acuérdate de Irún... O de las iglesias quemadas con cura y sacristán dentro. Son unos bárbaros. Y desde luego que lo hicieron ellos.

—Si usted lo dice...

—Pues claro que lo digo —el Almirante pareció pensarlo un momento, volviendo a balancear el paraguas—. Lo que no es obstáculo para que dentro de un rato, si lo estimo conveniente, te diga lo contrario.

Falcó se volvió a estudiarlo con atención. El ojo sano de su interlocutor relucía, maléfico. Y él conocía los síntomas. Algo se estaba cociendo ahí dentro, y Falcó tenía que ver con ello. O iba a tener.

—Entiendo —dijo, cauto.

—Qué coño vas a entender —el Almirante soltó un bufido de irritación—. Tú no entiendes un carallo.

Dejaron atrás el parque Alderdi-Eder, donde un quiosco de prensa exhibía *La Voz de España* y *El Diario Vasco* con idéntico titular: *Los rojos retroceden en el Norte*. El sol resplandecía en la Concha, donde la marea baja desnudaba la arena dorada y húmeda con reflejos de nácar. Edificios altos bordeaban el semicírculo de la orilla a lo largo del elegante paseo marítimo. La ciudad vieja quedaba a la derecha, apretada bajo el monte Urgull. Había niños que jugaban en la playa, familias y ociosos paseando como si la guerra no existiera. El Almirante les dirigió una seca mirada de censura.

—Mecanógrafas que leen a Guido da Verona y dependientes de comercio que escriben cartas de amor a Claudette Colbert... —emitió una risita agria, entre dientes—. Creen que la vida es divertida, los muy estúpidos. Ignoran que sólo es divertida para desaprensivos como tú.

Miraba Falcó a la gente en la playa, pensativo.

—Lo que me asombra —comentó— no es el desorden, sino el orden.

Rió torcido el Almirante.

—A mí también... Pero el pueblo no conoce la ironía.

Había colgado el paraguas en la balaustrada y encendía su pipa. No volvió a hablar hasta las primeras bocanadas de humo.

—Todavía no he recibido tu informe por escrito sobre la operación de Biarritz... Ni tampoco sobre lo de Barcelona.

Moduló Falcó una sonrisa para sus adentros. *Lo de Barcelona* era una forma de resumir como otra cualquiera. Semana y media atrás se había visto obligado a interrumpir durante cuatro días la misión de Biarritz por una orden urgente del Almirante: viajar a Barcelona desde Perpignan para, mientras guardias de asalto y milicias comunistas se enfrentaban en cinco días de combates callejeros con los anarquistas y los trotskistas del POUM, asegurarse de que dos activistas libertarios italianos, Camillo Berneri y Francesco Barbieri, desaparecían del paisaje en la confusión del momento. Era un encargo de los servicios secretos italianos, y al Almirante le interesaba apuntarse el tanto con sus colegas de la OVRA fascista. Así que Falcó, provisto de un impermeable de cuero, una motocicleta Norton y documentación falsa de un alto cargo policial de la Generalidad, se había presentado en la capital catalana y, después de fingir una detención domiciliaria con ayuda de dos cómplices pagados al efecto, había disparado a los italianos apenas salieron a la calle, a quemarropa, en la espalda y la cabeza. Doce horas después estaba de nuevo a salvo al otro lado de la frontera francesa, tras haber invertido sólo día y medio en la infiltración. Y la muerte de los dos italianos se cargó a la cuenta general de los centenares de anarquistas y poumistas detenidos, torturados y ejecutados en las checas catalanas durante aquellas turbulentas jornadas.

—Falta de tiempo, señor... Hay que mecanografiarlo y tal. Ya sabe. Con mucho cuidado en lo que se escribe y en lo que se calla.

—Sí, ya sé —el Almirante le dirigió otra ojeada, con mal humor—. Siempre igual, oye. La parte burocrática no es tu fuerte.

—En cuanto tenga un rato me pongo a ello. Palabra de honor.

—De honor, dices.

—Sí... Mi honor inmaculado.

—Qué poca vergüenza tienes. Has conseguido lo que pocos consiguen en la vida: aparentar exactamente lo que eres, y que parezca que lo aparentas.

Se quedaron un momento callados. El jefe del SNIO parecía más pendiente de su pipa que de la conversación.

—¿Te suena el nombre de Leo Bayard? —preguntó de pronto.

Falcó lo miró con extrañeza antes de asentir. Naturalmente que le sonaba, dijo. Bayard era un intelectual comunista cuyo nombre aparecía con frecuencia en los periódicos. Francés, hombre de mundo, escritor de éxito, aviador y aventurero. Partidario de la República.

—Combate en España, ¿no?... Al mando de una escuadrilla de voluntarios y mercenarios que él mismo reclutó y en parte financia.

—Lo de combatir dilo en pretérito perfecto —el Almirante dio una chupada a la pipa—. Bayard ya no está en España.

—Ah. No lo sabía.

—Es cosa reciente. Su última acción fue bombardear a nuestras tropas cuando la toma de Málaga... La escuadrilla gozaba de autonomía y operaba casi por su cuenta; pero en los últimos tiempos, siguiendo órdenes de Moscú, los comunistas intentan disciplinar aquello. Primero ganemos la guerra, dicen, y luego ya vendrá la revolución, o no. En todo caso, se acabó el estilo Pancho Villa. Por eso andan a la caza de trotskistas y anarquistas y aplican mano dura.

—Creía que Bayard era comunista.

—Simpatizante, sólo. No es del partido, que sepamos. Compañero de viaje, como dicen ellos... Amigo muy íntimo, aunque sin llegar a besarse con lengua. Opina que la solución a los males de Europa se llama José Stalin.

—¿Y por qué se ha ido?

—Es un intelectual distinguido y arrogante, literato y todo eso. Un vanidoso cantamañanas fascinado por la acción... España era su aventura y la escuadrilla su guerra privada. Así que le sentó fatal verse de pronto bajo el mando directo de otro francés, André Marty. Entonces resignó el mando de su escuadrilla y se volvió a Francia.

El nombre hizo enarcar las cejas a Falcó.

—¿Ese Marty es el comisario político de las brigadas internacionales?

—El mismo, sí. Un zafio y criminal canalla, de esos que ven fascistas por todas partes, y que ha hecho ejecutar a más gente de su bando que del nuestro. Estilo coro-

nel Lisardo Queralt, pero en versión roja. A esos inde-
seables les encanta venir aquí a fumarse nuestro tabaco,
a quemar nuestros muebles y a escabechar gente. Podían
hacerlo en su tierra, pero no. Aquí lo tienen más fácil...
Somos la fiesta de Europa.

—También los italianos y los alemanes ponen su gra-
nito de arena.

El otro fulminó a Falcó con la mirada.

—No te pases de listo conmigo.

—No lo pretendo.

—Ésos son cruzados de nuestra noble causa... ¿Está
claro?

Asintió Falcó, a quien no engañaba el tono de su interlocutor. En aquel aparente cinismo, el Almirante di-
luía el recuerdo doloroso de su hijo, asesinado por los rojos en las matanzas navales del verano anterior.

—Está clarísimo, señor.

—Los Fritz y los Guidos son camaradas del nuevo
amanecer. Y en el cielo, los luceros.

—Me lo ha quitado usted de la boca.

El otro seguía mirándolo con severidad.

—¿Tú crees en algo, chico?

—Creo que un tajo en la ingle, sobre la arteria femo-
ral, no hay torniquete que lo pare.

Movió la cabeza el Almirante, como para esquivar la
sonrisa que parecía tentarle los labios.

—¿Hasta cuándo piensas llevar esta vida?

—Mientras el cuerpo aguante.

Chirrió, semejante a un gruñido, la risa queda del Almirante.

—Conozco pocos espías y aventureros que, al cumplir los cincuenta, no deseen haber sido boticarios de pueblo o funcionarios municipales.

—Todavía tengo trece años de margen. Ya se lo contaré, señor, cuando me sienta así.

—Dudo que me lo llegues a decir. Acabarás fusilado, da igual quiénes lo hagan... Ellos o nosotros.

Volvió a asentir Falcó.

—¿Dónde está ahora Leo Bayard?

El Almirante aún lo estudió un momento, con fijeza, antes de responder.

—En París —dijo al fin.

—¿Y en qué plan?

—En plan héroe de guerra, dando conferencias, escribiendo artículos y pavoneándose de su pasado fresco de luchador por la libertad... Prepara un libro y una película sobre su experiencia española y presiona al gobierno Blum para que Francia deje de estar al margen y apoye a la República.

Lo pensó un momento Falcó.

—¿Y qué carta juego yo en eso?

—La que juegas siempre... Bayard busca jodernos, y tú lo vas a joder a él.

—¿De qué manera?

—Llevamos tiempo preparándole una de Fu-Manchú.

El Almirante cogió el paraguas y caminaron un trecho a lo largo de la balaustrada. Falcó sabía que su jefe prefería conversar sobre asuntos delicados al aire libre, lejos de los despachos accesibles a oídos indiscretos. Sus amigos del Abwehr alemán lo tenían bien informado sobre las últimas técnicas de escucha con micrófonos ocultos. Incluso fuera de un despacho, el jefe del SNIO evitaba hablarlo todo en el mismo sitio. Como solía repetirle a Falcó, un blanco móvil siempre era menos fácil que un blanco fijo. Y ellos, a menudo, tenían que cuidarse más de los amigos que de los enemigos.

—La idea se me ocurrió el año pasado, cuando me enteré de que Bayard quería comprar unos aviones Dewoitine para escoltar a sus bombarderos Potez, que son demasiado lentos y vulnerables... Recaudó fondos en Francia, y luego estuvo en Suiza haciendo gestiones con un intermediario que también trabaja para nosotros.

—¿Conozco al intermediario?

—Sí, Paul Hoffman. Trabajaste con él en tus años golfos, cuando traficabas con armas para Basil Zaharoff. Si mi memoria no falla, entre los dos vendisteis en Sudamérica cinco mil rifles polacos y doscientas ametralladoras. Supongo que te acuerdas de él.

—Pues claro... Un fulano turbio, aficionado a las furcias caras.

—Casi tanto como tú, furcias incluidas.

—¿Y qué tiene que ver Hoffman con esto?

—Que por ahí empecé a cortarle la mortaja a Bayard —el Almirante se detuvo para tocarle a Falcó el pecho con el caño de la pipa—. Y tú se la vas a coser.

Permanecieron un rato inmóviles, mirando la bahía. El día continuaba siendo agradable. Junto a la isla de Santa Clara navegaba despacio la silueta gris de un bou armado, con la bandera nacional en la popa. El Almirante chupaba su pipa y Falcó se había quitado el sombrero, dejándose acariciar el rostro por el sol.

—Mañana coges el expreso Hendaya-París —decía el Almirante—. Desde ahora te llamas Ignacio Gazán y eres un chico de buena familia española afincada en La Habana, con muchísimo dinero. Simpatizante de la República, coleccionista de arte y otras cosas que te diré luego.

Parpadeó Falcó, sorprendido.

—¿De arte?

—Exacto.

—Yo de arte sé lo justo para hablar diez minutos. O incluso menos.

—Con una mujer sí, ya lo sé... Pero podemos arreglarlo. El mundo está lleno de millonarios aficionados al arte que no tienen pajolera idea de quién es Kandinsky.

—¿Y quién es Kandinsky?

Ahora sonreía, insolente. El Almirante le dirigió una ojeada criminal.

—No hay ignorancia que no quede a salvo tras un talonario de cheques. Y tú vas a llevar uno bien hermoso.

Ensanchó Falcó la sonrisa.

—Eso suena a música... Presiento que me va a gustar esta misión.

—Pues procura que no sea demasiado. Te fiscalizaremos hasta el último franco.

Falcó se puso el sombrero ligeramente ladeado, como solía.

—¿Y por qué coleccionista de arte?... ¿Qué relación tiene eso con Bayard?

—Porque tu trabajo en París va a ser doble. Por una parte, tendrás que acercarte a él hasta penetrar en su círculo íntimo —le asestó otra mirada crítica, de arriba abajo—. Lo que, con tu pinta de chulo elegante, tu poca vergüenza y el dinero que puedes ofrecer, te será la mar de fácil.

—¿Y de qué tiempo dispongo para eso?

—Un par de semanas.

Meditó Falcó, ecuánime. Con naturalidad profesional.

—¿Tengo que matarlo?

—No exactamente.

El Almirante se quedó callado un momento, contemplando el barco en la distancia. Después golpeó la pipa en la balaustrada, vaciándola, y se la guardó en un bolsillo.

—En realidad, lo que vas a hacer es que lo maten.

—¿Que se encarguen otros, quiere decir?

—Sí.

—¿Y cómo?

—Con garbo y talento. Que para eso te sobra.

Anduvieron de nuevo, sin prisa. Cerca del balneario de La Perla, junto a un cartel que anunciaba la película *Tres lanceros bengalíes,* se cruzaron con unos oficiales falangistas: cazadora de cuero, camisa azul y boina roja. Llevaban del brazo a unas jóvenes vestidas con las capas azules de Sanidad Militar. Uno de los oficiales caminaba apoyado en un bastón y otro llevaba un brazo en cabestrillo. La ofensiva en el Norte exigía un serio tributo de sangre a las tropas nacionales.

—Ha costado que se pongan la boina —comentó el Almirante—. Al principio se negaban: carlistas por un lado, falangistas por otro, cada cual de su padre y de su madre... El decreto unificándolos a todos como Falange Española Tradicionalista y de las JONS les ha sentado como una patada en los huevos.

—Es que lo de falangistas requetés suena a disparate...

—Pues claro —el Almirante bajó la voz, aunque no había nadie cerca—. Juntar a monárquicos con yugos y flechas es mezclar agua y aceite. Además, que el brazo en alto sea saludo obligatorio desde el mes pasado no gusta a nadie, excepto a los falangistas. Pero el Caudillo ni se inmuta, porque le importa un pito. Sobre todo ahora, con José Antonio enterrado en Alicante... Los rojos que lo llaman fascista no tienen ni idea. Se ponga camisa azul o túnica de Jesús Nazareno, él es un militar puro, desprovisto de imaginación: lo que quiere es ganar la guerra, asegurar su poder personal y que todos marquen el paso. Lo ha dejado bien claro, y ya no hay vuelta atrás: el que no trague va derecho al paredón... ¿Lo captas?

—Afirmativo, señor.

—Pues tenlo presente, por la cuenta que te trae. Y que nos trae. Incluido lo de saludar brazo en alto.

—Se hará lo que se pueda, señor.

—Más te vale. Aquí todo el mundo rivaliza en celo exterminador. En el puente de hierro de Amara y en los descampados junto a la fábrica de gas se sigue madrugando mucho.

—Pues ya podrían aflojar un poco, ¿no?... A estas alturas.

—Todo lo contrario, chico. Los piquetes de oportunistas apuntados a Falange para borrar su pasado o medrar, y también los guardias civiles de nuestro estimado Queralt, no descansan... Es una especie de competición criminal, a ver quién hace más méritos. La palabra de moda es *depuración*. Lo que pasa es que a los parientes de los ejecutados se les prohíbe llevar luto, y claro. Se nota menos.

Balanceaba el paraguas, marcial, adaptándolo a su paso. Por un momento se volvió a mirar a los militares que se alejaban.

—Es lo mismo que pretenden hacer los comunistas en el otro lado, unificar, aunque allí lo tienen más crudo. Cuando no están liquidando fascistas reales o imaginarios se matan entre ellos la mar de bien... Mira a los del POUM, que se los están cargando como a ratas en las checas, por orden de Stalin. Por eso, si los rojos no espabilan, vamos a ganar nosotros; que somos lentos, pero seguros.

Una de las gaviotas que revoloteaban sobre la playa pasó cerca, casi rozándolos, y el Almirante la siguió con la mirada.

—La cólera de los idiotas llena el mundo —añadió malhumorado—. Y lo nuestro es un bonito ensayo general. Un prólogo para los grandes mataderos que se avecinan.

Falcó contemplaba las gaviotas con desagrado. No le eran simpáticas desde que, viajando a Nueva York en el *Berengaria*, había visto a una casi arrancar la mano, de un picotazo, al cocinero que limpiaba unos pescados en la cubierta. Demasiado ávidas, para su gusto. Demasiado humanas.

—Antes ha dicho que es un trabajo doble, señor... Lo mío en París.

—Sí, eso he dicho. Doble como el seis doble.

—¿Y qué parte es la otra?... O, conociéndolo a usted como lo conozco, ¿cuál es el lado menos simpático del asunto?

—Hombre, simpático sí es. Lo mismo hasta lo disfrutas más, porque va con tu natural canalla.

—Soy todo orejas.

El Almirante sacó el reloj de un bolsillo del chaleco.

—Eso te lo contaré esta noche, después de que yo cene. O más bien te lo van a contar.

—¿Dónde?

—En el Club Náutico —señaló con el paraguas hacia la parte del paseo que habían dejado atrás—. Arriba, en el reservado. A las once en punto.

Se detuvo otra vez mientras guardaba el reloj. El ojo de cristal y el ojo sano se alineaban en una mirada sardónica. Alzó el paraguas y le dio unos golpecitos con el mango en un brazo a Falcó.

—Por cierto, y hablando de contar, ten cuidado con el barman del María Cristina.

—¿El pelirrojo?

—Sí, ése.

—Se llama Blas, y combina unos hupa-hupa pasables... ¿Por qué debo tener cuidado?

El ojo sano hizo un guiño maligno.

—Es confidente de la policía, y les ha contado que cuando habla el Caudillo por la radio no te pones en pie, como todos... Que ya ocurrió otras veces que te alojaste allí.

—Todo barman tiene buena memoria.

—Éste sí, desde luego. Me vinieron con el chisme esta mañana.

—¿Y qué les dijo usted?

—Que se fueran a hacer puñetas.

Falcó sacó la pitillera, tomó un Players y lo golpeó ligeramente sobre el carey pulido. Entornaba los párpados, peligroso, como un gavilán que avistase una presa.

—Mierda de mundo, Almirante.

—Y que lo digas.

Inclinada la cabeza, protegida la llama del encendedor en el hueco de la mano, Falcó encendía el cigarrillo.

—Ya no puede uno —dijo, exhalando el humo— fiarse ni del barman.

3. Sobre corderos y lobos

Una suave llovizna barnizaba de reflejos húmedos la ciudad, oscurecida por precaución ante posibles ataques aéreos. Bajo la estatua del almirante Oquendo, al lado del hotel María Cristina, Falcó se subió el cuello de la trinchera y observó, bajo el ala del sombrero, cómo entre las sombras de la calle cercana avanzaba otra algo más clara, móvil y ruidosa, que se acercaba dando chispazos hasta detenerse junto a la plaza.

—Hola, guaperas.

Paquito Araña había bajado del tranvía dirigiéndose a donde aguardaba Falcó. Mientras el tranvía daba un campanillazo y reanudaba la marcha, la silueta pequeña y tranquila del sicario adquirió contornos más precisos, y el aire húmedo trajo su olor inconfundible a pomada para el pelo y agua de rosas.

—Gracias por atender mi llamada —dijo Araña.

Se quedaron uno junto al otro entre las sombras. Era aquello, pensó fugazmente Falcó, una muestra de la extraña relación que ambos mantenían: compañeros esporádicos de aventuras en el Grupo Lucero —aunque con una jerarquía muy inferior Araña—, la mayor parte de su vida en común transcurría en ambientes turbios, citas clandestinas y sombras peligrosas. Pasaban juntos menos tiempo en la luz que en la oscuridad.

—Tú dirás.

—Sí, ahora te digo —el otro hizo una pausa breve, inquisitiva—. ¿Quieres que vayamos a un café, o algo así?... ¿Un lugar discreto?

Falcó miró hacia el edificio del hotel, extrajo el encendedor del bolsillo y con el resplandor de la llama consultó la hora en el reloj de pulsera. A su lado, la claridad rojiza iluminó los ojos saltones del sicario bajo el ala estrecha de un elegante sombrerito inglés. También el arranque de sus cejas depiladas y su boca pequeña, sonrosada y cruel. Tenía las manos, como de costumbre, metidas en los bolsillos de un abrigo del que nunca se sabía qué objeto amenazante iba a sacar.

—Tengo algo que hacer dentro de un rato —Falcó apagó el encendedor—. Mejor hablamos aquí.

—Como quieras... ¿Un paseo corto hasta el río?

—Eso puede valer.

Cruzaron la plaza hasta la avenida junto al Urumea. Todo estaba apagado en la otra orilla. A la izquierda, en la desembocadura, el puente y el edificio del Kursaal se recortaban en el cielo oscuro, todavía impreciso, del día que acababa de morir.

—Me gustan las ciudades en guerra —comentó Araña—. ¿A ti no?

Falcó encendía un cigarrillo.

—Lo normal.

—Pues a mí me encantan, ricura. Con sus tinieblas tan favorables al crimen y al pecado.

Se quedaron callados un momento, mirando la franja negra del río. Chapaleaba el rumor de la marea en las piedras, a sus pies.

—Lo de Biarritz acabó bien, tengo entendido —dijo Araña.

—Según para quién.

Sonó una especie de ronquido sibilante y suave, entre dientes. El sicario se estaba riendo.

—Borramos todas las huellas e inutilizamos los coches —dijo—. Cuando nos fuimos, la mujer de aquel tipo empezaba a despertarse... Debió de darse una buena caminata.

—Salió redondo.

—A estas horas deben de estarle sacando hasta la primera papilla.

—Supongo.

—¿Y qué tal la chica?

—¿Qué chica?

—La que iba contigo, hombre. La gordita guapa.

—Oh, bien. Ella está bien... Por ahí anda.

Siseó de nuevo la risa leve del sicario.

—Espero que el Jabalí esté satisfecho. A mí nunca me llegan las felicitaciones.

—Lo está.

—Colosal.

Permanecieron en silencio un poco más, mirando la noche. Un automóvil que pasaba a su espalda con la luz de los faros medio cubierta proyectó sus sombras en el suelo. La de Araña llegaba a la altura de los hombros de Falcó. Después volvieron la oscuridad y el silencio.

—Tengo que pedirte un favor, encanto.

—¿De qué clase?

—Un amigo mío tiene problemas.

—¿Políticos?

—Sí.

—¿Y es muy amigo tuyo?

—Mucho.

La humedad mojaba el cigarrillo que Falcó sostenía entre los dedos. Se lo llevó a los labios, dio una última chupada y lo arrojó al río. Mientras tanto, Araña completaba la historia: chico agradable, joven, de buen ver, cajista de imprenta, locuras de juventud en tiempos revueltos, carnet de la UGT y un par de actos políticos, de simple orador. Lo había sorprendido el Alzamiento en zona nacional, por lo que procuró alistarse en una bandera de Falange para no acabar en la tapia de un cementerio. Incluso había estado en el frente, en Somosierra, bang, bang, pegando tiros. Pero alguien lo había reconocido, y el resto era previsible. Lo esperaba, sin duda, uno de esos paseos de los que sólo volvían los del Mauser.

—¿Dónde lo tienen?

—En la cárcel provincial de Burgos... ¿Puede hacerse algo?

—Tal vez.

—Yo en mi nivel no me como una rosca. Sólo intereso para picar carne. Además, el asunto es más bien... Íntimo, o sea. Ya me entiendes.

—Claro.

—Es un muchacho encantador.

—No me cabe.

—A mí nadie me haría caso, como te digo. Cositas de maricones. Y ésa es mala papeleta en esta nueva España tan viril y tan de machos... Tú, sin embargo, follas de marquesa para arriba. Eres una estrella del espionaje patrio y ojito derecho del Jabalí. Te basta con sonreír para que a todos se les haga el culo agua de limón.

Lo pensó Falcó un momento. Había dado un chispazo al encendedor para mirar otra vez la hora.

—Veré qué puede hacerse.

—Te lo agradezco, chulito mío... Yo tengo órdenes de volver a Salamanca. Ahí tienes el nombre y los detalles.

Le pasó un papel doblado que Falcó se guardó en un bolsillo. Después dieron la espalda al río y regresaron a la plaza.

—Tengo cosas que hacer —dijo Falcó.

Dejó atrás al otro en la oscuridad, sin despedirse, y se dirigió hacia el edificio sombrío del hotel.

No tuvo que aguardar mucho. Lo había estudiado antes, y permaneció un rato en la garita acristalada que el vigilante de la puerta de servicio del María Cristina tenía en el pasillo, cerca de la salida trasera. Merced a un par de cigarrillos ingleses y un rato de conversación —la guerra, los malos tiempos, los clientes que en mejores épocas visitaban la ciudad—, el vigilante, un guardia de asalto jubilado, aceptó con agrado la compañía de Falcó, incluidos diez minutos de charla a la luz del quinqué y un chiste sobre el miliciano rojo Remigio, que para la guerra era un prodigio: se le conocía en un submarino porque era el único que llevaba puesto el paracaídas, ja, ja, ja. Un tipo elegante y hablador, diría el vigilante si le preguntaban. Con aires de señorito golfo, y muy simpático. De él nada más tendría que decir, salvo que, cuando uno de los barman del bar americano, Blas el pelirrojo, acabó su turno de tarde y cruzó el pasillo camino de la calle y de su casa, vestido con abrigo y boina, el tipo simpático se despidió con una sonrisa y una palmadita en el hombro y salió detrás, sin duda por simple casualidad. Por pura coincidencia.

Siguió Falcó el bulto oscuro, a la distancia adecuada para no alertarlo ni perderlo de vista. El otro caminaba apresurado, con evidente gana de llegar a su casa tras diez horas de trabajo mezclando combinados, sirviendo cafés y coñacs. Anduvieron así, uno tras otro, hasta cruzar el puente de Santa Catalina. Por un desgarro de las nubes que ennegrecían el cielo asomó un resplandor de luna, y eso arrancó reflejos a la desembocadura del río y recortó sobre ella la pasarela húmeda del puente y la silueta del hombre que caminaba delante.

Tras dejar atrás la plaza de Vasconia, el barman tomó la primera calle a la derecha. Ésta era angosta, y en los rincones se espesaban las sombras. Entonces Falcó se desabrochó la trinchera para tener más libertad de movimientos, apretó el paso y le dio alcance al otro, procurando cargar los pasos sobre los talones para no hacer ruido.

—Buenas noches —dijo.

El barman dio un respingo, pues no lo había oído acercarse. La mínima claridad que la luna proyectaba entre los aleros desveló su boca muy abierta, blanca de temor. Falcó sacó el encendedor del bolsillo, en la mano izquierda, y con un chasquido rojizo se iluminó la sonrisa. Había tiburones que sonreían así.

—Soy el que no se levanta cuando el Caudillo habla por la radio.

—No sé de qué me habla.

Falcó se guardó el encendedor.

—Ya lo suponía —dijo.

Luego golpeó con la mano derecha, sin demasiada saña. Un golpe seco y frío, más bofetada que puñetazo. En realidad tenía menos por objeto dañar que provocar: suscitar una reacción airada del otro. Llevaba la pistola en el cinturón, pero ni se le ocurría pensar en ella. Tampoco era cosa de masacrar a un fulano sorprendido e indefenso, casi a oscuras. No sin ser necesario. Al fin y al cabo aquello no era trabajo, sino placer.

—Está loco —farfullaba el barman—. No sé de qué...

Lo golpeó de nuevo, y esta vez fue más puñetazo que bofetada. El otro era más bajo que Falcó, pero ancho de hombros, de manos fuertes. Se había fijado en ellas viéndolo agitar la coctelera al otro lado de la barra. Todo era calentarlo hasta que se arrancara en serio. Entonces, sí. A mochar parejo.

—¿Qué quiere de mí?

Le temblaba la voz, pero ahora un punto de cólera se abría paso desde el fondo. Esperanzado, Falcó golpeó de nuevo: puñetazo a secas, ni demasiado fuerte ni demasiado suave. Cloc, hizo. El otro resopló dolorido, furioso al fin, y se lanzó contra él.

—¡Cabrón!

Era bueno pelear de vez en cuando, pensó Falcó. Purgaba la sangre. Después dejó de pensar para concentrarse en los gestos automáticos, en los reflejos adquiridos con el adiestramiento y la práctica. En la coreografía extrema de la violencia. Había un ritual oculto, primitivo, en aquella sucesión de golpes, pausas, búsqueda instintiva de lugares vulnerables y tenacidad para concentrarse en ellos, tump, tump, tump, en la respiración propia que ensordecía los tímpanos y en el jadeo del otro, sentido más que escuchado, tan cerca, tan salvaje, tan animal. En los quejidos de dolor y los puñetazos que el barman lanzaba a ciegas y recibía con precisión, incapaz de coordinar agresión y defensa. Todo, en realidad, era muy simple: oscilaba entre la voluntad de hacer daño, la violencia asumida como regla válida, natural, y la incapacidad de considerarla como parte razonable de la vida. La mayor parte de los seres humanos pertenecía a este último grupo. De nada valían unos hombres anchos y unas manos fuertes cuando, en la práctica, eras cordero en vez de lobo.

Falcó se retiró dos pasos, inspiró hondo, violento, y zanjó esa parte del asalto con una patada entre las piernas que arrojó al otro contra la pared, encogido de dolor, antes de dar con él en tierra. Después se puso en cuclillas al lado. Con curiosidad casi científica escuchaba su estertor dolorido, las boqueadas que daba el barman intentando recobrar el aliento. Le dio unas palmaditas en la cara, y al hacerlo notó la mano pringosa de sangre tibia. El caído tenía reventada la nariz.

—Tengo mujer... Hijos... —farfullaba—. Por favor...
Tengo tres hijos...

Asintió Falcó, comprensivo, aún en cuclillas. Todos tenemos una retaguardia en alguna parte, pensó. Algo que nos hace vulnerables, o infames. O lo que toque. De pronto, la acción reciente le fatigaba mucho el cuerpo. Le dolían los puños, los brazos y el torso. Sentía un repentino, profundo cansancio.

—Sí —dijo.

Se sentó junto al caído, entre las sombras, apoyando la espalda en la pared. Mientras se le normalizaba el pulso —sentía un molesto latido en la sien derecha—, respiró con deleite el aire húmedo y fresco de la noche. Después alzó el rostro y contempló la vaga claridad lunar entre los aleros de las casas. Sin mirar el reloj, calculó qué hora era.

—Sí —repitió en voz muy baja.

Entreabrió la trinchera y la chaqueta, extrajo la pitillera y cogió dos cigarrillos. Uno se lo puso en la boca al barman. Luego sacó el encendedor.

—¿Y sabes lo peor de todo, compañero?... Tus cocktails son una verdadera mierda.

Si eres español, habla en español, conminaba un cartel rojigualdo colgado en el vestíbulo.

Ése era el único detalle de mal gusto, apreció Falcó. Por lo demás, el Club Náutico de San Sebastián hacía honor a su selecto nombre. Estaba amueblado a la última en plan diseño funcional: superficies limpias, mesas cuadradas, sillas tubulares de mimbre y acero. Más allá de la barra del bar se hallaba el comedor reservado, al que separaba del resto un panel corredizo de vidrio opaco. Cuando penetró en él, los camareros se habían retirado tras levantar la mesa y sobre el mantel sólo quedaban tazas de café, vasos, sifón, un cubo con hielo, una botella de White Label y un par de ceniceros con el emblema del club. También estaba allí la vieja cartera de piel del Almirante, que Falcó había aprendido a temer. Como un prestidigitador con mala sombra, el Jabalí nunca sacaba de ella nada bueno.

—Éste es mi agente —lo presentó el Almirante—. El señor se llama Hubert Küssen.

No mencionó al segundo hombre. Porque había dos con el jefe del SNIO: uno moreno y otro con el pelo blanco. El moreno se había puesto en pie para estrechar la mano de Falcó, dando un leve taconazo. Vestía un buen traje gris y era regordete, de aspecto más bien balcánico. Lucía un bigotito recortado a la inglesa. Uno de esos fulanos, pensó Falcó, a los que era fácil imaginar jugando al golf en Lausana o cazando gamuzas en el Tirol con una escopeta Purdey mientras hacían negocios turbios en varios idiomas. Todo habría sido así de convencional de no ser por la parte inferior izquierda de su rostro: desde el mentón hasta la nuca, la piel estaba apergaminada y surcada de feas arrugas, como la de un anciano.

—Puede llamarme Hupsi —dijo éste en un español razonable—. Todos lo hacen... Hupsi Küssen, a su disposición.

Falcó advirtió el acento.

—¿Alemán?

—No, por Dios —una sonrisa untuosa, trabajada—. Austríaco.

Miró Falcó al otro hombre, el del pelo blanco, que permanecía en silencio junto a la parte más alejada de la mesa. Aunque estaba sentado, parecía de baja estatura. Vestía un traje cruzado oscuro y corbata de rayas. Observaba a Falcó con tranquilo interés.

—¿Quieres un escocés? —preguntó el Almirante cuando todos estuvieron sentados.

Negó Falcó mientras sacaba del bolsillo el tubo de cafiaspirinas —la tensión del incidente con el barman aún
dejaba rastro—. Después vertió un chorro de sifón en
un vaso y tragó el comprimido tras masticarlo un poco.
Su estómago lo agradecía más de ese modo.

—Me salto el prólogo —dijo el Almirante—. Estos
caballeros ya saben quién eres.

Miraba de vez en cuando Falcó al del pelo blanco,
pero éste seguía inmóvil y callado, observándolo. Tenía
los ojos claros y facciones agradables, incluso dulces. Algo
de aquel individuo, pensó, le cosquilleaba en la memoria,
pero era incapaz de situarlo.

—Nos han hablado muy bien de usted —dijo el
hombre moreno.

Sonreía obsequioso. Casi seductor. Una sonrisa de
bazar oriental, como si su propietario pretendiera vender
una alfombra.

—No parece austríaco —dijo Falcó.

El otro ensanchó la sonrisa.

—Austria era muy grande, antes.

—Comprendo.

Tras recostarse Falcó en la silla, se ajustó el nudo de la
corbata y cruzó las piernas procurando no aplastar la raya
del pantalón. Desde el otro lado de la mesa, el del pelo
blanco no le quitaba ojo y su rostro mantenía la expresión de amable curiosidad. Falcó se volvió hacia el moreno, estudiando sin disimulo la horrible marca de la cara.
Había visto heridas semejantes. Habituado sin duda a esa
clase de miradas, el tal Küssen asintió levemente, confirmando sus pensamientos.

—Agosto del año dieciocho, batalla de Arrás —dijo
en tono neutro.

—¿Una granada?

—Lanzallamas.

—Vaya. Tuvo suerte.

—Sí... De cuantos estábamos en mi búnker, fui el único que la tuvo.

Permanecieron un momento mirándose mientras Falcó evaluaba al individuo. Pese al aspecto regordete y apacible tenía unos ojos duros, astutos. Inteligentes.

—El asunto Bayard, del que te hablé esta mañana, tiene derivaciones —dijo el Almirante—. Y para tratarlas estamos aquí.

Había sacado el hule del tabaco de un bolsillo y llenaba con parsimonia la cazoleta de la pipa, apretando con el pulgar. Estuvo un rato callado, concentrado en la tarea, y al fin habló sin alzar la mirada.

—El señor Küssen es marchante de arte. Está bien relacionado, y eso incluye el círculo de Leo Bayard en París. Entre otras cosas, comercializa los trabajos de una fotógrafa británica llamada Edith Mayo... ¿Te suena?

Falcó hizo memoria.

—¿Publicó un reportaje sobre la defensa de Madrid en la revista *Life*?

—Sí. Esa misma.

—Los íntimos la llaman Eddie —dijo Küssen—. Antes fue maniquí de Chanel, y luego amante del artista fotógrafo Man Ray.

—Ahora es pareja de Leo Bayard —añadió el Almirante—. Muy roja, muy de izquierdas...

—También muy guapa —apuntó Küssen.

—Se conocieron hace seis meses en España.

—Y los tres somos buenos amigos —dijo el austríaco.

Lo miraba Falcó con renovado interés.

—¿Cómo de buenos?

—Nos frecuentamos en París.

—Este caballero —terció el Almirante— te presentará a esa gente. Pondrá más fáciles las cosas.

Falcó estaba lejos de entender aquello.

—¿Fáciles?

—Ésa es la idea.

Miró al del pelo blanco, que continuaba en silencio. Seguía intentando situarlo en su memoria.

—¿Y qué hace herr Küssen en esto?

—Hupsi, por favor —sonrió el hombre moreno, amable.

—¿Qué hace Hupsi en esto?

El Almirante sacó una cajita de fósforos de madera, prendió uno y lo aplicó a la cazoleta.

—El señor Küssen es un antifascista conocido en toda Europa —dijo entre bocanadas de humo—. Un demócrata intachable... Huyó de Austria hace poco. También es hombre adinerado y filántropo, que ayuda a los fugitivos del régimen nazi. Se sospecha que tiene unas gotas de sangre judía y que está en el punto de mira de la Gestapo.

Quizá era el dolor de cabeza, pero a Falcó, la palabra *Gestapo* le ensombreció el talante. Resultaba imposible olvidar el curso de técnicas policiales que había hecho el año anterior en Berlín, enviado por el Almirante. En tres semanas había obtenido enseñanzas y contactos útiles, y también amplia experiencia sobre interrogatorios y ejecución de detenidos, materia prima que no escaseaba en los sótanos policiales de la capital del Reich. Comparados con los carniceros de la Prinz-Albrecht-Strasse, los instructores a quienes había conocido en el campo de adiestramiento rumano de Tirgo Mures parecían sólo simpáticos animales.

—No me encaja el retrato —concluyó, cada vez más desconcertado—. ¿Qué hace aquí un filántropo antifascista?

Küssen permaneció impasible, siempre sonriente y sin despegar los labios. Por su parte, el Almirante y el hombre del pelo blanco intercambiaron una mirada. Por fin, el Almirante dedicó a Falcó una mueca que en otro habría podido tomarse por un gesto amable.

—Es una cobertura —aclaró—. Muy eficaz, por cierto... En realidad este señor se relaciona hace tiempo con los servicios secretos alemanes.

Enarcó Falcó las cejas. Sus iris grises y fríos se habían contraído, cautos.

—¿El SD?

—No, cielos —Küssen miró al hombre del pelo blanco antes de emitir una carcajada tan jovial que parecía forzada—. El servicio de información de las SS y yo emitimos en distinta longitud de onda.

—Colabora con el Abwehr —precisó el Almirante.

—¿Colabora con o trabaja para?... Porque no es lo mismo.

El Almirante y el del pelo blanco volvieron a mirarse.

—Colabora a menudo.

Ató cabos Falcó. Aquello significaba que Küssen era de confianza. El servicio de inteligencia germano era una garantía. Jugaba un papel clave en el apoyo de Alemania a la causa nacional.

De pronto le pareció recordar. Miró al hombre del pelo blanco y al fin lo situó por completo. Se había cruzado con él durante diez segundos en su penúltima visita a Berlín, por un pasillo de la Tirpitzufer donde todos se cuadraban a su paso. Iba de uniforme y ante él correteaban dos perros teckel.

Era el almirante Canaris, naturalmente. Jefe del Abwehr. Pero se guardó mucho de manifestar que lo había reconocido.

—Compro obras de arte, en especial a judíos y exiliados políticos del Reich —estaba contando Küssen—. También ayudo generosamente a las organizaciones que les facilitan la huida de Alemania y Austria. Eso me da contactos e influencia. Y, por supuesto, conocimientos valiosos... Canalizo el dinero hacia Suiza y la información hacia Berlín.

—Un negocio redondo —se admiró Falcó—. Doble ganancia.

El austríaco sonreía como si acabara de escuchar un buen chiste. Miró al del pelo blanco antes de darse unas palmaditas sobre el lado izquierdo de la chaqueta, a la altura del pecho.

—Desde luego, no me quejo.

El hombre del pelo blanco, ahora Canaris, seguía callado, escuchando. Para ese momento Falcó había tenido tiempo de seguir atando cabos. El marino alemán, respetado por Hitler y toda una leyenda en el mundo de las operaciones clandestinas, había hecho trabajos de inteligencia en España durante la Gran Guerra y tenía allí sólidas amistades. El Almirante era una de ellas, y también los hermanos Francisco y Nicolás Franco. Por lo que Falcó sabía, esa relación personal había sido útil a los militares sublevados el 18 de julio, y se mantenía estrecha. Era sabido que Canaris viajaba con frecuencia a la zona nacional.

—Los amigos del señor Küssen nos están ayudando mucho con la operación Bayard —aclaró el Almirante—. Y ahora él va a apoyarte a ti en la última y más delicada fase.

—¿Y cómo lo hará?

—Con su aval podrás acercarte más al objetivo. Recuerda que Ignacio Gazán, el personaje que interpretas en París, es un español afincado en La Habana que tiene mucho dinero. Inviertes en arte y el señor Küssen te asesora.

—¿Por ejemplo?

—Unas fotos de las que hace esa Eddie Mayo, que se exponen en una galería de allí. Van a interesarte mucho y comprarás una o dos.

—Surreal-transexualistas, las llama ella —apostilló Küssen.

Falcó se rascó una oreja, divertido.

—Vaya... Eso promete.

—No te hagas el gracioso —el Almirante soltó un gruñido—. Es tarde y no estoy de humor.

—Me refería a lo de *surreal,* señor.

—Cierra el pico.

—A la orden.

Se quedaron los cuatro en silencio. Sólo se escuchaba el leve sonido que hacía el Almirante al chupar su pipa. Tras un momento se dirigió éste a Canaris, señalando a Falcó como si buscara su aprobación.

—¿Qué opina?

Los ojos claros del otro se posaron en Falcó, benévolos.

—Creo que sí —respondió en español—. Funcionará.

Tenía una voz mesurada, muy cortés. Su acento era bueno. Por su parte, el ojo de cristal del Almirante apuntaba a Falcó con indiferencia técnica.

—Siento cierta perversa debilidad por él, quizá porque nunca necesita aparentar que sus motivos sean honrados. Y la ventaja es que cae bien tanto a los hombres como a las mujeres... Como puede ver, tiene ese punto desalmado, algo gamberro, de un colegial simpático.

Canaris renovó su conformidad con una sonrisa, sostenida por el aparente candor de los ojos claros. Una útil máscara táctica, pensó Falcó. A fin de cuentas, aquel hombre era uno de los tres o cuatro más poderosos de la Alemania nazi. Los tentáculos de su red de espionaje se extendían por todo el mundo.

—Eso parece —asintió.

Echó más humo el Almirante, miró ceñudo la cazoleta de la pipa para comprobar la combustión y señaló a Falcó con el caño.

—Cuando llegan a darse cuenta y al fin le vislumbran el mecanismo, ya están jodidos o a punto de estarlo.

—¿Jodidos? —parpadeó Canaris, interesado.

—*Kaputt.*

—Ah. Entiendo.

—Es profesional como una madame de burdel.

Falcó los miraba alternativamente, cual si asistiera a un partido de tenis.

—¿Puedo decir algo?

—No, carallo. No puedes.

Una pausa. Canaris, Küssen y el Almirante seguían mirando a Falcó. Se puso éste a contar las anillas que sostenían la cortina, para mantenerse impasible mientras pasaba el rato. Era un viejo truco. Cuando iba por la número catorce, se quitó el Almirante la pipa de la boca.

—Al conocer a Bayard —dijo—, serás tú quien caiga rendido bajo su encanto; dispuesto a firmarle un par de cheques para la causa del noble pueblo español, etcétera... Ningún paladín de la libertad se resiste a eso. La parejita te acogerá con los brazos abiertos.

—¿Y después?

Después, repuso el Almirante, Falcó remataría la jugarreta que le estaban montando al personaje. Que era un primoroso encaje de bolillos: maniobra a varias bandas para desacreditar al héroe aviador y, a ser posible, conseguir que sus propios camaradas lo quitasen de en medio. Mientras decía eso, el jefe del SNIO abrió la cartera y extrajo un sobre de papel manila grande y muy abultado.

—Los detalles los tienes aquí, en un informe que destruirás cuando lo hayas leído —empujó el sobre hacia

Falcó, deslizándolo por la mesa—. También tienes todo lo demás: documentos, talonarios y otras cosas necesarias. En París debes ponerlo todo a salvo en lugar seguro, pues te hará falta llegado el momento... Ahí van los clavos del ataúd de Bayard.

—¿Qué clave usaré?

—La Soria 8, que es nueva y aún no la manejan los rojos. El libro código es *La bolchevique enamorada,* de Chaves Nogales... Es una novelita corta del año treinta, y ahí tienes un ejemplar. ¿La has leído?

—No.

—Pues ya tienes para entretenerte.

Echó Falcó una ojeada al libro: una edición de quiosco de ferrocarril, barata, en rústica. Se preguntó cuánto habría de casual y cuánto de intencionado en la elección de ese título por parte del Almirante, después de lo de Eva Neretva y el episodio de Tánger. El ojo sano y el ojo de cristal se alineaban observándolo con intención, y creyó advertir ahí un brillo malévolo.

—También tienes un pasaje para mañana en el sleeping de primera clase a París.

Miró Falcó a Canaris. Después se volvió hacia Küssen mientras devolvía la novela al sobre.

—¿Viajaremos juntos?

El austríaco negó con la cabeza.

—Yo voy con el vuelo de Lufthansa. Será en París donde nos veamos.

—¿Debo ir a un hotel en particular?

—Le han reservado la mejor habitación del Madison, en el boulevard Saint-Germain —dijo Canaris—. Pequeño, pero cómodo y muy elegante.

—El que escogería un millonario habanero con buen gusto —apuntó Küssen.

—Y nada barato —gruñó el Almirante—. Ochenta malditos francos diarios.

Küssen le sonreía a Falcó. Seguía siendo la suya una mueca simpática, mundana, que contrastaba con la horrible cicatriz de la mandíbula.

—¿Le parece bien?

—Me parece perfecto. Pero si en París me voy a mover por lugares públicos, existe la posibilidad de que algún agente republicano me reconozca.

Canaris frunció el ceño. De pronto parecía preocupado.

—¿Se ha dejado ver mucho en los últimos tiempos?

—Apenas.

—¿Puedo saber dónde?

—No.

—Ah... Ya veo.

—Llevo una vida discreta, pero nunca se sabe.

El alemán se quedó pensando.

—Si llega el caso, actuará en consecuencia —concluyó.

Miraba ahora al Almirante como si le transfiriese la responsabilidad.

—Está hecho al riesgo —apuntó éste, cáustico—. A nuestro pollo lo tiras al mar y le salen branquias y aletas.

Asintió el otro con apariencia convencida. Cual si tras haber estudiado a Falcó no le cupieran dudas.

—Küssen tiene ya un plan previsto —dijo.

—Desde luego —confirmó el otro—. Nos encontraremos como por casualidad en el restaurante Michaud, muy cerca de su hotel, dentro de dos días... Estaré comiendo con Bayard y Eddie Mayo. A la una el lugar se llena de gente y hay que esperar mesa; así que nos saludaremos como viejos conocidos y lo invitaré a acompañarnos. A partir de eso le tocará llevar el juego, aunque yo me mantendré cerca.

—¿Alguna duda? —preguntó el Almirante.

—No, de momento.

De nuevo el rictus sardónico bajo el mostacho gris. El jefe del SNIO le acercaba a Falcó el sifón.

—Pues trágate otra aspirina, chico, que te va a hacer falta... Porque ahora vamos a contarte la segunda parte de esta bonita historia.

Hacía calor. Después de apagar la luz abrieron uno de los ventanales y permanecieron un rato allí los cuatro, casi inmóviles y en pie, disfrutando de la brisa nocturna. Más allá del semicírculo de arena en sombras, la bahía era un páramo oscuro donde el viento y la luna combinaban suaves reflejos de plata.

—Elegante ciudad —dijo Canaris.

Él y Küssen saboreaban habanos de aroma agradable. Ajeno al paisaje, el Almirante se había vuelto a mirar a Falcó.

—¿Estás al tanto de la Exposición Internacional de Artes y Técnicas de París? —inquirió de pronto.

—Más o menos.

—Se inaugura a principios de junio, y los rojos desean que la República esté bien representada... Les han encargado el pabellón a dos arquitectos de su cuerda, y quieren que haya un cuadro grande, reivindicativo de la lucha del noble pueblo español contra el fascismo, etcétera.

Tras correr de nuevo las cortinas, encendieron la luz y regresaron a la mesa.

—El cuadro se lo han pedido a Picasso —remató el Almirante.

Falcó lo miró con sorpresa. Al volverse hacia Canaris para confirmarlo, éste asintió, plácido. Küssen sonreía como un gato a punto de zamparse un ratón y el Almirante mordisqueaba irritado el caño de su pipa.

—No entiendo qué puñetas le ven a Picasso —masculló—, pero es una celebridad mundial.

Canaris no dejaba de observar a Falcó.

—Lo es con toda justicia... ¿Le gusta a usted Picasso?

—Ni mucho ni poco —torcía la boca, indiferente—. El arte no es lo mío.

—¿Y de lo que ha visto?

—Unas cosas más que otras. Pero sí... Es original.

El Almirante casi dio un respingo.

—¿Original, ese rojo hijo de puta?

—Cada cual tiene sus gustos, señor.

—En efecto —acordó Canaris.

—Pues no les alabo ése... Pero ahora es lo de menos.

Falcó se recostó en el respaldo de su silla. La cafiaspirina había hecho su efecto benéfico y se sentía despejado y claro, vagamente eufórico. La vida como aventura llamaba de nuevo suavemente a la puerta. Ahora sí. En plena forma.

—Como sabes —proseguía el Almirante—, y si no lo sabes te lo digo yo, ese pintamonas de Picasso está en París. Tiene allí uno de sus estudios. Sus simpatías por la República son conocidas, así como sus amistades; de manera que no voy a extenderme en eso. Lo que importa es que ha aceptado el encargo, y hace días que trabaja en él.

—¿Y cuál es el tema?

—Ésa es la pregunta justa, diantre. El tema.

Se quedó mirando el Almirante la cazoleta de la pipa. Se había apagado, así que sacó la cajita de fósforos, prendió otro y aplicó la llama.

—El tema, por lo visto, es el bombardeo de Guernica.

Dicho lo cual lo miró penetrante, entre el humo. Desde el otro lado de la mesa, Canaris asentía, sereno, mientras Falcó intentaba digerir aquello. Seguía sin verse dentro.

—Vaya.

—Pues sí —comentó el Almirante—. Y no sabes lo mejor. Ese payaso, Dalí, ha ido también a ofrecer sus servicios para pintar el mural, argumentando que el año pasado ya hizo algo a favor de la República... Todos están locos por trincar, como ves. No todo el oro del Banco de España se lo llevó Stalin.

—*Construcción blanda con judías hervidas* —dijo de pronto Küssen.

Parpadeó Falcó, desconcertado.

—¿Perdón?

—Así se llamaba el cuadro de Dalí, subtitulado *Premonición de la Guerra Civil*... Pero la embajada prefiere a Picasso —dejó salir un oscilante aro de humo—. Tiene más nombre.

Chasqueó la lengua el Almirante.

—Los rojos están haciendo ruido con esa historia, y van a hacer mucho más. El inventor del cubismo, nada menos, mostrando de ese modo su apoyo a la causa republicana... ¿Te lo imaginas?

Asintió Falcó. Eso podía imaginarlo.

—Revistas, noticiarios, y mil quinientos muertos para su propaganda —el jefe del SNIO se removía en la silla, malhumorado—. Correrá mucha tinta. Y no para bien nuestro.

—De todas formas, señor, como dijo esta mañana, Guernica fue destruida por los dinamiteros rojos, igual que Irún —miró a Canaris—. ¿O no?

El alemán apuntó una sonrisa ambigua. Sus ojos claros parecían transparentes.

—Puede que haya otra versión de los hechos —dijo con suavidad, como si acabara de ocurrírsele.

Pensaba Falcó en los aviadores a los que había visto por la mañana en el café, en los Junker y Savoia con el aspa nacional pintada en el timón de cola. España, eso era fácil adivinarlo, se estaba convirtiendo en ensayo general de algo aún más enorme y más terrible. Con aquella música siniestra acabarían bailando muchos otros.

—¿Tiene usted alguna opinión? —se interesó Canaris.

—¿Sobre qué?

—Sobre eso de Guernica.

Lo pensó Falcó un poco más.

—Depende de quién haya sido.

—Puestos a imaginar, suponga por un momento que lo hizo la aviación nacional española.

—La alemana y la italiana, querrá decir.

El Almirante fulminó a Falcó con el ojo sano.

—No te pases de la raya, muchacho.

Éste seguía pensándolo.

—Las bombas son un signo de civilización, supongo —dijo al fin, dirigiéndose a Canaris—. La prueba es que a ustedes, los que ya están civilizados, nadie los bombardea.

Se echó a reír el alemán, de nuevo bonachón. Era amable y encajaba bien. O eso parecía.

—Me gusta el sentido del humor español. Cuando ustedes hacen un chiste, es que realmente tiene gracia... Un pueblo trágico como el suyo no se ríe de cualquier tontería.

Tras decir eso se quedó mirando con curiosidad a Falcó.

—¿Somos nosotros quienes se lo hacemos a otros, quiere decir? —inquirió al fin.

—Al menos, de momento. Sí.

—Tampoco ustedes se quedaron cortos en el Rif... Incluido el gas yperita.

—Éramos civilizados, por esa época. Como ahora los italianos en Abisinia.

Por su parte, el habano entre los dientes, Küssen movía la cabeza, reprobador.

—Nadie bombardeará nunca el Reich.

Se encogió Falcó de hombros.

—Le tomo la palabra... Apostemos una cena en el Horcher de Berlín.

Sonrió complacido el otro, casi pícaro, aceptando el juego.

—¿*Canard à la rouennaise* y Mouton Rothschild del treinta y dos?

—Del treinta y cinco.

—Hecho.

Miró Falcó a Canaris, que los escuchaba con expresión divertida.

—Aunque igual también acabarán bombardeando Horcher.

Serio de repente, el alemán escrutó a Falcó. Al cabo soltó una carcajada.

—Me gusta su hombre, querido Almirante. Tiene temple.

—Eso dicen... Y me alegro de su aprobación, porque él y el suyo van a trabajar juntos —se volvió hacia Küssen—. Mientras no descuide a una mujer o a una novia, todo irá bien.

El otro también se echó a reír.

—Soy soltero y sin ataduras, pero lo tendré presente.

—En cuanto a lo de Guernica —añadió el Almirante—, nos importan un pimiento las versiones que circulen. Lo concreto es que Picasso está pintando su basura para la Exposición —apuntó a Falcó con el caño de la pipa—. Y eso tiene que ver contigo.

—¿Conmigo?

—Sí. Aquí este caballero te va a decir de una vez por qué.

Y el caballero, o lo que fuese Küssen, lo hizo. Era amigo personal de Picasso, y había visto los primeros esbozos para el mural. El artista trabajaba en él desde primeros de mayo. Iba a ser un lienzo grande, destinado al pabellón español. Según informes fidedignos, el agregado cultural de la embajada de España, un tal Aub, habría pagado ya a Picasso 150.000 francos por el encargo. También le pagaban a una de sus amantes, Dora Marković, alias Dora Maar, por fotografiar la progresión del trabajo. Todo debía estar terminado para primeros de junio.

—La cosa va en serio, como ves —terció el Almirante.

Asentía Falcó, digiriendo lo que escuchaba.

—Ya... Lo que sigo sin ver es la parte que me toca a mí.

—Picasso y Leo Bayard son muy amigos —le aclaró Küssen—. Se frecuentan bastante, e incluso Eddie Mayo ha posado para alguno de sus cuadros.

Falcó continuaba esperando.

—¿Y?

—Pues que voy a introducirlo en su círculo, lo que significa facilitarle acceso a Picasso... ¿Le parece bien?

—Claro. Me encanta que me introduzcan en círculos.

—Como coleccionista, usted pretenderá que le venda algo: cualquier tontería por la que pagará un precio exagerado. El dinero que se supone que tiene abrirá todas las puertas... Lo mantendrá en contacto estrecho con esa gente, ganándole su confianza.

Había sacado Falcó la pitillera de un bolsillo del chaleco. Lo hizo muy despacio, reflexionando sobre el objeto de todo aquello.

—Sigo sin comprender qué tengo que ver con ese cuadro.

El Almirante dio un golpecito impaciente sobre la mesa.

—Pues está bien claro, hombre. Pareces tonto... Tu misión en París es doble. Además de hacer pasar a Bayard por un agente fascista y lograr que se lo carguen sus propios camaradas, tienes que sabotearle el cuadro a Picasso.

Falcó, que tenía la pitillera abierta y acababa de elegir un cigarrillo, se quedó con él a medio camino de la boca. Los miró a todos hasta acabar en Canaris, que sonreía con placidez.

—¿Perdón?

—Lo que he dicho, carallo —gruñó el Almirante—. Sabotearlo, romperlo, quemarlo, acuchillarlo... Lo que se te ocurra. El caso es dar una lección a los rojos... Destruir esa puñetera mierda antes de que la lleven a la Exposición.

4. Comunista y torero

Los trenes, pensó Falcó, con su ambiente promiscuo y móvil, eran buen lugar de caza, pero también facilitaban el ser cazado. Para un oficio turbio como el suyo, conservar en ellos la salud tenía sus reglas. Exigía un continuo estado de alerta; un ojo avizor y despierto. Eran muchas las cosas desagradables que podían ocurrir entre estación y estación, en la oscuridad repentina de los túneles o en la soledad nocturna de un pasillo. También, naturalmente, las que uno mismo podía ejecutar contra otros. De cualquier modo, operar en los trenes no se improvisaba; eran necesarios un adiestramiento y una técnica: un conocimiento detallado de los horarios, recorridos y estaciones, del tiempo de parada o el de trayecto entre cada punto, de la composición del convoy, de la idiosincrasia de los empleados de ferrocarriles, de las costumbres y rutinas de los viajeros. De los inconvenientes y las ventajas.

Reflexionaba sobre eso mientras se anudaba, ante el espejo de la toilette de su departamento individual, una corbata de seda con la etiqueta *Charvet-París* en el envés. Abrochó después los picos del cuello de una camisa de color hueso, cerró el chaleco dejando libre el último botón y se puso la chaqueta del traje de tweed Donegal en cuya mezclilla predominaban los tonos ocres. Después se pasó las manos por las sienes del pelo peinado con fijador hacia atrás, la raya a la izquierda y muy alta, puso el maletín en la red del equipaje, confirmó que la pistola y los documentos estaban bien ocultos en un hueco bajo el lavabo, y salió al pasillo del coche cama cuando el encargado del vagón pasaba agitando la campanilla para el turno de restaurante.

La campiña francesa, dilatada y verde, desfilaba en panorámica por la ventana del vagón, pautada por los postes telefónicos que discurrían con extrema rapidez. Al llegar Falcó a la plataforma y el fuelle que comunicaba con el restaurante, el ruido del convoy y el traqueteo de los bogies, capaces de ahogar un grito y tal vez un disparo, le hicieron dirigir un vistazo precavido a las puertas cerradas, a la garita desierta del encargado y al pasillo que dejaba atrás. Pero todo parecía en orden, sin presencias hostiles ni amenazas a la vista. Entonces relajó los instintos profesionales y su rostro adquirió una expresión amable, tranquila, mientras empujaba la puerta del vagón restaurante.

Treinta y cinco minutos después, cuando un camarero retiró el último plato vacío, Falcó encendió un cigarrillo y echó un vistazo distraído por la ventana —puentes, ríos y bosques; Francia era un paisaje afortunado— antes de dedicar un rato al ejemplar de *La Presse* que tenía doblado sobre el mantel. Después alzó la vista para mirar con curiosidad a las dos mujeres que, en voz demasiado alta, conversaban en la mesa contigua.

Lo hacían en inglés, con acento norteamericano. Apenas habían probado la *poularde valois,* observó Falcó, pero en ese momento despachaban la segunda botella de burdeos. Tenían un inequívoco aire de turistas explorando Europa. Una era trigueña y casi robusta, de facciones redondas. Ni fea ni guapa. Bonitos dientes. Poseía unos ojos vivos, de color pálido azulado, y llevaba el pelo ondulado y corto a la moda, con raya en medio. Vestía con buen gusto —traje sastre cómodo y casi masculino— y el collar de perlas que llevaba sobre el cuello de la blusa, ahuecada en el escote, parecía de buena calidad. Su acompañante era delgada, morena, desgarbada más que esbelta. Daba la espalda a Falcó. Se recogía el pelo en una trenza.

—Absurda, querida... Una situación por completo absurda.

La trigueña llevaba la voz cantante. Su tono delataba posición y dinero. Parecía, concluyó Falcó, una de esas mujeres que solían ser desesperación de los empleados de los hoteles de lujo, de los capitanes de transatlántico y de las secretarias de sus maridos, cuando los tenían. La otra se limitaba a asentir, refrendándole el discurso, que se refería a la imposibilidad de conseguir una habitación en el Ritz de París; lo que, al parecer, obligaba a ambas a conformarse con el George V.

En ese momento, los ojos pálidos de la trigueña se posaron casualmente en Falcó, que la miraba. Sonrió éste de modo instintivo, pues poseía el don más preciado del nómada y el aventurero: la facilidad para entablar conversación con cualquier extraño, sobre todo si el extraño pertenecía al sexo opuesto.

—El George V no está tan mal —dijo en inglés, con mucha naturalidad, y miró las copas de vino que las mujeres tenían sobre el mantel—. Es un hotel moderno y con estilo de jazz, ¿saben?... El chef Montfaucon es un encanto, el cocinero principal prepara un *koulibiac* a la rusa extraordinario y la bodega tiene una formidable provisión de Haut-Brion y Chambertin.

—Parece usted una guía de viaje —dijo la trigueña.

—Acierta de pleno —Falcó hizo una leve inclinación de cabeza, presentándose—. Luis Colomer, redactor de la Guía Michelin, a su servicio.

—Vaya. Qué casualidad.

—Sí... Una feliz casualidad.

Le prestaban súbita atención, entre interesadas y divertidas. La morena de la trenza se había vuelto a mirar a Falcó: llevaba unos lentes redondos de acero que daban aire de institutriz de provincias a unas facciones en principio vulgares. Jersey de cachemir y falda gris. Con breve ojeada experta, Falcó advirtió que ésta le miraba las manos, y su compañera, la boca. Así que la segunda sonrisa se la dedicó a la trigueña.

—Soy Nelly —dijo ésta—. Ella es Maggie.

Inclinó Falcó de nuevo la cabeza, cortés.

—¿Su primer viaje por Europa?

—No, en absoluto —la tal Nelly seguía llevando la voz cantante—. Hemos estado dos semanas recorriendo la costa, de Brest a Burdeos. Ahora regresamos a París.

—Turismo, supongo.

—Supone bien —la mujer seguía estudiándolo, valorativa, y no parecía desagradarle lo que veía. Al fin abrió el bolso, se retocó la boca con una barrita de *rouge* y señaló el asiento libre a su lado—... ¿Quiere acompañarnos en el café?

—Con mucho gusto.

Fue a sentarse junto a ella, de cara a la otra. Tenía la morena facciones más bien secas, tal vez fatigadas. Sobre los cuarenta, quizá mayor que su compañera. Seguramente había sido bonita de joven, antes de que el tiempo o la vida la marchitasen. La otra era más viva y lozana: parlanchina, dinámica, desenvuelta, con el descarado aplomo de las norteamericanas viajadas, de buena familia. Olía a dólares familiares con más intensidad que a Max Factor; a verano en Nueva Inglaterra e invierno en la Costa Azul, con cabina de primera clase en el *Queen Mary* de por medio. La otra olía a amiga pobre, de compañía. Tenía un libro al lado, sobre el mantel. Ninguna de las dos llevaba anillo de casada.

—¿De verdad es redactor de la Guía Michelin?

La sonrisa de Falcó subió a treinta y ocho grados.

—No... Les mentí como un truhán. En realidad soy hidalgo español. Y torero, en mis ratos libres.

—¿Torero?

Asintió, impávido.

—Naturalmente.

—¿También comunista?

—Por supuesto. Comunista y torero... Todos en mi país lo somos, cuando no tenemos una guerra en la que ocuparnos.

—Está loco —rió Nelly.

La morena de la trenza, Maggie, lo miraba con ojos graves tras los cristales con montura de acero. Ojeras melancólicas. A Falcó no le habría sorprendido que escribiera poesía en sus ratos de intimidad. Era ese perfil, calculó. Más o menos. Miró de reojo el título del libro: *Gran Hotel.*

—Es terrible lo de España —comentó ella, sombría.

Falcó hizo una seña al camarero, sacó la pitillera y la ofreció abierta a las dos mujeres.

—Sí —dijo.

Regresó a su sleeping una hora después, tras una charla simpática y un flirteo superficial con Nelly —una forma de mantener afiladas las herramientas como otra cualquiera— que le había ayudado a pasar el rato de modo agradable. Colgó la chaqueta de una percha, se quitó los gemelos, remangó la camisa y se refrescó la cara en el lavabo tras comprobar que la pistola seguía en su escondite y todo estaba en orden. Después bajó la mesita plegable, dejó los cigarrillos y el encendedor a mano y se puso a leer el dosier sobre Leo Bayard.

El francés tenía cuarenta y dos años. Oficial en la Gran Guerra, periodista y escritor de éxito, sus *Nada que contar* y *La trinchera olvidada* —ganador este último del Premio Goncourt— habían fraguado su imagen de intelectual de izquierdas. Admirador de la Unión Soviética, se había consagrado con un discurso entusiasta ante el Presídium de Escritores. En opinión del anónimo redactor del dosier que Falcó tenía en las manos, Bayard no era un comunista teórico, sino un simpatizante práctico: hombre de acción, apasionado y vital, experimentaba una viva admiración por el régimen estalinista, del que negaba toda sombra y sólo proclamaba bondades. Aficionado a la aviación, los primeros momentos de la guerra de España le habían dado la idea de reclutar una fuerza aérea para la República. De ese modo, hasta que seis meses después fue integrada en el Ejército Popular, la escuadrilla Bayard había empleado a quince pilotos y ocho mecánicos de varias nacionalidades, llegando a contar con una docena de aviones. El propio Bayard había participado en misiones de combate, y eso reforzaba su leyenda. Ahora, en París, saboreaba la gloria adquirida, escribía influyentes artículos a favor de la causa republicana y sonaba para ministro de Cultura en el próximo gabinete del frentepopulista Léon Blum.

Había también fotografías, y Falcó las estudió despacio. En una de ellas se veía a Bayard en una tribuna, pronunciando su discurso ante los escritores en Moscú. Otra había sido hecha en el café Les Deux Magots de París, y en ella compartía mesa con el cineasta soviético Sergei Eisenstein. La tercera, tomada en una base aérea española, mostraba a Bayard de cuerpo entero, delgado y alto, con las manos en los bolsillos del pantalón y una canadiense de piloto sobre los hombros. Tenía un cigarrillo en la boca, el pelo revuelto por el viento y una expresión de aristocrático desdén dirigida al fotógrafo o al mundo en general. Y mirando aquella foto, Falcó moduló una sonrisa al recordar las palabras con que el Almirante había definido al paladín aéreo de la República: un vanidoso cantamañanas.

Había otros documentos útiles en el informe, y Falcó los estudió minuciosamente. Después quemó algunos en el lavabo, haciéndolos desaparecer por el desagüe, y guardó el resto. Al otro lado de la ventanilla había oscurecido, y en el traqueteo del tren desfilaban sombras y luces lejanas reflejadas en la extensión negra del Loira. El camarero del vagón restaurante había pasado dando los campanillazos del primer turno para la cena, pero Falcó no tenía hambre. Se puso la chaqueta y salió a estirar las piernas mientras el empleado del vagón levantaba el sofá del departamento y le preparaba la cama.

Fumaba recostado en la barra de la ventana, tras bajar ésta, con el aire salpicado de carbonilla despejándole la cara, cuando un hombre se acercó por el pasillo. Era de mediana estatura, no llevaba sombrero, y la luz tenue iluminó un bigote recortado y el pelo negro, rizado y escaso. Por instinto, Falcó adoptó una actitud defensiva: el cuerpo endurecido, hurtando el vientre a un posible navajazo, el brazo derecho libre para golpear —años atrás, en el expreso París-Bucarest, había tenido una mala experiencia de esa clase—; pero el otro se limitó a pedirle fuego en francés y siguió adelante sin más, después de que Falcó acercase la llama al pitillo que el desconocido tenía en la boca.

Iba a regresar a su departamento cuando aparecieron las dos norteamericanas. Venían del vagón restaurante, charlando y riendo, y parecieron complacidas de ver allí a Falcó. Sobre todo la trigueña Nelly.

—Lo hemos echado en falta durante la cena.

—Lo siento... No tenía hambre.

Sacó cigarrillos y fumaron los tres. Las dos mujeres olían a vino reciente, de buena calidad. A Nelly, sobre todo, le chispeaban los ojos, alegres.

—Durante la comida —comentó ésta— nos dijo que tenía una botella de auténtico bourbon de Kentucky en su departamento...

Sonrió Falcó al oír aquello, con mucha sangre fría.

—Mentí. Era una trampa.

—Nos encantan las trampas... ¿Verdad, Maggie?

Se miraron. Divertido Falcó, expectante Nelly, seria la amiga.

—Pero podemos arreglarlo —aventuró él.

—Sería perfecto. Nos encanta el bourbon.

—Esto es Europa, ya saben... ¿Se conformarían con un escocés?

—Puede valer.

Alzó Falcó un dedo instándolas a aguardar allí, abrió la puerta de su departamento y pulsó el timbre para llamar al camarero, que se presentó en seguida. Diez minutos después estaba de vuelta con una botella de Old Angus, otra de sifón y tres vasos. Después de que lo instalara todo en la mesita plegable, Falcó le metió veinte francos en el bolsillo e invitó a entrar a las dos mujeres.

—Ya le han preparado la litera —protestó suavemente Nelly.

—No se preocupen por eso —cerró la puerta con pestillo—. Podemos sentarnos los tres en ella.

—Temo que se la vayamos a arrugar.

La sonrisa de lobo guapo entornó los ojos gris metálico de Falcó. Había abierto la botella y vertía whisky en los tres vasos. Lo completó con tres cortos chorros de sifón.

—Me gustan las camas arrugadas —dijo mientras las dos mujeres empezaban a besarse.

No era Falcó de los hombres a los que les gusta mirar. No era ése su carácter, ni su visión del mundo y la vida.

Dos mujeres semidesnudas acariciándose en la penumbra del departamento sólo tenían sentido para él si contribuía de manera activa a que las cosas discurrieran del modo adecuado. Por otro lado, era evidente que, al menos por parte de Nelly, era eso lo que se esperaba de él. Así que, sin prisas, después de echar un breve y tranquilo vistazo para situarlo todo de forma eficaz —tendencias, dominancias, sumisiones y otros detalles útiles—, bebió con calma un sorbo de Old Angus aguado con sifón, colocó el vaso en la mesita, se quitó el reloj de la muñeca izquierda y se arrodilló junto al borde de la litera, en la posición adecuada para besar la boca que ahora Nelly, desnuda ya de cintura para arriba y con la falda subida hasta los muslos, le ofrecía con cierta avidez mientras su compañera se ocupaba de otros asuntos íntimos.

—Cerdo —dijo la norteamericana.

En realidad lo dijo en inglés. *Dirty pig,* fue la expresión. Era esa clase de chica, concluyó Falcó. O chica con esa clase de inclinaciones técnicas. Resignado, varón de fácil conformar, solícito como buen torero comunista, se aplicó de inmediato a lo que, según el escueto prólogo, supuso se esperaba de él. En la distancia corta, Nelly ofrecía atractivos que hasta ese momento no habían estado a la vista: carne bien formada, cálida y vulnerable, que el placer erizaba y estremecía. Y lo de *dirty pig* era una pista inequívoca sobre el modo de ocuparse de ella. Sugería el tratamiento adecuado.

—Zorra.

Se lo susurró bajito, junto a una oreja. En español sonoro y castizo. No pudo saber si entendía o no la palabra, pero el tono resultó inequívoco, porque la mujer parpadeó con violencia, se le entrecortó la respiración y se puso a dar sacudidas que la agitaron de arriba abajo; hasta el punto de que Maggie, la amiga, levantó la cara de entre sus muslos entreabiertos para observarlos a los dos con sorpresa, como preguntándose si era ella la autora del feliz suceso.

—Zorras —repitió Falcó, esta vez en plural, por elemental cortesía.

Maggie seguía mirándolo con curiosidad. Sus gafas habían desaparecido y la trenza se le deshacía poco a poco. Los ojos fatigados, la boca jugosa y húmeda, conferían un atractivo nuevo a la sequedad de su rostro. Lo humanizaban de un modo inesperado. Además, tenía abierta la blusa, y lo que se veía aparecer debajo era turgente y muy atractivo. Quién lo hubiera dicho, pensó Falcó, recordándola desgarbada, más bien fría, en el vagón restaurante. Quién lo hubiera dicho. De pronto se sintió en plena forma: contento de estar vivo y de que nadie lo hubiera quitado de en medio todavía. Con muchos kilómetros de tren por delante. Aún de rodillas sobre la alfombra junto a la litera, se despojó despacio de la ropa y luego, con toda calma, tenso y dispuesto al combate, se deslizó junto al cuerpo cálido de Nelly, rozándolo con una prolongada caricia pero encaminándose hacia la amiga, que retrocedió un poco para recostarse en el mamparo, mecida por el traqueteo del tren y el sonido rítmico de los bogies mientras le ofrecía, oscuros, entreabiertos y desamparados entre las medias negras, sus secretos insondables.

—Guapa —dijo Falcó, también en español.

La noche iba a ser larga, pensó divertido. Y la litera, estrecha.

En París, los castaños estaban en flor. La temperatura era agradable y no llovía, comprobó satisfecho cuando salió del hotel, cruzó el bulevar, pasó ante la fachada medieval de Saint-Germain-des-Prés y torció por la rue Jacob hasta la esquina de Saints-Pères.

Era la una en punto cuando llegó a Michaud; había gente aguardando en la puerta, junto a la carta enmarcada en el zaguán, y también de pie en el vestíbulo. Con aire casual se introdujo entre los que esperaban mesa, el sombrero en la mano, para echar un vistazo al interior. Hupsi Küssen estaba al fondo, junto a la ventana, comiendo con otras dos personas: un hombre moreno y una mujer rubia. Al verlo, el austríaco levantó una mano. Fingía sorpresa y animación. Sus acompañantes se volvieron a mirar, y Falcó cruzó la sala, ignoró la ojeada reprobadora del maître y anduvo sin vacilar hasta la mesa. Dejando la servilleta sobre el mantel, Küssen se había puesto en pie para recibirlo.

—¡Nacho Gazán, qué sorpresa! ¿Qué haces en París?... Permíteme... Leo Bayard, Eddie Mayo... ¿Buscas mesa? ¿Estás solo?... ¿Por qué no te sientas con nosotros?

Muy desenvuelto y con todo aplomo, tal como estaba previsto, Küssen lo presentó como un viejo amigo, español radicado en La Habana. Falcó estrechó la mano de Bayard, que se había levantado, y saludó a la mujer con una inclinación de cabeza mientras los camareros le acercaban una silla.

—¡Qué sorpresa! —insistía Küssen, perfecto en su papel—... ¡Qué agradable sorpresa!

Leo Bayard —Falcó tenía el hábito de examinar a la gente con fines operativos— era alto, muy delgado, de modales lánguidos. Vestía con elegancia. Sus facciones eran angulosas, atractivas, con un vago punto ascético: tenía la nariz atrevida y aguileña, y un mechón de pelo, seguramente deliberado, rejuvenecía su amplia frente patricia. Un hombre distinguido, en suma. De buena cepa. Por su parte, Eddie Mayo era una guapa inglesa rubia, de ojos azules fríos y rostro delicado. Vestía un jersey masculino de lana y amplia falda azul, y llevaba el pelo en forma de casco, estilo Louise Brooks, de diez o quince años atrás: un corte pasado de moda que, en una mujer como ella, parecía de plena vanguardia.

—¿Ignacio es su nombre? —inquirió Bayard, aún secamente formal.

—Se lo ruego —desplegaba su sonrisa de chico estupendo—. Los amigos me llaman Nacho.

—Sí —confirmaba Küssen, jovial pero sin pasarse de rosca—. Todos lo llamamos así.

Aún no les habían servido el plato principal, así que Falcó se puso a la par encargando al maître un entrecot con salsa bearnesa, tras aceptar una copa de la botella abierta sobre la mesa, que era un Château-Latour del año 24.

—¿Viene usted de España?

—No, por Dios —displicente, Falcó sonrió en el borde mismo de su copa de vino—. Ésa no es mi guerra... Vengo de Lisboa y Biarritz.

Bayard lo estudiaba con pensativa atención. Tenía una mirada inquieta que revoloteaba de un sitio a otro, como la de un pájaro indeciso, hasta que de pronto se quedaba inmóvil, fija en alguien o algo.

—¿No es su guerra, dice? —preguntó al fin.

—No del todo —satisfecho de entrar temprano en materia, Falcó apoyó los puños almidonados en el mantel y se inclinó un poco, casi confidencial—. Vivo en La Habana desde hace ocho años.

—¿Negocios?

—Sí, familiares. Cigarros de Vuelta Abajo.

—Los mejores de Cuba —apuntó Küssen, atento a la maniobra—. A Nacho y su familia les encanta el arte. Son buenos compradores... Hice de intermediario en alguna de sus últimas adquisiciones.

Miró Bayard a Falcó con renovado interés.

—¿Por ejemplo?

—Unos Fujitas eróticos formidables. Precisamente hablamos también de los trabajos fotográficos de Man Ray —acariciándose el bigotito, con aire de improvisar, Küssen se había vuelto a Eddie Mayo—. Quizá sea buen momento para que Nacho visite tu exposición.

Por primera vez sintió Falcó la mirada directa de la mujer. Ella era hermosa y serena, comprobó. Y al observarla de cerca situó mejor su rostro. Años atrás lo había visto en las portadas de revistas de moda, como maniquí de alta costura. Más joven. Más inocente o frágil, tal vez. Ahora debía de andar por los treinta y pocos años, y su belleza era más aplomada. Más hecha y densa.

—¿Expone usted? —preguntó, amable.

—Sí... En la galería Hénaff.

—A dos pasos de aquí —apuntó Küssen, solícito.

—¿Pintora?

—Fotógrafa —repuso ella en tono neutro.

Convincente, Küssen seguía fingiendo la oportuna sorpresa. El gesto le tensaba la piel en la horrible cicatriz de la mandíbula.

—¿No conoces las fotografías de Eddie?

—No tengo esa suerte —sonrió Falcó—. Lo siento.

—Pues te van a encantar.

—Estoy seguro.

—Podemos ir esta misma tarde, si quieres —propuso el austríaco con desenvoltura—. Ella es maravillosamente atrevida... Comparado con su trabajo, lo de Fujita va a parecerte un divertimento de monjas.

—También me gustaría conseguir algo de Picasso —aventuró Falcó.

Küssen, rápido de reflejos, vio el cielo abierto y se internó por la brecha.

—Es cierto. Ya me lo dijiste la última vez.

—Ésas son palabras mayores —rió Bayard—. Picasso es algo más caro que Eddie.

Habían llegado los platos principales. Mientras manejaba cuchillo y tenedor, Bayard no dejaba de observar a Falcó. Al cabo se inclinó un poco hacia él con aire afable, de confidencia.

—¿Me permite una pregunta personal, señor Gazán?

—Nacho, por favor.

—Nacho, sí, gracias... ¿Me la permite?

—Por supuesto.

Dudó el otro un instante. Una sombra de extrañeza velaba su frente aristocrática, bajo el mechón rebelde.

—¿Cómo puede ser español y decir «no es mi guerra»?... ¿Sentirse ajeno a lo que está ocurriendo allí?

Terció Küssen, siempre al quite.

—Leo ha estado en España —comentó—. Durante un tiempo, mantuvo una...

—Sé muy bien lo que este caballero ha estado haciendo —lo interrumpió Falcó—. Compro los periódicos, como todo el mundo. Y me parece admirable —se dirigió a Bayard—. ¿Es cierto que voló en misiones de combate?

Alzó el otro una mano en ademán demasiado francés, quitándole importancia.

—Alguna vez lo hice.

—Arriesgado, desde luego —Falcó enarcó las cejas—. Muy peligroso.

La mirada condescendiente de Bayard contemplaba a su interlocutor desde alturas olímpicas.

—La vida es peligrosa —comentó, escueto.

—Por supuesto... Y lo admiro por moverse en su lado menos confortable... Déjeme confesarle algo: siempre envidié a los hombres de acción.

Bayard asumió impasible el nuevo halago, aunque un golpe de calor suavizaba la arrogancia de su mirada.

—En algunos momentos de la Historia, la pasividad es un crimen.

—Estoy de acuerdo, y su esfuerzo goza de mi simpatía... Pero cada cual tiene motivos para ver las cosas como las ve.

—¿Cuáles son los suyos?

Falcó dejó cuchillo y tenedor en el borde del plato y se echó un poco atrás en el asiento. Daba la impresión de que elegía las palabras con sumo cuidado.

—Mi corazón está con la República —dijo tras un momento—. Pero no me hago ilusiones sobre mis compatriotas. Destruyeron una primera república y una monarquía, y destruirán la república de ahora... Si le soy sincero, tanto miedo me da la barbarie de los moros de Franco y los mercenarios de la Legión como el analfabetismo criminal de las milicias anarquistas y comunistas. En los dos bandos me han fusilado a familiares y amigos.

—¿Ha estado en España desde la sublevación fascista? —quiso saber Bayard.

—No.

—Se están corrigiendo muchos errores.

—Pues cuando se corrijan del todo, modificaré mi punto de vista... De momento prefiero observar desde fuera.

—Hay algo que Nacho no ha contado —improvisó Küssen con mucha presencia de ánimo—. Está más implicado de lo que aparenta.

Le dirigió Falcó un convincente gesto de censura.

—Eso no viene al caso, Hupsi.

—Claro que viene... No lo dice porque él es así, pero hace pocas semanas contribuyó con generosidad a la causa republicana.

—Ya vale, déjalo.

—Ambulancias —Küssen había pronunciado la palabra de modo triunfal, como si lo zanjase todo—. Hizo un importante donativo para la adquisición de ambulancias.

Bayard le dirigió a Falcó un vistazo de súbita aprobación. Parecía favorablemente sorprendido.

—Vaya. Eso lo honra —se volvió hacia Eddie Mayo, que contemplaba pensativa a Falcó—. ¿No te parece, querida?

—Desde luego.

Falcó había cogido su copa y la alzaba en dirección a Bayard.

—Como dije antes, sé lo que ha hecho usted. La famosa escuadrilla y su heroica contribución a la causa del pueblo español... Y eso tengo que agradecérselo de corazón. Espero que tengamos ocasión de hablar de ello.

—Será un placer.

—Si en algo puedo ser útil, estaré encantado.

Bebió Falcó, sintiendo la ojeada de aprobación de Küssen, y bebieron todos.

—Estupendo —concluyó el austríaco dándose palmaditas sobre el chaleco—. Esta tarde podemos ver las fotografías de Eddie... Son hermosas, escandalosas e increíbles.

Falcó miraba ahora a la mujer. Ésta permanecía en silencio y sus ojos azules seguían estudiándolo, inexpresivos. Detectaba una extraña reserva en ellos.

—No me cabe la menor duda.

A Falcó le gustaba el Sena en su luminosidad de primavera, con los paseantes ociosos en los muelles y las mujeres que caminaban balanceando los primeros vestidos claros del año bajo las hojas tiernas de los plátanos de sombra. Tras despedirse del grupo —se habían citado a las seis de la tarde en la galería Hénaff— y pasear un rato entre la animación de la orilla izquierda, junto a los puestos de los buquinistas, entre revistas viejas, libros y antiguos grabados, miró el reloj, entró en un bar-tabac, pidió una ficha de un franco a la cajera e hizo una llamada telefónica.

—¿Monsieur Gibert, por favor?

—«Se ha equivocado de número.»

—Había quedado con él a las cuatro y media —insistió Falcó.

—«Le repito que se ha equivocado.»

—Disculpe.

Colgó, miró de nuevo el reloj, salió a la calle y se encaminó sin prisa hacia un café en la esquina de la rue de la Huchette, junto a la librería Gibert Jeune. Antes de llegar cambió un par de veces de acera, bajó a la estación de metro de Saint-Michel y volvió a subir tras retornar sobre sus pasos, para comprobar que nadie lo seguía. Al fin llegó al café, que sólo estaba animado a medias, y ocupó uno de los veladores de la terraza, al fondo y bajo el toldo, con la espalda contra la pared. Un lugar desde donde podía ver la calle y a quienes por ella pasaban.

El contacto se presentó a la hora convenida: las cuatro y diez —Falcó nunca concertaba una cita a la hora indicada, sino veinte minutos antes—. Se trataba de un individuo de mediana edad y aire cansado, bigote fino, pelo hacia atrás y profundas entradas. Tenía los ojos enrojecidos, brillantes. Algo en sus maneras le daba un aire de elegancia superior a la ropa que vestía, que era un arrugado traje cruzado marrón, con pañuelo al cuello en lugar de corbata. No llevaba sombrero. Parecía un oficinista desocupado, de poca categoría. Tomó asiento en una silla de mimbre junto a Falcó, pidió un café y estiró las piernas. Sus hombros casi se rozaban. La proximidad de las mesas en los cafés parisinos facilitaba el contacto.

—¿Fuma Gauloises? —preguntó Falcó.

—No... Gitanes.

—¿Cómo prefiere usted que lo llame?

—Sánchez estará bien.

—De acuerdo.

El tal Sánchez había puesto una cajetilla azul y una caja de fósforos sobre la mesa. Tenía los dedos de la mano izquierda amarillentos de nicotina. Falcó tomó un cigarrillo, lo encendió y se guardó los fósforos en el bolsillo. Miraba a la gente pasar por la calle. Al cabo de un momento, el otro habló en voz baja.

—Ahí tiene números de teléfono y direcciones para contactos. También me han ordenado tener disponibles algunos hombres de acción, y que sean franceses.

—La petición es correcta —se limitó a decir Falcó.

—¿Y por qué no españoles, si me permite la curiosidad?... Aquí tenemos buenos chicos nuestros. Jóvenes de fiar.

—Vamos a procurar que nadie relacione a los nacionales con esto.

—¿Con qué?... No sé lo que está haciendo usted aquí. Y no me quejo, entiéndalo. Cumplo las órdenes que me dan. Sólo ocurre que no soy adivino.

—Lo comprendo. Pero no puedo darle detalles hasta dentro de un par de días.

El otro lo pensó un poco.

—Hay alguien apropiado, creo... Es un ex combatiente de la Gran Guerra y se hace llamar comandante Verdier. Dirige la rama de La Cagoule en París.

Asintió Falcó.

—He oído hablar de él.

—Entonces ya sabe.

En efecto, Falcó sabía. La Cagoule era una organización clandestina de extrema derecha, antisemita y radical. Gente violenta que no dudaba en adoptar tácticas criminales. Odiaban el Frente Popular francés y la República española con toda su alma.

—Verdier puede apoyarnos, llegado el caso —añadió Sánchez—. Ya lo ha hecho otras veces. Y todo quedará entre gabachos, más o menos. Ellos darán la cara, por decirlo de algún modo... Sólo suelen pedir que no los comprometamos en exceso.

—¿Con qué pagamos esa ayuda?

—Con armas italianas que metemos por Marsella... En caso necesario podemos hacerles una oferta razonable. Saben que siempre cumplimos.

Se quedaron callados mientras el camarero llegaba con la bandeja: café con leche y un vaso de agua para el supuesto Sánchez y una botellita de agua mineral para Falcó.

—¿Cuál es la situación aquí? —inquirió éste cuando se alejó el camarero.

El otro iba a decir algo, pero tuvo un acceso de tos. Se llevó un pañuelo a la boca y lo guardó de inmediato. Con demasiada rapidez, advirtió Falcó.

—Bastante buena para nosotros —dijo Sánchez al fin—. El cambio de gobierno en Valencia ha hecho que dimitan el embajador republicano y su gente de confianza. Todo el aparato de inteligencia rojo en París se ha ido al diablo.

El cigarrillo francés tenía un sabor demasiado acre para el gusto de Falcó. Lo aplastó en un cenicero de metal con publicidad de Dubonnet.

—¿Tardarán en recomponerlo?

—Supongo. De todas formas, ya era un desastre antes.

—Me consta.

Pues ahora era aún peor, precisó Sánchez. El embajador cesante se iba, dejando un agujero de cien mil francos y sin pagar a los colaboradores franceses y españoles. Los servicios secretos de la sede diplomática habían tirado el dinero disparando con pólvora del rey, o de la República. Soltando una fortuna por informaciones que podían encontrarse en cualquier periódico de quince céntimos. Todos los granujas de Europa pululaban en torno a la embajada, ofreciendo informes peregrinos e ilusorios cargamentos de armas, buscando trozos de pastel de los fondos reservados.

—No se lo va a creer... Hace poco, la embajada pagó un dineral por el dosier de un experto en asuntos checoslovacos —lo miró de reojo, zumbón—. ¿Se imagina el interés que para la República puede tener Checoslovaquia?

—Fascinante —sonrió a medias Falcó.

—Hágase idea.

Después, añadió Sánchez, estaban quienes hacían negocios sin disimular, que no eran pocos. Por ejemplo, unos policías adscritos a los servicios de la Generalidad catalana acababan de abrir una oficina de compraventa de joyas frente a la gare d'Orsay con el dinero que habían sacado de la zona roja y de los objetos robados a las víctimas de sus checas.

—Aquí el que no corre, vuela —concluyó entre dos sorbos al café—. Hasta el hijo de Negrín anda por aquí, mangoneando con parte de los fondos sacados en oro del Banco de España y con la cuenta abierta en Londres por su padre... Francia está llena de presuntos exiliados que viven de subvenciones, defendiendo a la República en los cafés.

Miró Falcó en torno: burgueses leyendo el periódico, viejas señoras con un perrito echado a los pies, turistas americanos con zapatos amarillos y calcetines multicolores. Cualquier guerra imaginable estaba a mil kilómetros de allí. O al menos, pensó con una siniestra mueca interior, eso creían todos.

—¿Y nosotros?

El otro hizo un ademán ambiguo.

—Seguimos consolidándonos despacio, con gente en el Deuxième Bureau y en las organizaciones políticas de derechas. Nuestra oficina del hotel Meurice expide pasaportes, y las antenas del sur de Francia funcionan bien... Tenemos menos dinero que los rojos, y la guerra nos cuesta seis millones de pesetas diarios; por eso lo administramos con más cabeza. Estamos haciendo mucho daño al tráfico de armas y voluntarios para la República...

Lo interrumpió un nuevo acceso de tos. Esta vez, al verlo guardar el pañuelo, Falcó advirtió pequeñas salpicaduras de saliva rosada. Entonces comprendió por qué, pese al paquete de cigarrillos utilizado para el contacto, el agente nacional no fumaba.

—Hace una semana —seguía diciendo Sánchez— interceptamos a un enlace que viajaba de Marsella a París con una clave nueva. La embajada la había perdido, figúrese, y pidieron copia al consulado de allí.

—¿Consiguieron la clave?

—Claro. Pero resulta que ya la teníamos... Era una italiana de hace seis meses, más sobada que una novela de Joaquín Belda.

—No hay mucha seguridad en las comunicaciones, entonces.

—Ni en las de ellos ni en las nuestras. Pero los nacionales vamos mejorando. Tenemos una máquina de cifra Clave Norte y disponemos de alguna línea telefónica segura... Aquí como allí, pese a sus mayores medios, los rojos se van quedando atrás.

Tras decir eso, Sánchez se bebió su vaso de agua y chasqueó la lengua, cual si hasta él mismo estuviera desalentado por la incompetencia del enemigo. Sonreía huraño, con mueca de *voyeur* triste. Parecía presenciar una escena deprimente y procaz.

—A veces parecen retrasados mentales —dijo de pronto—. ¿Podrá creer que aquí se espían unos a otros, y que nos pasan información para fastidiarse entre ellos?... Y no imagina la de intelectuales que vienen a pavonearse lejos de España y de los tiros... Señoritos y mangantes oportunistas, odiándose y en busca de hacerse la puñeta. Ya vio lo de los anarquistas en Barcelona, hace unos días.

—Sí. Ya lo vi.

Se lo quedó mirando el otro.

—Lo dice como si lo hubiera visto de verdad.

Durante un segundo, Falcó rememoró el caos de las calles, los tiroteos. Los italianos a los que había ido a asesinar. La expresión de ambos al comprender que no eran policías quienes les apuntaban a la nuca.

—Ni de lejos —dijo.

—De no ser por los rusos, y por los que de verdad dan la cara en los frentes de batalla con fusil, mono y alpargatas, el tinglado ya se les habría caído encima.

Dos grisetas jóvenes se sentaron en una mesa cercana y pidieron limonada. Exhibían bonitas piernas, llevaban medias de mala calidad y zapatos de cincuenta francos, y de vez en cuando abrían los bolsos para retocarse el maquillaje. Miraban a los hombres con una mezcla de descaro y expectación ensoñada, sin dejar de charlar animadamente entre ellas. A la espera del pintor que les pidiera posar desnudas o del *coup de chance* que las sacara del mostrador de una tienda. Falcó las contemplaba, distraído. En aquella ciudad, a diferencia de otras, la demanda siempre era inferior a la oferta.

—Necesito unas fotografías —dijo.

—¿De qué?

—Voy a verme con alguien durante unos días. Quiero que me fotografíen con él sin que se dé cuenta.

—Eso no es difícil. ¿De quién se trata?

—Leo Bayard.

Sánchez emitió un silbido.

—Coño.

—Sí... ¿Algún problema?

Lo pensó el otro.

—Ninguno. Se ocuparán de ello.

Aún estuvo Sánchez pensando un momento, cual si dudara en añadir algo. Al fin pareció decidirse.

—Va a frecuentar a Bayard, me dice.

—Eso pretendo.

—Antes le hablé de Verdier, el tipo de La Cagoule.

—¿Y qué pasa con él?

—Se me ocurre que podría haber algún malentendido por esa parte. La gente de Verdier vigila a Bayard desde que volvió de España... Si usted se deja ver con él, lo van a marcar también.

—Puede ser.

—Es gente peligrosa, como dije. Convendría prevenirlos.

Lo meditó Falcó despacio.

—Negativo —concluyó—. No podemos correr el riesgo de una filtración.

—Como quiera. Usted decide.

—Se trata de pocos días.

—Aun así, tenga cuidado. Y al menor indicio, avíseme. En la caja de fósforos tiene anotado el protocolo y el número telefónico para cada eventualidad.

Falcó se quedó callado, mirando a la gente que pasaba ante el café.

—Hay un segundo asunto —dijo al cabo—... ¿Qué puede decirme de la Exposición Internacional de Artes y Técnicas?

Lo observó Sánchez con pasmada curiosidad.

—¿Le interesa eso?

—Ya ve que sí.

—Pues ahí se están volcando. Quieren que el pabellón de España se convierta en un alegato a favor de la República. Y también un lavado de imagen que haga olvidar las matanzas de curas y religiosos. Van a exhibir piezas del patrimonio eclesiástico y fotos de milicianos protegiendo catedrales y monumentos históricos... Todo muy conmovedor, ya verá.

—¿Y Picasso?

Sánchez seguía estudiándolo, inquisitivo. Al cabo se frotó la nariz con dos dedos amarillos.

—Si lo pregunta, es que sabe que le han encargado un mural.

—Eso tengo entendido.

—Se trata de un cuadro grande, reivindicativo. Trabaja en un estudio que la República ha comprado por todo lo alto, en el número 7 de la rue des Grands-Augustins... Pagando un millón de francos, por cierto.

—No está mal.

—Como ve, esa gente sigue sin reparar en gastos.

—Son rumbosos.

—Desde luego. Se nota que tienen y no les duele... ¿Me permite?

Indicaba el agua mineral de Falcó, que éste no había tocado. El vaso aún vacío con una rodaja de limón dentro.

—Claro.

Sánchez llenó el vaso y lo bebió de un tirón, casi sin respirar. Después se echó hacia atrás en la silla. Toqueteaba la cajetilla de Gitanes. Al fin se la guardó en la chaqueta.

—Estaba previsto que el pabellón español se inaugurase este mes, pero es imposible. La misma Exposición, que ya tendría que estar abierta, va con retraso.

—¿Mucho?

—Demasiado. El gobierno francés, criticado por la derecha, quiere conseguir un respaldo público basado en su apoyo a la cultura. Esperaban inaugurar el primero de mayo, pero no hubo forma. De los cuarenta y cuatro países invitados, sólo están acabados el pabellón ruso, el alemán, el italiano y algún otro. El alumbrado aún no fun-

ciona y las calles están sin pavimentar... Es una chapuza.
Así que Picasso tendrá tiempo, imagino.

—Si nada se lo impide.

—Claro —el otro volvió a dirigirle una mirada de curiosidad—. Si nada se lo impide.

5. Novelas y espías

La galería Hénaff estaba en la rue de Furstemberg y era pequeña y coqueta, con un gran escaparate que permitía ver casi todo el interior. Una veintena de fotografías hechas por Eddie Mayo colgaban de las paredes, enmarcadas en cristal. Eran, apreció Falcó, primerísimos planos de una brutal belleza, compuestos a base de luz cruda, escorzos, sombras y contrastes, y podían resumirse en dos palabras: sexo y carne.

—Formidable —comentó.

Tenía ideas muy básicas sobre arte fotográfico o cualquier clase de arte: las de todo el que hojease revistas ilustradas. Pero aquellas imágenes mostraban el cuerpo humano como un sugestivo laberinto de rincones por visitar y enigmas por resolver, animando a visitarlos y resolverlos. Falcó ignoraba qué clase de talento era ése, pero la autora lo tenía. Se volvió a mirarla y encontró la calma de sus iris azules fija en él, como si todo el tiempo hubiera estado acechando su reacción.

—Surreal-transexualismo —comentó Küssen, complacido, en tono de vendedor que pregona las virtudes de un producto.

Asintió Falcó, sosteniendo todavía la mirada de Eddie Mayo. Esos ojos ven las cosas así, pensó. Son los intermediarios entre una realidad física que late y respira, y sus imágenes congeladas en sal de plata. Sin embargo, ella o su mirada las vuelven carnalmente íntimas. Tan estimulantes.

—Me gustan mucho —dijo.

Siguió la mujer observándolo sin acusar el halago, y Falcó pensó que su frialdad ártica contrastaba de modo extraño con la intensa calidez de las fotografías. Al fin ella hizo una leve inclinación de cabeza, entre agradecida e irónica. Era Leo Bayard el que parecía más satisfecho de todos. Casi ufano.

—Es una mujer extraordinaria... Sus fotos son la mejor prueba.

En boca de Bayard, el elogio tenía algo de profesoral y condescendiente. Había pasado un brazo por los hombros de Eddie, atrayéndola hacia sí, y ella apoyaba su cabello rubio y lacio en él, dejándose hacer. Parecía más indiferente que sumisa; y Falcó dedujo, observándolos, que tal vez en aquel aparente amor había también algo de mutua adquisición social. De trofeo mundano.

—Nadie mira así —añadió Bayard, rotundo, cual si todo fuese obra suya.

—Ningún hombre lo hace, querrá usted decir —matizó Falcó.

Lo midió el otro con altivo interés, apartándose con dos dedos el mechón de la frente. Que lo contradijeran no era su costumbre.

—¿Perdón?

—Miran así todas... Otra cosa es que sean capaces de expresarlo —señaló a Eddie—. Ella lo hace.

—¿Y en qué basa esa afirmación?

Encogió Falcó los hombros con sencillez. La sonrisa simpática, mil veces practicada, restaba trascendencia a sus palabras.

—En siglos de silencio. Nadie gestiona el silencio como ellas... Tienen práctica biológica, supongo. Y eso les educa la mirada.

—Interesante —concedió el otro.

El azul ártico volvía a detenerse en Falcó. Eddie Mayo apartó la cabeza del hombro de Bayard.

—Parece que sabe de silencios de mujer —dijo.

—Apenas.

—Pues lo expresa bastante bien.

—Cuestión de sentido común —Falcó aparentó meditarlo un poco—. Sólo me pongo delante, y miro.

—¿Se pone delante?

—Sí.

—Y mira.

—Eso es.

El azul pareció fundirse ligeramente.

—¿Siempre se limita a mirar?

—No siempre. A veces también sonrío.

—Mira y sonríe.

—Sí.

Ella señaló una de las fotografías.

—¿Y qué ve en esa imagen, por ejemplo?

Falcó se volvió hacia la foto. En primerísimo plano, una boca de mujer mordía un gajo de naranja. La pulpa se deshacía entre los dientes y el jugo corría goteando hasta la barbilla.

—Trabajó usted con Man Ray, tengo entendido.

—Sí —repuso ella con naturalidad—. Fui su modelo y su amante.

—Ah.

—Con él aprendí fotografía.

—Claro.

—Pero eso nada tiene que ver con lo que le he preguntado —Eddie volvía a señalar la imagen de la boca de mujer—. ¿Qué ve en esa foto?

—Sexo.

—Ésa es la parte fácil. ¿Qué más ve?

—Desafío. Certeza... Peligro.

—¿Qué clase de peligro?

—Acercarse demasiado a esa boca y sus consecuencias... Olvidar, aunque sea por un momento, que el mundo es un lugar hostil.

—¿También eso le hace sonreír?

—A veces.

Un soplo de malicia rozó los labios de la mujer.

—¿Quizá porque tiene dinero y vive en Cuba, entre plantaciones de tabaco y cigarros habanos, lejos de toda clase de lugares hostiles?

—Podría ser.

—¿Y lo es, realmente?

—Perdón... ¿A qué se refiere?

—El mundo. Usted lo ha dicho... Un lugar hostil. ¿No?... Un escenario peligroso.

Bayard y Küssen asistían interesados al intercambio, sin abrir la boca. Falcó miró a Eddie, sin responder. Estaba yendo demasiado lejos, comprendió. La mujer le ponía cebos y él estaba a punto de tragárselos todos. Por alguna razón, ella desconfiaba. Sin embargo, su reticencia no era agresiva. Se limitaba a mantener la distancia, sometiéndolo a cierta forma de observación preventiva. Falcó ignoraba la causa. En cualquier caso, aquello no beneficiaba la maniobra. Hasta Küssen parecía darse cuenta. Los ojos inquietos del austríaco no dejaban de enviar mensajes de advertencia.

—Entiendo lo que él quiso decir —dijo de improviso Bayard.

Llevaba demasiado rato sin intervenir, y Falcó lo acogió con alivio. Küssen aprovechó el momento.

—Debes llevarte una de estas fotografías, amigo mío. No tienes excusa para no hacerlo.

Asintió Falcó, rendido a la evidencia.

—Tienes razón.

Miró alrededor hasta detenerse de nuevo en la boca mordiendo la pulpa de naranja.

—Creo que compraré ésta —miró a Eddie—. Si aún no está vendida.

Ella señaló el punto rojo pegado en el marco.

—Lo está, pero no importa. Puedo arreglarlo... Usted se la ha ganado.

Lo había dicho sin sonreír, inexpresiva, como si le diera igual que Ignacio Gazán, español residente en La Habana, comprase o no una de sus fotografías.

—Estupendo —dijo Küssen—. Pero te costará dos mil francos.

—Diantre.

—Es casi regalado. Te lo aseguro.

Sin hacer más comentarios, Falcó extrajo del bolsillo interior de la chaqueta la Sheaffer Balance verde jade y el talonario de cheques del Crédit Lyonnais que le había dado el Almirante en San Sebastián. Después, con ademán indiferente, se apoyó en la mesa de recibir y extendió uno.

—Colosal —con aire feliz, Küssen agitaba el cheque en el aire para secar la tinta—. Ahora deberíamos tomar todos una copa, para celebrarlo.

Al salir, Falcó observó que alguien los seguía a poca distancia, sin disimularlo: un tipo bajo y fuerte, con nariz de boxeador, corbata de punto y gorra de lana. Bayard, que lo vio volverse, sonrió tranquilizador.

—No se inquiete. Es Petit-Pierre, mi chófer.

—Y su guardaespaldas —apuntó Eddie.

—Estuvo conmigo en España, como mecánico de la escuadrilla. Antes sirvió en los batallones de África. Un buen hombre, fiel como un mastín.

—Demasiado —dijo la mujer.

Fueron a Montparnasse, al Dôme. La terraza bullía de gente como una sartén de patatas fritas, así que entraron a situarse en la barra, pidieron cocktails boston-flip y bebieron en grupo, fumando y charlando con animación mientras Petit-Pierre se quedaba en la puerta. En torno se oía hablar en varias lenguas, y Falcó pensó que, en aquellos tiempos agitados, esa babel internacional parecía organizada por una agencia de relaciones públicas norteamericana libre de complejos raciales o políticos. Como los cantos rodados de un torrente, refugiados y fugitivos de toda Europa, lejos temporalmente de las alambradas, las fronteras inciertas y los fusiles, se mezclaban allí con los turistas. A Falcó le gustaba el ambiente abigarrado de los cafés de París, donde tan frecuente era pasar inadvertido como, un minuto después, saludar a todo el mundo. También admiraba la dureza elegante de los camareros franceses, con sus dignos delantales largos y su talento para guardar las formas.

—No sé casi nada de cigarros habanos —comentó Bayard—. Sólo los fumo a veces... ¿Es muy grande la plantación de su familia?

—Razonable —respondió Falcó con aplomo—. Es una de las que allí llamamos vegas finas, cerca de San Luis. Al suroeste de La Habana.

—La clase de tierra será importante, ¿no?

—Desde luego. La planta es al cigarro lo que la vid al vino.

Bayard parecía realmente interesado.

—¿Es la suya una marca conocida?

—No tenemos vitola propia —sintió Falcó la mirada de preocupación de Küssen y sonrió con calma—. Estamos asociados con la familia Menéndez, que son parientes nuestros, para la marca Montecristo.

El austríaco parpadeaba, inseguro, emitiendo mensajes de alerta. Inquieto por el terreno que pisaba Falcó, hizo un par de intentos por cambiar de conversación; pero Bayard seguía interesado por los cigarros. O por Nacho Gazán.

—¿Qué habanos me recomendaría usted?

—De nuestra casa, sin duda un cosacos B o un pirámide del número dos —sin vacilar, ante el grato asombro de Küssen, metió una mano en el bolsillo interior de la chaqueta y sacó un cigarro grueso, ofreciéndoselo a Bayard—. Como éste. Tiene un cepo respetable.

—¿Cepo?

—El grosor. Lo de pirámide es por esa punta afilada.

El otro lo aceptó con distinción, metiéndoselo en el bolsillo superior de la americana sin olerlo ni manosearlo. Falcó se había vuelto hacia Eddie Mayo.

—¿Fuma usted cigarros?

—A veces.

—No hay que tragarse el humo, como sabe. Es sólo cuestión de sabor y aroma.

—Claro.

Sacó Falcó otro cigarro. Un cosacos B.

—Quizá le apetezca éste —se lo ofreció tras horadar el extremo con un mondadientes que tomó de la barra—. El sabor es suave y el tamaño, razonable.

Con el cigarro en la boca, sin dar las gracias, ella se había inclinado hacia la llama que le ofrecía.

—¿Es verdad que los preparan mujeres, mientras una lee en voz alta? —preguntó tras las primeras bocanadas de humo.

Sonreía Falcó, guardándose el encendedor ante la muda admiración de Küssen.

—Las dos cosas son ciertas.

—¿Y los lían enrollándolos en los muslos desnudos, como la Carmen de Mérimée?

—Esa parte es leyenda, me temo.

—Vaya.

—De cualquier modo, no todos los muslos son interesantes.

—¿No?

—En absoluto... Entre nuestras trabajadoras abundan las personas de edad. De cincuenta para arriba.

Eddie lo estudió unos segundos más de lo preciso.

—Qué desilusión.

—Sí.

Ella contemplaba ahora el habano humeante entre sus dedos.

—Le quita romanticismo al acto de fumarlos.

—Eso me temo —convino Falcó—. En todo caso, uno siempre puede imaginar a la mujer que le parezca adecuada.

—¿Y qué mujeres imagina usted?

—Mi imaginación es limitada —compuso una mueca prudente—. He visto liar demasiados cigarros.

Tras decir aquello, Falcó bebió un sorbo de su cocktail y se volvió hacia Bayard. Era hora, se dijo, de trabajar un poco ese frente. De acercarse más a la presa.

—Me parece formidable lo que hizo en España.

—Gracias.

—¿Cómo se le ocurrió ir allí?

El otro encajó la pregunta con aparente indiferencia. Se recostaba en la barra, copa en mano. Superior y distinguido. Se había enterado, dijo tras un momento, de que volaban mercenarios italianos y alemanes con las tropas de Franco. Así que decidió hacer lo mismo para ayudar al gobierno legítimo. Tenía buenas relaciones con el ministro del Aire del gabinete Blum. Ellos no podían hacer nada de modo oficial; pero él, sí. Había movido ciertos hilos, conseguido dinero y reclutado voluntarios: franceses, ingleses, algún ruso y alemán.

—Unos eran antifascistas convencidos y otros vinieron atraídos por la paga... Y la verdad es que nos organizamos bastante bien.

Falcó escuchaba inmóvil, un poco entreabierta la boca. Muy atento. Su gesto era de admiración casi devota.

—¿Es verdad que fue derribado?

—Sí, una vez. A bordo de un Potez. Nos ametralló un caza fascista, se encasquilló la Vickers y tuvimos que aterrizar de mala manera en Gredos.

—Cielo santo.

—Resultó herido —dijo Eddie.

Bayard le quitó importancia con un ademán estoico que más bien se la daba.

—Apenas nada... Me libré con una contusión en una rodilla. Pero murió nuestro ametrallador, un italiano llamado Giacopini.

—Lo siento —se condolió Falcó.

—Son gajes del oficio... La gente se portó de maravilla, ayudándonos. Personas humildes, que no tenían nada, nos lo dieron todo —miró a Eddie—. Los españoles son formidables, ¿verdad?

—Lo son —dijo ella, chupando el habano.

—Tenían que haber visto cuando enterramos a Giacopini; las mujeres que lloraban y todos aquellos campesinos levantando el puño... Fue conmovedor.

—Seguro que sí —dijo Küssen, debidamente conmovido.

—¿Eddie y usted se conocieron en España? —se interesó Falcó.

—Ella estaba haciendo fotos para *Life*. Nos encontramos durante una cena en el hotel Regina de Albacete, donde teníamos la base. Acababa de visitar el frente de la sierra de Guadarrama.

—¿En serio? —Falcó miró a la mujer—. ¿Cómo fue aquello?

—Duro y frío —repuso ella con sencillez.

—Nos hizo un reportaje y ya no se alejó demasiado —dijo Bayard—. Iba y venía, y al fin se quedó con nosotros... Discutíamos sobre la guerra y la política, sobre la nueva sociedad que cada uno imagina a su manera.

Seguía Falcó mirando a Eddie.

—¿Llegó usted a volar?

Ella movió la cabeza.

—No. Estuve haciendo fotografías de los aviadores. Después anduve un poco por los frentes de batalla... Nos veíamos en Madrid o Valencia, o en la base de la escuadrilla.

—Hacía su propia vida —dijo Bayard—. Y la sigue haciendo.

Había abierto Eddie su bolso, un elegante *sac haut* de cuero blando marrón. Sacó de él un portafotos de piel y puso una en el mostrador, junto a la copa de Falcó. En la instantánea de bordes dentados, ante un avión, posaban siete hombres y ella, vestida con pantalones, cazadora y gorro de lana. Todos mezclaban prendas civiles con otras militares de vuelo; y uno de los hombres, el más alto, era Bayard, con un cigarrillo en la boca y una expresión desenfadada e irónica. Tenía las manos metidas en los bolsillos de un abrigo, y en la gorra de plato llevaba el emblema de la aviación republicana con dos estrellas de teniente coronel.

—El de la izquierda es Giacopini —dijo ella, indicando a un joven de pelo rizado y sonrisa franca—. Dos más de esos hombres están muertos.

—Sí —Bayard los señaló en la foto—. Éste es Uborevich, al que mataron sobre Teruel. Y a este otro, Moussinac, lo derribaron cerca de Madrid.

Con el habano entre los dientes, entornados los ojos por el humo, Eddie guardó la fotografía.

—Hombres valientes —dijo, escueta.

—¿Piensa regresar a España? —le preguntó Falcó—. ¿Algún nuevo reportaje?

—Puede ser —la mujer hizo un ademán ambiguo—. De momento colaboro con Leo en sus proyectos actuales... Y como ha visto en la exposición, sigo con mi trabajo. Vivo mi propia vida.

—¿Ya simpatizaba usted con la izquierda antes de conocerlo?

Ella dio una chupada al cigarro y dejó salir despacio el humo.

—Digamos que no había analizado en profundidad cierta parte del mundo y de la vida. Leo me hizo ver un par de cosas que no había advertido hasta entonces.

—Así es —confirmó Bayard, risueño—. Empezamos hablando de Dostoievski, de Faulkner...

—Y de Cervantes. Él me hizo leer el *Quijote*.

—Que la fascinó, por cierto. El ingenioso hidalgo se convirtió en su héroe literario favorito.

—No sólo literario... Hay algo de quijote en Leo. Eso es lo que me atrajo en él. Pero nunca fue un luchador triste, como otros. Sabía reír; bromeaba todo el tiempo e insuflaba a sus hombres una especie de entusiasmo juvenil, casi colegial. Me gustó ese espíritu de compañerismo, de fraternidad combatiente.

Asentía Bayard, en apariencia conforme con el retrato. Parecía un profesor de música que escuchase a su alumna favorita en una ejecución correcta.

—Ella era un diamante sin tallar, por así decirlo. Una chica bellísima y mimada de familia conservadora, rebelde, maniquí, musa de artistas... Un carácter en busca de una causa digna por la que batirse. Y la encontró en España.

—No es militante comunista... ¿O sí?

—No —el azul había vuelto a enfriarse—. Sólo simpatizo. Tampoco él lo es.

—Es cierto —rió Bayard—. No tengo carnet del partido. Soy demasiado libre para eso. Pero reconozco que Stalin es el único que de verdad ayuda a la República. Y que sólo la cirugía de hierro de los comunistas puede salvarla.

—Sus relaciones con los soviéticos son buenas, entonces —dijo Falcó.

—Más que eso. Son óptimas —lo meditó, como arrepentido de su propio énfasis—. Basadas, naturalmente, en un mutuo respeto.

Se detuvieron a beber de nuevo. Eddie Mayo fumaba el habano con naturalidad y Küssen, untuoso y bonachón, seguía atento a mantener el ambiente favorable. En un momento dado, el austríaco llevó la conversación al terreno del arte y deslizó el nombre de Picasso. Falcó volvió a mostrarse interesado por visitar el taller del pintor.

—Nada más fácil —dijo Eddie—. Es un buen amigo nuestro.

Bayard soltó una carcajada.

—Sobre todo tuyo. Ese sátiro te tiene echado el ojo desde hace siglos.

—No seas idiota.

—Es verdad —le guiñó un ojo a Falcó—. A Pablo le gustan mucho las mujeres, y Eddie es un ejemplar soberbio.

—Qué bruto eres.

—Siempre coquetea con ella. No pierde la esperanza. Y eso que conocemos bien a su actual mujer, Marie-Thérèse.

—Y a su actual amante, Dora —añadió Eddie.

Küssen aprovechó la ocasión. Voluntarioso, puso un codo sobre el mostrador y apoyó la cicatriz de la mandíbula en la palma de la mano, cual si reflexionara.

—Podemos ir todos al estudio —dijo como si se le acabara de ocurrir—. Telefonearé a ver si tiene algo disponible.

—Buena idea —lo apoyó Falcó.

—Mañana por la tarde —propuso Eddie.

Bayard movía la cabeza.

—Yo no puedo. Tengo una reunión importante con Gide y Mauriac.

—Da igual. Lo acompañaremos Hupsi y yo —se había vuelto hacia Falcó, solícita—. ¿Le parece bien?

—Me parece perfecto.

—Podemos ir luego a cenar y a tomar algo, Leo. Y te unes a nosotros.

Bayard hundió la nariz en su vaso, mirando con sorna a Falcó.

—Tenga usted cuidado con Picasso y Hupsi... Juntos son letales. Lo exprimirán como una naranja.

—No lo permitiré —dijo Eddie.

Pidieron otra ronda de bebidas. La sonrisa amistosa, falsamente aturdida, que Falcó dedicaba a Bayard, enmascaraba una intensa curiosidad profesional. Estaba allí para destruir a aquel hombre; y cuanto más supiera de él, mejor. A fin de cuentas, Picasso y su cuadro para la Exposición eran sólo el cincuenta por ciento del trabajo. Nunca olvidaba que la misión era doble. Y cada cosa tendría su momento.

—¿Por qué se marchó de allí?

Lo miró Bayard, confuso.

—¿A qué se refiere?

—A España, naturalmente.

El otro contempló su vaso y volvió a beber. Luego miró a Eddie e hizo un ademán de resignación.

—Sus compatriotas son desconfiados —comentó tras un momento—. Los oficiales de aviación miraban a nuestra tropa con desdén, pues estaba demasiado bien pagada para su gusto. Al fin hubo excesivas injerencias y decidí dejarlo... Como dije antes, no estoy hecho para recibir órdenes. Pero sigo luchando a mi manera.

—Prepara una película —terció Küssen, siempre dispuesto a arrimar el toro al picador.

—En efecto... Se llamará *Cielos de España*. Basada en mi experiencia personal, por supuesto. Quiero denunciar que, por miedo a enfrentarse a Hitler y a Mussolini, las democracias europeas están abandonando a la República.

Eddie dejó caer la ceniza del cigarro.

—La política de no intervención —dijo— es una canallada cósmica.

—Por completo inmoral —aportó Küssen, voluntarioso.

—Desde luego —el tono de Bayard no admitía réplica—. Están lejos de comprender que abonan el campo para otra guerra a mayor escala, mucho más terrible.

—De todas formas —dijo Eddie—, tú nunca has dirigido una película.

—¿Y qué?... Nunca había pilotado un avión, y fui jefe de escuadrilla. ¿Va a ser más difícil hacer cine que hacer la guerra en el aire?

—*Cielos de España* puede ser un fracaso.

—Lo dudo. Pero en todo caso sería un fracaso brillante. De los que valen la pena.

Se quedó mirando a Falcó, condescendiente. Incluso magnánimo.

—Tal vez le interesaría participar en la producción de la película —dijo despacio.

Asintió cauto Falcó, sin mostrar excesivo entusiasmo. Todo debía suceder a su ritmo. Aproximación indirecta, se llamaba aquello. Confeccionar la trampa sin demasiados alardes, y que otros dieran el paso.

—Es posible —dijo.

—¿Habla en serio?

—Por supuesto.

—Estupendo.

Dio Bayard una palmada en el mostrador, cual si no hubiera lugar a réplica. Parecía satisfecho.

—A menudo, lo de España me recuerda una cita literaria —dijo, un poco teatral—: «Es asombroso que los seres humanos, que viven tan poco tiempo, se esfuercen en causarse mutuamente tantos dolores»... Lo escribió Somerset Maugham. ¿Ha leído algo suyo?

—Algo, sí. Incluso lo conocí una vez jugando a las cartas, en un viaje en barco. Me regaló una novela suya, firmada.

—¿En serio?... No me diga.

—Pero la perdí.

—Vaya.

—Era de espías. No me pareció gran cosa como novela.

Te gusta el riesgo, decía la mirada temerosa de Küssen. Maldito chulo cabrón. Ya me lo advirtió el Almirante. Por su parte, Bayard parpadeaba, interesado.

—¿Es usted lector de novelas de espías?

—Para nada —Falcó bebió un sorbo de su copa—. Son demasiado complejas.

En ese momento Eddie Mayo miró hacia la puerta, entre la gente.

—Hablando de España y de novelas, adivinad quién acaba de entrar.

Bayard miró en esa dirección y arrugó el entrecejo bajo el mechón rebelde.

—Oh, no, por Dios... Es el pelmazo de Gatewood.

A Falcó le sonaba el personaje. Norteamericano, periodista, escritor. Al ver a Eddie y a Bayard, el recién llegado se acercó a saludarlos, apartando sin miramientos a la gente. Era grande y desaliñado: alto, fuerte, el pelo negro tan frondoso como el bigote.

—Hola, muchachos —dijo con naturalidad, apoyándose en la barra.

—Hola, Gat —dijo Eddie.

Bayard se había limitado a gruñir un saludo poco convincente. El recién llegado ignoró a Küssen y miró a Falcó con suspicacia. Llevaba lentes de acero. Tenía una sonrisa ancha, manos grandes y hombros de boxeador bajo una chaqueta de mezclilla gris. Pantalones de franela arrugados. Su camisa sin corbata estaba manchada de vino.

—Tomaría un brandy —dijo.

—Puedes pedir lo que quieras —respondió Bayard.

El norteamericano se dirigió al camarero como si lo conociera de toda la vida. Luego volvió a mirar a Falcó, observó de soslayo a Eddie, que seguía fumando su habano, y volvió a Falcó. Le miraba la corbata, pretendidamente sagaz.

—¿Life Guards británicos?

—Marinella... Nápoles.

Torciendo el gesto, el otro se dirigió a Bayard y a Eddie.

—No conozco a vuestro amigo.

El tono no era amistoso y su aliento olía a alcohol. Bayard hizo las presentaciones con desgana.

—Hupsi Küssen, Ignacio Gazán —dijo.

El tal Gatewood estrujó la mano de Falcó con fuerza excesiva. Con exagerada efusión. Casi le hizo daño.

—¿Español?... Yo acabo de llegar de España. Vuelvo a Estados Unidos a trabajar en una novela. Tengo pasaje para el *Normandie,* pero me quedaré unos días en París. Ya sabéis, entrevistas y todo eso.

—¿Y qué tal están allí las cosas? —preguntó Bayard.

—Desde que te fuiste han mejorado un poco. Ya supe lo de tu escuadrilla... No te gustó que te quitaran el mando, ¿verdad?

—No me quitaron nada en absoluto. Hubo una reorganización, eso es todo.

—Ya —el norteamericano sonrió con malicia—. En cualquier caso, un poco de disciplina irá bien. Mira la paliza que acaban de recibir trotskistas y anarquistas en Barcelona.

Movió Bayard la cabeza, mostrándose de acuerdo.

—Se lo andaban buscando —convino—. Antes de intentar la revolución, lo que se debe hacer es ganar la guerra.

—Y que lo digas... ¿Piensas volver?

—Sí. Vamos a rodar una película... ¿Viste algo interesante en los últimos días?

—Apenas nada nuevo. Madrid resiste bien y hemos tomado por fin Santa María de la Cabeza.

—¿Hemos?

—Sí, joder. Hemos.

Bayard le dirigió una ojeada guasona.

—¿Lo tomaste tú, personalmente?

—Ya sabes a qué me refiero.

—Desde luego.

Gatewood se bebió el coñac de dos rápidos tragos y pidió otro.

—Para ser fascistas, esos guardias civiles lucharon bien —dijo—. No se rindieron, ¿eh?... Hasta el final, cayendo uno por uno. Con sus familias metidas en el sótano. Con dos cojones.

Esta vez había hablado dirigiéndose sobre todo a Falcó, mientras lo estudiaba de arriba abajo. No parecía satisfecho con el examen. Entonces se volvió a Eddie Mayo.

—Pegó una bomba en el hotel Florida, y casi mata a Dos Passos y alguno más... La última vez nos vimos allí... ¿Recuerdas?

—Claro. No puedo olvidarlo. Te empeñaste en meterte en mi habitación.

—Lógico —reía el norteamericano, llevándose la copa a los labios—. Eras la más guapa de la fiesta.

—¿Y aquella novia tuya rubia, la nueva?... ¿Cómo se llamaba?

—No estaba ese día.

Eddie arrugó las cejas. Los ojos azules escupían esquirlas de hielo.

—Siempre fuiste un mierda, Gat —le echó el humo del cigarro en la cara—. Un fanfarrón de mierda.

El otro se había vuelto hacia Bayard en demanda de apoyo.

—Tu chica me está insultando, Leo.

—Sus motivos tendrá —reía el francés, esquinado—. Yo no soy el guardián de Eddie. Es libre de insultar a quien le plazca.

—Me ha llamado fanfarrón de mierda.

—Lo he oído.

Volvió Gatewood a mirar a Falcó. El segundo coñac había desaparecido ya por su garganta. Se había quitado las gafas y las limpiaba con un pañuelo mugriento.

—¿Usted también cree que soy un fanfarrón, amigo?

Hablaban en francés, pero *amigo* lo había dicho en español. Falcó lo encaró con calma. Divertido.

—No tengo datos.

—Joder. Cuarenta y cinco días de guerra seguidos no están mal.

—Habrá estado en muchos combates, supongo.

El otro se puso las gafas y pidió un tercer coñac.

—En unos cuantos, desde luego.

—Le encantan los combates —dijo Eddie, sarcástica—. No se pierde ninguno. Se pasa la vida buscando toda clase de combates.

El norteamericano la miró, irritado.

—¿Por qué se lo dices a él?

—No te conoce... Aunque parezca raro, Gat, en el mundo hay gente que no te conoce.

Gatewood miró a Falcó como si acabara de verlo por primera vez.

—Usted es español, ¿no, Pedro?

—Nacho.

—Bueno, eso. Había entendido Pedro. Muchos de ustedes se llaman así.

—Soy español, aunque vivo fuera de España.

—Los españoles son admirables —el norteamericano chasqueó la lengua—. Nunca he visto gente tan valiente como ellos... Eso sí, muchos ni saben manejar las armas. A más de uno tuve que enseñarle un par de cosas.

—Qué sería de la República sin ti —comentó Eddie.

Había vuelto a dirigirle el humo del habano a la cara, pero esta vez Gatewood lo esquivó.

—Oye, Leo, ¿qué le pasa a tu chica? ¿Tiene esos días de trastornos femeninos?

—Vete al carajo, Gat —dijo ella.

Bayard soltó una carcajada.

—Ya la has oído. Nada de trastornos. Sólo es que no le caes bien.

—No entiendo qué pudo ver en ti, camarada... Ni siquiera eres un comunista de verdad.

—Soy más alto que tú.

—Y más guapo y elegante —añadió Eddie.

—Además, escribo mejor.

—Y una mierda —opuso Gatewood.

—Escribe mejor —sostuvo Eddie.

El norteamericano sacó otra vez el pañuelo y se sonó. Miraba a Falcó.

—¿Usted qué opina, amigo?... ¿Quién es mejor escritor de los dos?

—No tengo la menor idea. Suelo ir al cine.

—De todas formas, yo soy más famoso.

—No en Francia —dijo Eddie.

Desafiante, Gatewood aproximó su rostro al de Bayard. Era increíble, consideró Falcó, la capacidad de aquel individuo para encajar la bebida. Sólo los ojos tras los cristales de las gafas delataban un brillo alcohólico.

—Lo tuyo con tus avioncitos era una mariconada, Leo. Los hombres de verdad pelean en el barro, cara a cara.

—Lo tendré en cuenta la próxima vez que pelee —Bayard se volvió hacia Eddie, irónico—. Recuérdamelo, querida.

—Lo haré.

—Lo que pasa es que a las mujeres las vuelven locas los aviadores —masculló Gatewood—. Las conozco bien, a estas zorras.

—Que te den —dijo Eddie.

—Calma —sugirió Bayard.

—Estoy muy calmado —repuso el norteamericano.

Suspiró hondo, miró en torno y acabó deteniéndose en Küssen.

—¿Y usted de dónde es, oiga?... Parece turco. No me gustan los turcos.

El otro dio un leve taconazo.

—Soy austríaco.

—Conque austríaco, ¿eh?

—Sí, señor. A su servicio.

—¿Sabe cuánta metralla austríaca me sacaron del cuerpo en Italia?

—Doscientos fragmentos —dijo Eddie con hastío—. Lo has contado mil veces, Gat.

—Doscientos veintisiete.

El norteamericano se golpeó una pierna con una de sus manazas, cual si todavía le doliera.

—Guadalajara ha sido la batalla más decisiva de la guerra de España —añadió, evocador—. Estuve allí. Aquellos italianos muertos, patéticos, desparramados por la nieve... Se estudiará en las academias militares, ya veréis. Para los italianos fue un desastre comparable al de Caporetto —miró con violencia a Falcó—. Yo estuve en Caporetto.

—Tú has estado en todas partes —apuntó desdeñosa Eddie, apagando la colilla del habano en un cenicero.

—No entiendo cómo un español puede estar fuera de España, en vez de estar luchando.

Sonreía Falcó, conciliador.

—No todos somos héroes, ¿sabe?

—Ya lo veo.

—Déjalo en paz —dijo Eddie.

—Todos los españoles deberían ser héroes. Hay momentos de la Historia en que ser héroe es obligatorio... Si yo fuera español, me avergonzaría estar en París, en la barra de un bar.

Miraba en torno con desagrado. Parecía lamentar verse en el Dôme y no en una trinchera de Madrid, lleno de piojos y rodeado de hirsutos milicianos.

—Mañana doy una conferencia en la librería de Sylvia. ¿Iréis?

—Tenemos un compromiso.

Gatewood pidió otro coñac. Después se dirigió a Falcó.

—Debería ir usted, Pedro. A la conferencia. Aprendería un par de cosas sobre España.

6. El anticuario de la rue Mondétour

Las persecuciones, la emigración, el hambre, la lotería de la muerte en las barricadas, la ferocidad de las guerrillas, la extirpación inhumana de su feminidad y, finalmente, la obra agotadora, obsesionante, de la reconstrucción soviética de la creación lenta del mundo nuevo...

En mangas de camisa y tirantes, con el nudo de la corbata flojo y un cigarrillo humeándole en la boca, Lorenzo Falcó leyó por quinta vez el último párrafo que le quedaba por revisar, repasando las marcas hechas con lápiz sobre las palabras adecuadas. Después, minuciosamente, transcribió el resultado con la pluma estilográfica —una sucesión de letras y números en clave— a la hoja de papel con membrete del hotel que tenía sobre la mesa, hizo una última revisión y, satisfecho, borró con una goma todas las huellas del lápiz. Para terminar, con una navajita suiza separó el membrete del resto del papel e hizo una última comprobación del mensaje:

H3A11B4W-Y5TR709-R4E-94TS9M3-2OAS-D3P8SI1OE

Todo parecía correcto. En orden y listo para ser transmitido a la sede del SNIO en Salamanca, donde el Almirante esperaba noticias. Falcó apagó el cigarrillo en un cenicero donde había cinco colillas más, se puso en pie y se frotó los riñones doloridos. Un latido molesto le maltrataba desde hacía rato la sien derecha; así que fue hasta la cómoda, cogió el tubo de cafiaspirinas que estaba junto a la Browning y la billetera, masticó una y, con ayuda de un vaso de agua, tragó la amarga pastilla triturada y permaneció un momento inmóvil, de pie con las manos en los bolsillos, mirando el libro que estaba junto al mensaje, sobre la mesa. Era el texto base del código que utilizaba en aquella misión, y pensar en ello le arrancó una mueca divertida y resignada al mismo tiempo.

Maldito Almirante, pensó. Con su retorcida mala leche. Con aquel corrosivo, tan gallego, tan suyo, sentido del humor. El despiadado cabrón.

La bolchevique enamorada (El amor en la Rusia roja) era una novelita de quiosco, de menos de un centenar de páginas, y Falcó tenía la certeza de que su jefe no la había elegido por azar. El Jabalí nunca daba puntada sin hilo. En la cubierta, junto a la imagen de una pareja rusa abrazada ante un paisaje rural, un gran retrato de mujer miraba directamente al lector: rubia, con el pelo corto y los ojos grandes, asombrosamente parecida a otra bolchevique real, de carne y hueso, que él conocía bien: Eva Neretva. En realidad era el retrato casi exacto; y, de no haberse publicado la novela siete años atrás, cualquiera habría podido creer que ella misma había posado para el artista.

Metió el libro y el mensaje cifrado en un cajón de la cómoda y miró por la ventana mientras le daba cuerda al reloj, esperando a que el analgésico hiciera su efecto antes de lavarse los dientes e irse a dormir. Bajo la barandilla de hierro del balcón, la estatua de bronce de un filósofo o escritor francés situada ante el hotel —un tal Diderot, de quien Falcó no había leído nada jamás— era una sombra entre las hojas dormidas de los árboles; y más allá, al otro lado del bulevar, la luz indecisa de una farola iluminaba en penumbra la torre de la iglesia de Saint-Germain, cuya alta aguja piramidal se perdía en la oscuridad.

Pensaba Falcó en Eva Neretva, alias Luisa Gómez, alias Eva Rengel, alias Dios o el diablo sabrían qué. En aquel tiempo, se dijo, a diferencia de otros aún recientes, sobrevivían las hembras más duras, inteligentes y tenaces. Se veían filtradas por pruebas nuevas. La Historia, acelerada en su modernidad, imponía una selección natural donde la mujer, sin duda, emergía como nueva heroína del siglo. Ellas hacían cosas que nunca habían hecho antes, y las abordaban con más disciplina, con más fe, con más crueldad, incluso, que los propios hombres. Tal vez porque aún no habían tenido tiempo de construirse una retaguardia, y lo sabían. Para ellas, en esa fase todavía peligrosa, derrota equivalía a aniquilación. La debilidad, la piedad, eran lujos que no podían permitirse. Y quizá las supervivientes, las que viesen amanecer tras la noche negra que se extendía por Europa y el mundo viejo, fuesen la verdadera raza superior, después de todo. El futuro.

Imaginó lo que comentaría el Almirante de oírle trajinar esas ideas, y no pudo evitar una risa íntima, entre dientes. Una mueca cínica que le endureció los iris grises. Para Falcó, había dicho su jefe en San Sebastián, sólo contaban dos clases de mujeres: las que se había llevado a la cama y las que se podía llevar. Pero en eso el Jabalí se equivocaba. Existía una tercera clase, y él llevaba cierto tiempo ocupado en analizarla.

Incómodo, todavía inmóvil ante la ventana, concluyó que ignoraba la respuesta a demasiadas preguntas: si Eva Neretva estaría viva o muerta, tras el fracaso de su misión en Tánger y la pérdida del *Mount Castle;* si había atendido la llamada de Moscú, afrontando su destino; si las purgas que por orden de Stalin diezmaban los servicios secretos soviéticos, incluidos sus agentes en España, la habían alcanzado a ella; si su jefe, Pavel Kovalenko, la utilizaba para salvar su propia cabeza; si el NKVD había sido comprensivo con su agente, o le había pasado factura en un campo de trabajo de Siberia o en un sótano de la Lubianka. Entre otras cosas.

Demasiadas incógnitas para esas horas de la noche, se dijo con resignación. El dolor de cabeza se había desvanecido, de modo que dispuso el pijama sobre la colcha y empezó a quitarse la corbata. En ese momento sonó el teléfono.

—¿Diga?

No oyó nada al otro lado de la línea. Sólo el clic al interrumpirse la comunicación. Llamó a la centralita, y la telefonista dijo que se trataba de una llamada exterior. Una voz masculina que preguntaba por Ignacio Gazán. No se había identificado.

—Gracias.

Reflexivo, devolvió despacio el auricular a la horquilla y miró hacia la calle. Luego, por reflejo profesional, apagó la luz de la habitación, anduvo hasta la ventana y estudió el exterior. Nada vio de sospechoso. Entre las copas de los árboles se distinguían dos coches estacionados, y la luz de algunos automóviles recorría el bulevar. Todo parecía en orden, pero su instinto adiestrado en lo clandestino, en olfatear peligro, estaba alerta. Acababa de entrar en territorio incierto, tarde o temprano hostil, y durante unos minutos analizó fríamente pros y contras, riesgos posibles y probables, hipótesis razonables y eventualidades peligrosas.

Empieza de verdad el juego, pensó. O al menos ya no lo juego solo.

Tras asegurarse de que la puerta tenía la llave echada, fue hasta la cómoda, cogió la pistola y, tirando hacia atrás del carro, acerrojó una bala en la recámara. Luego abrió el cajón donde había guardado el libro código y el mensaje cifrado, y escondió éstos tras un falso fondo de su maleta, donde estaban la caja de fósforos que le había entregado

Sánchez, un sobre con dinero y el supresor de sonido Heissefeldt. Encendió un cigarrillo y se quedó sentado en la cama, fumando a oscuras. Dándole vueltas a la señal de alarma que parpadeaba en su cerebro. Tenía el oído atento a cualquier ruido en el pasillo, pero sólo oía el tictac del reloj despertador de la mesilla de noche. Al cabo de un rato se puso en pie, fue al cuarto de baño, se lavó los dientes e hizo gárgaras con Listerine. Después volvió a la cama y se tumbó en ella, vestido, sin quitarse los zapatos, con la pistola debajo de la almohada.

Escuchó sonido de pasos antes de que llamaran a la puerta. Para entonces ya se había puesto en pie, tenso y dispuesto. Abiertos los postigos de la ventana y sin luz en la habitación, sus ojos habituados a la oscuridad distinguían bien los contornos. Con el pulgar le quitó el seguro a la Browning y fue a situarse en el lugar y ángulo adecuados, pisando sobre los talones para no hacer ruido, listo para cualquier contingencia.

—¿Quién es?

—Policía.

—Un momento, por favor.

Calculó con rapidez. De ser cierto, eso cambiaba las cosas. Aunque también podía no serlo. Toda visita nocturna insinuaba sorpresas desagradables. En el primer caso, la pistola estaba de más y daría lugar a situaciones embarazosas. Para el segundo quedaban otros recursos. Tras poner el seguro, escondió la pistola bajo el colchón de la cama y le desenroscó el capuchón a la pluma estilográfica que estaba sobre la cómoda. En sus manos, clavado con rapidez como un estilete en un oído, un ojo o la garganta, el aguzado plumín de oro podía ser un arma tan mortífera como otra cualquiera. Igual que tantos otros objetos de apariencia inofensiva; todo se trataba, en realidad, de la voluntad de utilizarlos para hacer daño. Incluso la llave de la puerta podía hacer un servicio adecuado. Por eso, cuando la hizo girar y la retiró de la cerradura, Falcó la conservó en la mano derecha, entre los dedos apretados, apoyada en la palma y con el extremo hacia fuera.

—¿Qué desean?

Dos hombres con los sombreros puestos. Uno llevaba impermeable —largo, negro— y otro no. Este último, ante la puerta. El otro más lejos, en el pasillo, la espalda apoyada en la pared. Relajados. Ninguna de las dos actitudes parecía amenazadora, en principio.

—¿Podría acompañarnos? —preguntó el más próximo.

—¿Para qué?

El otro miró la llave que Falcó tenía en la mano y luego dirigió un vistazo rápido por encima de su hombro, hacia la habitación en penumbra.

—Un simple trámite —dijo—. Una diligencia policial sin importancia.

—Pues no son horas.

—Tiene razón.

El tono era amable. El fulano —un tipo moreno y bajo, con barba— se había metido una mano en la chaqueta y exhibía ahora un carnet de identidad; pero no era de policía, sino del Deuxième Bureau. Falcó conocía bien los documentos de identificación de los servicios de inteligencia franceses, con su franja tricolor y el sello especial en un ángulo. Él mismo había utilizado uno en cierta ocasión, aunque en su caso era falso. El que ahora tenía delante parecía auténtico, aunque tampoco era posible saberlo con certeza.

—Necesitamos que nos acompañe.

—¿A dónde?

—A una oficina nuestra en Les Halles.

No había dicho comisaría, sino oficina. Falcó continuaba mirándolo, inquisitivo.

—¿Para qué?

—Una simple conversación... Algo de interés mutuo.

El tipo no había abandonado el tono amable. Falcó dirigió un rápido vistazo al del pasillo, que permanecía apoyado en la pared, las manos en los bolsillos del impermeable. Parecía tan relajado como su compañero, y a menos que llevara una pistola escondida seguía sin haber nada amenazante en su actitud.

—Tenemos un coche abajo —añadió el pequeño y barbudo—. Lo llevaremos y traeremos después con sumo gusto. No tardará más de una hora... Tal vez hora y media, como mucho.

Suspiró Falcó en sus adentros. No tenía elección. Dándose la vuelta, encendió la luz, se puso el chaleco y la americana, se ajustó la corbata, y con los otros objetos personales se metió la estilográfica en un bolsillo tras enroscarle el capuchón. Los dos fulanos lo miraban desde el pasillo, sin entrar.

—Estoy a su disposición —dijo.

Al salir, antes de cerrar la puerta, cogió el sombrero; asegurándose al tacto, antes de ponérselo, de que la hoja de afeitar Gillette seguía oculta en la badana. Tampoco olvidó el tubo de cafiaspirinas. Cabía la posibilidad de que volviera a necesitarlo aquella noche.

La humedad del río, entre cuyos muelles flotaba una ligera bruma, hacía relucir el asfalto y difuminaba la luz amarilla de las farolas cuando cruzaron el Sena por el Pont Neuf, a bordo de un Citroën 7 conducido por el individuo del impermeable. El otro iba sentado a su lado y Falcó detrás, con plena libertad de movimientos. Eso lo tranquilizaba mucho, aunque no dejaba de permanecer alerta.

—¿Un cigarrillo? —le ofreció el que iba en el asiento del copiloto, vuelto a medias hacia atrás.

—No, gracias.

—Son Caporal.

—Razón de más... Ése es un tabaco para hombres muy hombres.

Rió el otro, divertido, y con el rascar de un fósforo encendió su pitillo.

—¿Has oído, Marcel?... Tiene chispa, el señor.

—Sí.

Un olor fuerte y barato inundó el automóvil. Falcó miraba por la ventanilla. A esa hora el tráfico era escaso, aunque iba aumentando a medida que se acercaban a la zona de Les Halles. Allí empezaban a confluir, de las afueras, carros de caballos y camionetas cargados con carne, frutas, verduras y otros productos que desde el amanecer alimentarían el inmenso vientre de París.

—Hemos llegado —dijo el que fumaba.

El automóvil se había detenido. Ya no estaban en un barrio elegante, sino en una calle de ambiente popular. Antiguas farolas de hierro que en tiempos fueron de gas, colgadas en las fachadas de los edificios, iluminaban con luz eléctrica rótulos de comercios apenas legibles en la penumbra: *Auberge du Beau Noir, Viandes en gros, Le Petit Bistrot*. Había restos de verduras y embalajes tirados en el suelo, puestos callejeros cerrados con tablas y pilas de sacos y cajas. Olía a todo eso. De un camión detenido ante un almacén, una docena de operarios con guardapolvos manchados de sangre descargaban cuartos de buey echándoselos al hombro. En la puerta de un bar, un gendarme mostachudo, la capa sobre los hombros y los pulgares en el cinto, conversaba con una prostituta de cabello rojizo y busto prominente.

Cruzaron la calle. Sus dos acompañantes precedían a Falcó, en apariencia sin preocuparse demasiado de él. Los siguió hasta un edificio situado en la esquina, y por precaución automática buscó el nombre de la calle en la placa atornillada allí: *Rue Mondétour,* le pareció leer. Los dos hombres se habían detenido ante una tienda con el rótulo *Antiquités* en el dintel de la puerta. El cierre metálico estaba levantado y lo invitaron a entrar.

De oficina, nada. O, desde luego, no la clase de oficina que le habían dado a entender. Así que Falcó, estoico por carácter y por oficio, se quitó el sombrero, inspiró hondo, tocó con los dedos la hoja de afeitar oculta en la badana y penetró en la tienda, tenso como para encajar un navajazo.

Lo primero que vio fue una enorme colección de pisapapeles de cristal, de todas las formas y colores posibles. Eran docenas, quizá un centenar. Estaban en una mesa pegada a un espejo, y ese efecto parecía multiplicarlos hasta el infinito. Había una lámpara de pie encendida cerca, de estilo *art déco,* y su luz creaba un efecto formidable de brillos y reflejos, como si estuviera abierto el cofre de un extraño tesoro.

—Buenas noches —dijo el hombre sentado en un sillón junto a la lámpara.

Falcó se lo quedó mirando sombrero en mano, sin responder. El que había hablado tenía el rostro muy flaco y llevaba el pelo cano cortado a cepillo; *en brosse,* como decían en Francia. Eso le daba un cierto estilo militar. Debía de tener cincuenta años largos. Vestía chaqueta de lana abierta sobre una camisa de cuello duro, con un nudo de corbata ancho y grueso, y pantalón algo raído, de terciopelo negro. Calzaba zapatillas caseras de felpa, y un gato de pelaje dorado dormitaba a sus pies.

—Siéntese, por favor.

Con una mano huesuda señalaba una mecedora. Falcó miró en torno. Los dos que lo habían llevado allí habían desaparecido. En la penumbra que aclaraba la lámpara se advertían cuadros antiguos, estatuas de piedra y mármol, jarrones, porcelanas, bronces y toda clase de pequeños objetos en aparadores y vitrinas. En una radio Philips, incongruentemente moderna en aquel lugar, sonaba música clásica: una melodía pausada, solemne, que podía ser Beethoven, pensó Falcó. O Wagner. Alemán, seguro. Uno de ésos.

—Puede fumar, si quiere.

Había sacado Falcó la pitillera, pero se detuvo al oír la respiración sibilante de su interlocutor. Era seca, vieja. El del sillón parecía familiarizado con ella; advirtió su gesto e hizo un ademán con una mano, invitándolo a proseguir.

—No se preocupe, adelante. No me molesta.

Lo miró Falcó con interés. Sabía diferenciar la respiración de un asmático o un tuberculoso de la huella que dejaba en los pulmones el gas mostaza. No era la primera vez que escuchaba esa clase de aliento entrecortado. Resultaba frecuente en veteranos de las trincheras de la Gran Guerra. Los que habían sobrevivido, por supuesto. Los menos afortunados hacía mucho que dejaron de tenerlo.

—No voy a andarme por las ramas, señor —dijo el otro.

—Pues no sabe cómo se lo agradezco.

—Conocemos su nombre y lo que hace en París. Lo que ignoramos es por qué y por cuenta de quién.

Se sentó Falcó, tomándose su tiempo mientras encendía un cigarrillo. Cauto. Intentaba situarse en tan inesperada compañía. Tomar la medida a todo aquello.

—¿Conocen?... ¿A quién se refiere ese plural?

—Eso no viene al caso —el hombre lo observaba con molesta fijeza—. Usted tiene nacionalidad española y al parecer acaba de llegar desde La Habana. O al menos eso afirma.

Tras decir aquello siguió mirándolo en silencio, cual si esperase una confirmación formal; pero Falcó se mantuvo callado e impasible. Había una mesa a su izquierda con un cenicero de alabastro, una botella de Courvoisier y una copa. Señaló el otro la botella de coñac, pero Falcó hizo un gesto negativo.

—También sabemos que se relaciona con gente indeseable.

Alzada una punta del misterio, Falcó se permitió la primera sonrisa.

—Indeseable ¿para quién?

—Para la dignidad de Francia.

—No fastidie.

—¿Es comunista?

Habría sido absurdo responder a eso. Con una mueca escéptica, Falcó se llevó el cigarrillo a los labios, aguardando. El otro arrugó la boca.

—Siento en usted el fétido aliento del pueblo.

La sonrisa de Falcó, nada impresionado, se transformó en carcajada.

—¿Me ha hecho venir aquí para hablar de higiene popular?

Otro silbido interno alteró la respiración de su interlocutor. Como si se tratara de una señal, el gato se apartó de sus zapatillas y fue a frotar el lomo en el dobladillo de los pantalones de Falcó.

—Leo Bayard es un bolchevique peligroso, sin escrúpulos. Ha estado matando a compatriotas suyos, españoles, al frente de una banda de mercenarios... Y ahora usted lo frecuenta. Apenas llegado a París se ha reunido con él.

Asintió Falcó, ecuánime.

—También con otros.

—Lo sabemos... Con un marchante austríaco llamado Küssen, al que tarde o temprano le ajustarán las cuentas. Uno más de los refugiados que se benefician de la complicidad criminal del gobierno francés.

—Yo colecciono arte.

—Arte degenerado, sí —la lámpara y sus reflejos imprimían ángulos amenazantes en el rostro huesudo—. Infames perversiones judías.

Se permitió Falcó otra carcajada, agria esta vez. La de alguien cuya paciencia se está agotando.

—La novia de Bayard no tiene nada de judía.

Iba el otro a decir algo, pero lo interrumpió un nuevo silbido. El gato lo miraba, casi solidario. Tomó aliento y volvió a empezar.

—No lo he hecho venir para hablar de esa inglesa roja —dijo al fin, agrio—. Es él quien nos interesa, y también lo que usted maquine a su lado. Ignoramos cuál es la intención.

No era un terreno cómodo, concluyó Falcó. Así que decidió jugar la carta de la indignación. Iba siendo oportuno mostrar algo de cólera inocente.

—Escuche, sea usted quien sea...

—Puede llamarme comandante, si quiere.

—No quiero llamarlo de ningún modo —exasperado, apartó al gato con un pie—. Ni tengo por qué darle explicaciones. Salvo que justifique el carnet del Deuxième Bureau que me enseñó uno de sus hombres hace un rato. Suena serio, eso del carnet... En realidad...

—Nosotros tenemos presencia en muchos lugares —lo atajó el otro.

—Veo que sigue recurriendo al plural.

—Es una forma de hablar como otra cualquiera.

—Ya —miraba con fastidio al gato, que había vuelto a arrimarse—. Pero esto no es oficial, por lo que veo. Pertenece a la iniciativa privada... Así que buenas noches.

Se puso bruscamente en pie, asustando al gato, con aparente intención de irse. En realidad, de ver qué ocurría. Pero el otro permaneció sentado, inalterable.

—Tenemos contactos con los representantes de Franco en París —dijo—. Con los patriotas españoles. Y les hemos preguntado por usted.

Falcó seguía de pie, sombrero en una mano y cigarrillo en la otra, mirándolo con asombro no del todo fingido. De pronto, como si se hubiera encendido una luz en su cerebro, acababa de comprenderlo todo. Fue un fogonazo de certidumbre súbita, y maldijo lo estúpido que podía llegar a ser. Aquel supuesto Sánchez, el agente nacional español, se lo había advertido en el café del boulevard Saint-Michel: La Cagoule, naturalmente. La organización clandestina fascista francesa. Que le arrancaran las orejas si no estaba ante el comandante Verdier, jefe de la sección de París y veterano de la Gran Guerra.

—¿Han preguntado por mí?

—En efecto. Y la contestación de nuestros amigos ha sido sorprendente.

—¿Sí?... —Falcó se sentó despacio—. Pues sorpréndame a mí también. Me tiene en ascuas.

—Dicen que lo olvidemos, que no intervengamos.

—¿Eso le han dicho?

—Eso mismo. Déjenlo en paz, fue la respuesta.

—Habrán hablado con gente solvente, supongo.

—Por completo.

Fingía Falcó desconcierto, aunque no necesitaba fingirlo del todo.

—¿Y qué hago aquí esta noche?

—Me pregunto por qué debemos dejarlo en paz... O mejor dicho, se lo pregunto a usted.

—¿No se lo han dicho ellos?

—No —el otro volvió a silbar—. Sólo han pedido que nos mantengamos al margen.

—Será porque saben que soy inofensivo.

—O tal vez por lo contrario.

Intentaba Falcó reflexionar a toda prisa, sin perder la calma. El cigarrillo, que había olvidado, le quemaba los dedos. Lo apagó en el cenicero.

—¿Y? —preguntó, para ganar tiempo.

—Confío en que usted me lo cuente.

—Siento no poder ayudarlo en eso —miró al gato, que volvía a las andadas—. No sé qué motivos tienen esos amigos suyos y de Franco para decir tal cosa. Ni siquiera sabía que estuviesen al tanto de mi existencia... ¿Por qué no pregunta también a los otros, a los gubernamentales?

—No tenemos el mismo trato, ni las mismas afinidades.

—Soy español de origen, pero con pasaporte cubano auténtico y en regla.

—Sí, eso lo hemos comprobado. Parece correcto.

—Tengo dinero y soy respetable —ahora Falcó alzaba el tono, haciéndose el ofendido—. También me reservo el derecho a frecuentar a quien me parezca oportuno... He venido a resolver asuntos privados, y pienso hacerlo pese a sus carnets de los servicios secretos, a su colección de pisapapeles y a su maldito gato, que me está llenando de pelos el pantalón.

Verdier, si es que de verdad era él, miró al gato y chasqueó dos dedos flacos como garras.

—Ven aquí, *Poilu*.

Tras dirigir un vistazo de rencor a Falcó, enhiesto el rabo, el felino regresó a las pantuflas de su amo.

—¿Y lo que está pasando en España? —inquirió éste—. ¿No le afecta?

Encogió Falcó los hombros.

—Lo de allí no tiene que ver con mi presencia en París. Como dije, compro arte y manufacturo cigarros habanos.

—Pero Bayard...

—Bayard es un tipo famoso e interesante. Y su novia, una artista reconocida. Me caen bien. Me gusta tomar copas con ellos. He conocido a un tal Gatewood.

—¿El periodista norteamericano?

—Sí.

—Otro rojo malnacido.

—Pero aficionado al coñac francés, según pude comprobar.

Su interlocutor lo miraba incrédulo. Escandalizado.

—¿De verdad le cae bien esa basura marxista?

—Unos mejor que otros. Pero son divertidos e inteligentes. Y Eddie Mayo es muy guapa.

Movió el otro la cabeza con repugnancia. Su mirada ardía en fuego patriótico. Fanática y peligrosa.

—Francia está al borde del abismo, ¿comprende?... Tenemos un gobierno de izquierda estúpido y demagogo, y una sociedad apática, cobarde, incapaz de reaccionar. Sólo la fortaleza de las ideas nuevas podrá regenerar Europa. Las democracias están podridas. Disciplina y mano dura, cauterizando las partes enfermas: ésa es la receta... En Alemania, en Italia, en España la están aplicando ya.

—Y a mí qué me cuenta.

—¿Ha leído a Spengler?

—Ni por la tapa.

—En los momentos críticos de la Historia siempre hay un pelotón de soldados que salva la civilización occidental.

—Bueno, pues vale. Me alegro. Pero a mí no me mezcle en eso. Yo soy apolítico —decidió adornarse con media verónica—. Y ese tal Spencer me importa un pito.

—Spengler.

—Como se llame.

Un silbido. Una pausa malhumorada y otro silbido.

—Su dinero lo pone a salvo, ¿verdad?... Arte y cigarros habanos, dice.

—Usted está loco —se incorporó, el aire hastiado—. Váyase al diablo.

—No nos engaña. Averiguaremos quién es y qué pretende. Se lo prometo.

Sonaba a amenaza seria. Aparentando indiferencia, Falcó se puso el sombrero ligeramente ladeado, chulesco. Sobre la ceja derecha.

—Pues si descubren algo que yo no sepa, cuéntemelo. Ahora quisiera volver a mi hotel, porque estoy cansado y mañana debo seguir alternando con bolcheviques y otros enemigos de Occidente... Sus matones prometieron devolverme allí. ¿Los avisa?

—No se inquiete. Lo llevarán ellos.

—No me inquieto, pero se lo agradezco. Sería incómodo buscar un taxi a estas horas.

7. Un cliente de Charvet

La primera parte de la mañana la dedicó Lorenzo Falcó a visitar bancos. Vestía de gris muy formal, con sombrero Trilby del mismo color. Estuvo primero en el Crédit Lyonnais, boulevard des Italiens, y luego en el Crédit Commercial de los Campos Elíseos y en la Banque de Paris et des Pays-Bas, rue d'Antin. En todos ellos, en cuentas abiertas a nombre de Ignacio Gazán, hizo importantes transferencias de dinero a la oficina de la banca norteamericana Morgan en la place Vendôme, y desde ésta ordenó enviar el monto total, 100.000 francos, a una cuenta suiza numerada en la sucursal de Morgan en Zúrich —la cuenta la había abierto su antiguo socio en el tráfico de armas Paul Hoffman, a cambio de una sustanciosa comisión—. Después hizo una llamada telefónica desde el bar del Ritz, tomó un vaso de leche tibia y entró en Charvet tras mirar un momento las corbatas, cuellos y puños de camisa expuestos en el escaparate, aprovechando los reflejos en el vidrio de éste para confirmar —todo parecía en orden a su espalda— que no lo seguían.

—Buenos días, Christophe.

—Oh, señor Montes, qué agradable sorpresa... Bienvenido.

Allí, Falcó era Sebastián Montes, industrial valenciano. Un alias usado desde diez años atrás. El encargado, vestido con un chaqué impecable, se había curvado por la cintura hasta casi tocar el mostrador con la frente. Era alto y distinguido, con una perla en la corbata y perilla a lo mosquetero. Se estrecharon la mano.

—Necesito media docena de camisas. Y es urgente.

—¿Con cuánta urgencia, si me permite?

—No más de una semana.

El otro arrugó el entrecejo mientras hacía rápidos cálculos —lo usual, sabía Falcó, era un mes—. Al fin se relajó con una sonrisa.

—Puede ser, tratándose de usted. Aunque ya sabe que el recargo...

—Sí, lo sé.

El encargado había alejado al otro dependiente —un joven también vestido de chaqué— y hojeaba un libro de clientes. Al cabo se detuvo en una página, con un dedo sobre las anotaciones, y miró satisfecho a Falcó.

—¿Han cambiado sus medidas?

—No, que yo sepa.

—¿Y sus gustos?

—Tampoco.

—Perfecto, entonces —anotó algo y cerró el libro—. Algodón americano blanco, cuello clásico inglés con ballenas de nácar, puños dobles...

—Correcto.

—¿Nada de iniciales bordadas?

—Nunca.

—Estarán listas el próximo lunes.

—Gracias, Christophe.

El otro miraba la ropa de Falcó reprimiendo un gesto de cortés reprobación.

—Esa corbata que lleva es nuestra, pero no la camisa.

—En efecto —sonrió Falcó—. Es de Burgos, cerca de la Puerta del Sol de Madrid.

—Ah, los conocemos. Una casa competente... Trágico lo de España, ¿verdad?

—Lo es, sí. Mucho.

—¿Qué ha sido de nuestros colegas?... ¿Sigue abierta su tienda?

—No sé. Hace tiempo que no voy por allí.

Asintió el encargado con gravedad.

—Comprendo.

—Imagino que habrán fusilado a la mayor parte de la clientela habitual —dijo Falcó—. Ahora confeccionarán monos con tela azul proletaria.

—Dios mío. ¿Así están allí las cosas?

—Incluso peor.

Miraba Falcó la colorida exhibición de corbatas colgadas en los expositores.

—¿Alguna en especial? —se interesó el encargado.

Falcó indicó una de seda azul con pintas rojas, realmente bonita.

—Ésa está bien.

—Por supuesto —el otro se la puso en las manos con exquisita delicadeza, mostrándole el envés—. Una *seven folder* por completo canónica, cortada antes de plegarla en un perfecto ángulo de cuarenta y cinco grados. Ni uno más, ni uno menos.

Acarició Falcó la dúctil seda. Su tacto era muy agradable.

—Envíemela con las camisas —señaló otra de color malva—. Y ésa también.

—Por supuesto... ¿A qué hotel, esta vez?

—Madison.

—Ah. Un establecimiento muy elegante. El lunes lo tendrá todo allí.

Mientras el encargado hacía la cuenta, Falcó abrió el talonario y le quitó el capuchón a la estilográfica.

—Se lo dejo todo pagado.

—Como guste.

Tras asegurarse de que el dependiente joven estaba ocupado en el otro extremo de la tienda, Falcó sacó también la billetera.

—Christophe...

—Dígame.

—Estos días me llamo Gazán —le puso discretamente en la mano, con el cheque, un billete de cien francos—. Ignacio Gazán.

El dinero desapareció en un instante. El otro se lo había guardado con una rapidez más propia de un tahúr profesional que de un camisero parisién.

—Por supuesto, señor. En Charvet, nuestros clientes se llaman como les parece oportuno.

Al salir de la tienda, Falcó miró el reloj y anduvo sin prisas por la rue de la Paix, paseando ante las joyerías, las casas de moda y las perfumerías. De buen humor, canturreaba *Tout va très bien, madame la Marquise* imitando a Tino Rossi. En Paquin miró complacido a dos hermosas maniquís a las que hacían fotos en la puerta, y en la esquina del boulevard des Capucines se entretuvo frente a una tienda de automóviles de lujo donde se exhibía el último modelo norteamericano: un reluciente Chrysler Imperial descapotable que costaba 21.120 francos —lo que suponía casi 27.000 pesetas de la España nacional y el triple en la zona republicana—. Después, con una sonrisa aviesa, siguió camino preguntándose qué diría Leo Bayard de saber que el último ingreso hecho en una cuenta suiza de cuya existencia no tenía la menor idea, pero en cuyo código numerado figuraba su nombre, le habría permitido comprarse cuatro coches como ése. O quizás uno de aquellos aviones con los que ayudaba a ponerse en pie a los parias de la tierra, también conocidos como famélica legión.

Aún le duraba la sonrisa cuando, al llegar al café de la Paix, compró *Le Figaro*, *L'Humanité* y *La Dépêche* y se sentó a hojearlos junto a un velador de la terraza, frente al edificio de la Ópera. Pidió al camarero un tom collins que bebió sin prisa mientras fumaba un cigarrillo. Después miró el reloj y estuvo un rato observando el tráfico de automóviles, así como la muchedumbre que a esas horas transitaba por las aceras —no había en ningún lugar del mundo, pensó una vez más, mujeres tan hermosas como en París—. Al fin miró de nuevo la hora, dejó los periódicos en la mesa, se puso en pie y cruzó la plaza hacia la boca del metro, entre el rumor del tráfico y los bocinazos de automóvil.

La del agente secreto, como cualquier vida clandestina, requería talento, frialdad y aptitudes para la supervivencia. También capacidad de improvisación, saber adaptarse al entorno y facilidad para captar el conjunto por simples detalles. Falcó estaba acostumbrado a todo eso, de modo que se detuvo al pie de la escalera fingiendo esperar a alguien, para asegurarse de que nadie entre los que bajaban seguía sus pasos. Eres tú quien decide, pensaba, y no el enemigo que tal vez te sigue ahora. Aquél era otro principio básico en el adiestramiento de su oficio. Para identificar a un posible perseguidor, había que obligarlo a elegir. A manifestarse.

Tras echar un vistazo, fue a la taquilla y pagó setenta céntimos por un billete de segunda clase, pasó el torno y caminó entre la gente, bajo los cables que corrían por el techo y las bombillas eléctricas que daban una luz escasa, cenital, más bien lúgubre, a los túneles cubiertos de azulejos blancos y grandes carteles publicitarios, al olor a densa humanidad y al sonido de los trenes.

Cuando bajó al andén de la línea Porte de la Villette-Porte d'Ivry vio de lejos a Sánchez sentado en un banco bajo un anuncio de Ovomaltine. El agente nacional llevaba el mismo traje arrugado de la vez anterior, sin sombrero, y fingía leer un periódico. En esta ocasión llevaba corbata. Pasó Falcó por su lado sin mirarlo, fue a situarse en la zona correspondiente a su vagón, y vio que el otro permanecía sentado y atento.

Llegó el convoy, se abrieron las puertas, salieron y entraron pasajeros, subió Falcó al vagón y, tres segundos antes de que se cerraran las puertas, cuando el soplido neumático empezó a oírse, salió de nuevo al andén. Partió el convoy y Falcó se quedó allí, esperando el siguiente mientras por el rabillo del ojo veía a Sánchez levantarse del banco y venir a detenerse cerca con aire casual, el periódico doblado y metido en el bolsillo derecho de la americana. Eso significaba que todo parecía en orden. Entraron en el siguiente convoy cada uno por una puerta, reuniéndose en un extremo del vagón.

—Anoche me llevaron a Les Halles —dijo Falcó en voz baja—. Un anticuario de unos cincuenta años, pelo a cepillo, con tos de trinchera.

El otro lo miró, inquieto. Su elegancia de maneras seguía sin corresponder con la ropa que vestía, y Falcó supo que eso era deliberado. Se preguntó qué habría estado haciendo antes del Alzamiento del 18 de julio. Seguía teniendo el mismo aire de cansancio que la tarde anterior.

—Es Verdier —dedujo Sánchez, torciendo el bigote—. La gente de La Cagoule.

—Eso imaginé.

Movía el otro la cabeza, contrariado. Para mantener el equilibrio se sujetaba a la barra del techo. El cuello de su camisa se veía rozado y sucio. Los ojos continuaban enrojecidos, y Falcó supuso que eran décimas de fiebre.

—Qué cabrones.

—Vinieron con un carnet del Deuxième Bureau.

—No me sorprende. Tienen gente allí y en muchos otros sitios.

—Ese individuo dijo que ustedes le han pedido que me deje en paz.

—Así es.

—No debieron hacerlo.

—Iban a por usted.

—Sé cuidarme solo.

Seguían conversando en voz baja. En ese momento, el convoy entró en la estación de Pyramides.

—Aun así —añadió Falcó—, ese tal Verdier no parece dispuesto a hacerles caso. Le pica la curiosidad.

—¿Dijo usted algo comprometedor?

Falcó lo miró sin responder, y el otro hizo un ademán de disculpa.

—Tenemos buena relación con ellos, pero no podemos controlarlos —dijo—. Al contrario. Éstos son sus pastos... ¿Quiere que haga algo?

Se cerraron las puertas y el convoy arrancó de nuevo. Sentados y de pie había mujeres con sombreros, bolsos y cestas, hombres leyendo libros o periódicos. Dos turistas con Kodak colgadas al cuello conversaban en inglés. Nadie se les había situado cerca.

—Mejor no tocarlo —comentó Falcó—. Prefiero las cosas como están. Una indiscreción puede estropearlo todo.

—¿Cree que le causarán problemas?

—No sé, no creo. Me las arreglaré.

—Lo que está claro es que tienen a Bayard y su entorno en el punto de mira.

—Sí. Pero eso también puede ser bueno para nosotros.

Le dirigió el otro una ojeada confusa.

—No comprendo.

—Ya lo comprenderá. De momento sólo es una idea. Un complemento al plan original... ¿Han hecho ya alguna foto?

—Sí. Le he traído unas copias.

—¿Y los negativos?

—También.

Aprovechando el movimiento del vagón en una curva, Sánchez le puso en las manos un sobre que Falcó metió en un bolsillo.

—Esta mañana hice varias transferencias a Zúrich —dijo éste—. Cien mil francos en total.

—Nosotros también. Cuarenta mil.

Intercambiaron una sonrisa cómplice.

—No está mal, para un solo día.

—¿De verdad es necesario todo esto? —preguntó Sánchez—. Podríamos liquidar a Bayard sin tanto preparativo y gastando menos... Hasta los cagoulards estarían encantados de darle cuatro tiros gratis.

—Es distinto. No se trata de fabricar un mártir, sino un traidor.

Se quedó pensando el otro mientras se rascaba el bigote, poco convencido.

—¿Cuándo tiene prevista la última fase?

—Una semana, tal vez. Después pondremos el queso en la ratonera y sólo nos quedará sentarnos a ver qué pasa.

—¿Quién cree que irá primero a por él?

—Hay varias posibilidades. En eso ando.

Sánchez se quedó otra vez pensativo.

—Tendría gracia que fuera la República —dijo al fin.

Se interrumpió para sacar el pañuelo y llevárselo a la boca, sofocando un acceso de tos. Mientras lo guardaba, incómodo, miró a Falcó.

—Con el nuevo embajador ha llegado un hombre de la DGS de Valencia, a poner orden aquí —añadió—. Se llama Emilio Navajas.

—¿Qué saben de él?

—Duro y comunista. Fue minero en La Unión, donde se afilió al partido cuando los de carnet eran todavía cuatro gatos. Entre agosto y diciembre controló la checa de las Adoratrices, en Cartagena. Ha estado en Rusia al menos dos veces.

—¿Algún detalle que nos sea útil? ¿Es sobornable?

—No creo. Pertenece a la línea dura, de los que liquidan a diestro y siniestro. Para tipos como él, fascismo, anarquismo y democracia son iguales. La misma salsa.

—Podría encargarse él de Bayard —reflexionó Falcó.

Sánchez lo miraba, esperanzado.

—¿Le parece?... Creí que pensaba usted en los comunistas franceses, o quizá los rusos.

—Sigo pensándolo. Los rusos suena más limpio.

El otro pareció satisfecho con la posibilidad.

—Sería perfecto, oiga. Orden directa de Stalin. Una obra de arte.

El convoy se había detenido en la estación del Palais Royal, y Falcó se dispuso a salir del vagón.

—Vigilarán a ese Navajas, imagino —dijo.

—Por supuesto. Como él a nosotros.

—Téngame al corriente.

—Claro.

La puerta se abrió ante un cartel que anunciaba el estreno de la película *Pépé le Moko*. En el afiche, junto a una mora de ojos seductores, Jean Gabin contemplaba la vida y el amor con cara de gángster duro. A Falcó le gustaba Jean Gabin: tenía aspecto de saber beber y pelear. Le recordaba mucho a Paco Guasch, un chulo de putas de La Criolla, en el barrio chino de Barcelona, que nueve años atrás, en 1928, le había enseñado a boxear sucio y a clavar una navaja.

—Respecto a La Cagoule —dijo Sánchez—, si la cosa se complica para usted, no dude en avisarnos.

—Lo tendré en cuenta.

—También son gente peligrosa.

Mientras salía al andén, Falcó se volvió a medias. La suya era una mueca insolente. Carnicera.

—Puestos a ello, todos podemos ser peligrosos.

La rue des Grands-Augustins describía una ligera curva antes de prolongarse en línea recta hasta la orilla izquierda del Sena. Era media tarde. Se habían encontrado los tres ante el número 7: Eddie Mayo, Falcó y Hupsi Küssen. Solemne, el austríaco empujó la cancela bajo el arco y los invitó a entrar al patio.

—Bienvenidos a la catedral del arte... El sumo sacerdote está dentro.

Sombrero en mano, Falcó cedió el paso a Eddie Mayo y cruzó tras ella el recinto empedrado, seguidos por Küssen. La fotógrafa era realmente atractiva, pensó una vez más: alta, rubia, con el porte elegante de la maniquí y modelo que había sido. Aquella tarde vestía un conjunto de inconfundible aire Schiaparelli: pantalón negro, ancho, deliberadamente masculino, con chaqueta corta tipo bolero, de cuadros escoceses. Y ni una joya. Ni siquiera pendientes.

Al fondo del patio había otra puerta en forma de arco, un corto pasillo mal iluminado y una escalera estrecha, semicircular. Tres pisos más arriba, una maciza puerta de roble estaba abierta.

—¿Maestro? —llamó Küssen, pulsando el timbre.

Una voz masculina sonó en el interior, lejana, invitándolos a entrar. Más allá de un vestíbulo por cuyas ventanas entraba una luz polvorienta llegaron a un cuarto lleno de trastos, cuadros cubiertos por telas y paquetes sin abrir, y luego, por una escalera de caracol, ascendieron hasta un estudio grande, diáfano, de baldosas desnudas y techo con vigas de madera sobre ventanales con una vista de tejados y chimeneas. Había radiadores y también una estufa estrecha de tubo muy alto, un sofá, sillas desvencijadas y algunos muebles cubiertos por objetos de todas clases: muñecos de cartón, figuras de madera, alambre y barro, láminas, bocetos, periódicos, ceniceros llenos de colillas. El resto eran caballetes, frascos multicolores, tubos de óleo y pinceles, lienzos en blanco y a medio pintar. Olía muy fuerte a pintura, trementina y humo de tabaco.

El hombre que les salió al encuentro era bajo y ancho de hombros; con el pelo, entrecano y escaso, peinado de forma que disimulaba un poco su avanzada calvicie. Vestía un pantalón informe y un jersey viejo manchado de pintura y calzaba sucias alpargatas. Lo más destacado eran sus ojos: grandes, oscuros, penetrantes. Muy intensos y vivos. Miraban con fijeza, sin humor, aunque la boca, que acababa de besar la mano de Eddie Mayo, sonreía.

—Siempre tan bella —dijo—. ¿Cómo está tu hombre?

—Bien, como suele... Con su pasión española a cuestas.

—Leo es un buen muchacho —el pintor le hablaba a ella, pero miraba con ligera suspicacia a Falcó—. ¿Lo veré pronto?

—Claro. Te manda saludos.

—¿Tiene previsto volver allá abajo?

—No, de momento.

—¿Te he dicho ya que estás guapísima?

—Qué tonto eres.

Sonrió el otro, complacido, como si viniendo de una mujer como Eddie aquello fuera un elogio. Su acento español era ronco, endurecido en las erres. Falcó había visto fotos de Pablo Picasso, pero ninguna captaba lo esencial del personaje: un aplomo excesivo, cierta desdeñosa suficiencia que se extendía desde la mirada intensa al menor de sus movimientos. La seguridad, supuso, de alguien acostumbrado a ser, desde hacía casi tres décadas —Falcó también había estudiado su dosier—, objeto de veneración ajena. Hupsi Küssen había recurrido a la expresión *sumo sacerdote*, y lo cierto era que le cuadraba.

—Él es Nacho Gazán, querido maestro —dijo el austríaco—. Coleccionista y buen amigo.

—¿Español?

—De La Habana.

—Es un placer.

La mano, con pintura seca en las uñas, era vigorosa. También lo fue el apretón.

—Es un honor, señor Picasso.

—Llámeme Pablo... O si prefiere lo formal, maestro, como hace Hupsi.

Dejó Falcó el sombrero en el respaldo de una silla. Picasso, decidió, no le caía del todo bien. Su bonhomía era más condescendencia que otra cosa. Al alzar la vista, al fondo del estudio y junto a una ventana, vio un enorme lienzo sobre bastidor que cubría la pared. No había colores en él, excepto tonos negros y grises, con algunas partes aún esbozadas a carboncillo. Contenía un caballo, una cabeza de toro y figuras humanas en poses atormentadas, mezclado todo en extraña madeja.

—Maestro me parece adecuado —dijo Falcó.

Su sonrisa era encantadora: la mejor de su repertorio sociable, estilo simpático. De soslayo advirtió que Eddie Mayo le miraba la boca, y que Picasso se daba cuenta de que ella lo miraba.

—A su gusto —respondió el pintor.

Miraba en torno Falcó, buscando el cuadro destinado a la Exposición Internacional, pero no vio ninguno relacionado con la guerra. Había algunos lienzos grandes apoyados en una pared, unos sobre otros, y pensó que tal vez sería uno de ésos. O quizá fuese uno de cierto tamaño que estaba en un caballete, cubierto por una sábana sucia.

—Impresionante —dijo, procurando parecer impresionado.

Siguieron un par de minutos de conversación intrascendente: pintura, exposición fotográfica de Eddie, afición coleccionista de Nacho Gazán. Eficaz como de costumbre, Küssen mencionó el interés de éste por adquirir algo del pintor, aunque se tratara de una obra menor. No podía irse de París, añadió, sin un Picasso en su colección.

—Ahora no tengo ningún cuadro a la venta.

—Cualquier cosa estará bien, maestro.

El artista hizo un ademán indiferente, indicando un rincón del estudio donde había varios lienzos apoyados unos en otros y una mesa llena de dibujos y bocetos.

—Algo queda por ahí —dijo a Falcó—. Puede elegir usted mismo.

—No, por favor —protestó éste—. Lo dejo a su criterio.

Inquisitivos, los ojos oscuros lo perforaban.

—¿Cuánto está dispuesto a gastar? —preguntó el pintor a bocajarro.

Apenas dudó Falcó.

—Ése no es problema.

—Como sabe, Hupsi se lleva un diez por ciento.

—Por supuesto... Él es mi sanguijuela particular.

Rieron todos, Küssen el que más, y se aproximaron a la mesa. Había allí collages de papel de periódico, bocetos sobre papel y cartón hechos a lápiz o tinta, y otros pintados al óleo: bodegones de frutas, cabezas humanas, pájaros, figuras abstractas. Todo quebrado en líneas y ángulos, fragmentado en violentos contrastes. Picasso tocó algunos por encima, despectivo.

—¿Qué le recomendaríamos, Eddie?... Tú pareces conocer más al señor.

—Oh, no mucho. No creas.

—Le compró una foto formidable de su exposición en la galería Hénaff —apuntó Küssen—. La de la boca mordiendo una naranja.

El pintor no miraba a Falcó, sino a Eddie. Con reproche.

—Recuerdo esa fotografía... Estuve a punto de cambiártela por algo mío. Algo bueno, quiero decir.

—Pues llegas tarde, porque se te han adelantado.

—Lástima... Contigo llego tarde a todo.

—Eso parece. Coméntaselo a Dora cuando venga.

—¿Quién es Dora? —quiso saber Falcó, poniendo cara de no enterarse bien.

—Su última amante —dijo ella con naturalidad—. Ahora el maestro es bígamo. Aunque en realidad siempre lo fue. Incluso trígamo, o como se diga.

—Por ti las dejaría a todas, ya lo sabes.

—Sí. Durante un par de horas.

Picasso soltó una carcajada brutal. Ahora sí miraba a Falcó.

—Leo es un tipo afortunado... ¿Conoce usted las fotos que Man Ray le hizo a Eddie?

—Apenas.

—Eso no viene a cuento, Pablo —dijo ella, molesta.

El pintor le señalaba a Falcó la pared sobre la mesa. Allí, clavadas con chinchetas, había estampas de cuadros modernos y clásicos —Falcó reconoció *Las Meninas*— y fotos recortadas de revistas.

—Nunca he visto desnudos tan hermosos como aquellos en los que posó para Man —dijo Picasso—. Pero seguro que tampoco conoce usted esta fotografía... Mírela bien. Es mi favorita.

Se acercó Falcó a observarla de cerca. Estaba recortada de *Vogue* y mostraba a tres maniquís vestidas con perfecta elegancia, tocadas con sombreros *cloche* de diez años atrás, apoyadas en la valla de un hipódromo. Estaban de perfil, y una de ellas, la más bella y delicada de rasgos, era Eddie Mayo.

—Yo era muy joven —oyó decir a la mujer—. Acababa de llegar de Inglaterra.

Aún miró Falcó la foto un momento más. Después prestó atención a los cartones con bocetos de la mesa. Acabó eligiendo un estudio de mujer de mediano tamaño, con dos ojos en la frente y una nariz griega y recta, apenas manchado de bermellón, azul y gris.

—¿Qué le parece éste, Eddie?

Ella hizo un gesto de aprobación.

—Es deliciosamente infantil.

—Cuando era joven podía pintar como Rafael —comentó Picasso—, pero he invertido toda mi vida en aprender a dibujar como los niños.

Pensaba Falcó, divertido, en lo que iba a decir el Almirante cuando le llevase aquello. Su cara de espanto al ver los garabatos sobre un cartón. O la del pintor, si llegara a saber que se le iba a pagar con fondos reservados de la España nacional.

—Quince mil francos —dijo Picasso.

—Ni que llevara música, oye —protestó Eddie—. Nacho es un amigo.

—De acuerdo. Doce mil.

—Nada de eso. Siete mil, Pablo, o no nos lo llevamos.

—¿Nos?

Se cogió ella del brazo de Falcó, protectora.

—Estamos asociados en esto. Y quiero que conserve una buena impresión de ti, no la del tacaño gruñón que eres... A fin de cuentas, es compatriota tuyo.

Rió otra vez Picasso. Había cogido el cartón y con un lápiz de color rojo lo firmaba en un ángulo. Después se lo pasó a Küssen mientras dirigía a Falcó una mirada intensa. La dureza parecía haberse atenuado un poco. Tal vez por la mención a España.

—¿Ha estado allí? —preguntó el pintor.

—No desde la sublevación de los militares.

—Qué tragedia, ¿verdad?

—Sin duda... ¿Piensa ir usted?

—No sé, no creo —Picasso hizo un ademán ambiguo—. Insisten en que vaya. Una foto conmigo les vendría bien, imagino... Yo soy fundamentalmente un hombre de izquierdas, por supuesto. Pero quizá sea más útil aquí.

—Comprendo.

Pareció el pintor dudar un momento. De pronto alzó un dedo manchado de pintura.

—Voy a enseñarle algo. Venga.

Lo siguió Falcó hacia otra mesa desvencijada. Había en ella tarros con pinceles, frascos de disolvente, tubos de pintura y también un montón de bocetos dibujados a tinta negra, lápiz y carboncillo. Picasso le mostró algunos: figuras humanas, cabezas de toro y de caballo, una lámpara ejecutada en breves y simples líneas, una madre con un hijo muerto en brazos, al pie de una escalera. Todo tenía un estilo seco, de trazos violentos. En algunos, la energía del artista había rasgado el papel. Falcó observó que esos dibujos se correspondían con el lienzo grande que ocupaba la pared del fondo. Y Picasso lo confirmó, señalándolo.

—No tendrá color, porque no quiero distraer a quien lo contemple... Será una paleta de negros y grises. Un monumento a la desilusión, a la desesperación, a la destrucción. Un aldabonazo en la conciencia de la humanidad.

Se estremeció Falcó, a su pesar. La luz declinante de la ventana y su efecto óptico en el cristal daban una tenue pátina rojiza al enorme lienzo; como si éste, antes de ser realidad, ya empezase a ensangrentarse lentamente. Y de pronto, todo adquirió sentido.

—Se llamará *Guernica* —dijo Picasso.

Leo Bayard se unió a Eddie Mayo, Küssen y Falcó en Les Deux Magots. Llegó al anochecer con aspecto fatigado, un cigarrillo entre los dedos y la chaqueta sobre los hombros descubriendo el chaleco y las mangas de la camisa. Su nariz aguileña parecía más afilada por el cansancio y mostraba ligeras bolsas bajo los ojos.

—Gide y Mauriac son unos imbéciles —dijo tras colgar el sombrero en la percha y sentarse—. Están empeñados en hacer una declaración pública sobre los juicios de Moscú y la represión en España. Me he negado, claro. Y me ha llevado toda la tarde convencerlos de que no es momento; de que ahora lo importante es apoyar a Stalin contra Hitler y Mussolini... Todo lo demás puede esperar.

—Pero en algo tienen razón —opinó Eddie—. Tanto silencio sobre el lado oscuro...

—España bien vale algunos silencios —la interrumpió malhumorado Bayard.

Miraba a Küssen y a Falcó cual si los pusiera por testigos. No estaba dispuesto, añadió con viveza, a apuñalar por la espalda al comunismo. Nunca abriría la boca contra los procesos de Moscú, como tampoco contra los de Barcelona. No había estado combatiendo en España para luego traicionarse a sí mismo.

Disconforme, Eddie movía la cabeza. El pelo rubio, recortado y lacio, oscilaba con estilo.

—Sabes que no estoy de acuerdo, Leo. Para ti sólo es verdad lo que favorece al partido, y falso lo que lo perjudica.

—Un partido al que ni siquiera pertenezco.

—Da igual, justificas cualquier cosa. Le das carta blanca a Stalin.

Se inclinaba sobre la mesa, casi vehemente de pronto, apoyándose en ella. Sin embargo, el azul ártico de sus ojos permanecía sereno. Falcó le contempló las manos, que eran verdaderamente bonitas: dedos esbeltos, ágiles, pintadas las uñas de rojo escarlata. Seguía sin llevar anillos ni joya alguna. Ni siquiera reloj.

—Según tú —añadió ella—, todo acto de fuerza por su parte se vuelve necesario.

Bayard se apartó el mechón de la frente. Parecía molesto.

—¿Y qué tiene eso de malo? —inquirió—. Son momentos duros, y Stalin es un líder admirable, un prototipo democrático. Lo que importa es el símbolo.

Eddie no se daba por vencida.

—Los procesos de Moscú y Barcelona... Los acusan de fascistas y agentes nazis, Leo.

—Algunos podrían serlo.

—Por favor. No digas tonterías.

Bayard dio una última chupada al cigarrillo y lo apagó bruscamente en el cenicero.

—No vuelvas a ello, te lo ruego... Igual que la Inquisición no mermaba la dignidad básica del cristianismo, esos procesos no merman la del comunismo.

La mujer se echó atrás en el asiento, cual si renunciase a discutir.

—Dirán que estás a sueldo del Komintern. Ya lo hacen.

—No importa. Sé quién soy, y tú lo sabes. No se trata de ayudar a España sólo por España. Es la primera gran batalla de una guerra larga, que apenas empieza.

—Haces como tanta gente allí, no importa el bando... Se creen las atrocidades del enemigo y niegan las de los suyos.

—Exageras, querida. Eso es muy poco británico.

—Desde luego. A mis compatriotas, las matanzas de España les importan menos que el partido de fútbol del día anterior.

—Por eso te amo a ti y no a ellos.

—No seas estúpido. Condescendiente y estúpido.

Eddie se volvió hacia Falcó y el azul pareció templarse un poco.

—Todo esto lo aburrirá mucho —dijo.

Había cambiado de tono. Más dulce. Falcó hizo un ademán conciliador.

—No crea. Lo encuentro interesante.

—¿De veras? —se burló Bayard—. La Habana está demasiado lejos.

—No tanto como piensa.

Se acercó un camarero, y Bayard pidió agua mineral con una rodaja de limón. Después se volvió hacia Küssen.

—¿Qué tal os fue con Picasso?

—Muy bien —respondió el austríaco—. Le ha dicho a Nacho que vuelva a visitarlo cuando quiera. Quizá porque compró un bonito boceto en color. Un retrato de mujer.

—¿De quién?

—No tengo ni idea... Pero Eddie consiguió que se lo rebajara a la mitad.

—¿En serio?

—Desde luego. Mordió el hueso y no se lo dejó arrebatar.

Hizo Bayard un guiño malvado.

—Eso es malo para tu comisión, Hupsi.

—*Jawohl*... No se puede ganar siempre.

—¿Cuánto pedía?

—Quince mil —dijo Eddie.

—Maldito sinvergüenza. Se ha vuelto tan tacaño que sólo piensa en el dinero... ¿Qué tal va el cuadro para la Exposición Internacional?

—Avanza despacio. Quizá demasiado.

—Creo que es un error —Bayard chasqueó la lengua con reprobación—. El público no está preparado para eso. No lo van a entender. Un cuadro de guerra es un cuadro de guerra. El suyo, en cambio, podría significar cualquier cosa.

—Sigue rompiéndose la cabeza con ese trabajo.

—¿Rompiéndosela? Eres indulgente, querida. Le echa teatro como quien echa sal en la sopa. Hay algo de estafador en él. Ha dado con el mecanismo y lo explota a fondo.

—Pablo es un artista enorme —protestó la mujer.

—Pues claro. ¿Quién discute eso?... El más grande que conozco, y son unos cuantos. Pero también es un truhán muy listo. Y un cínico. La mitad de los motivos de ese cuadro ya los tenía pensados para otros asuntos. Va a llamarlo *Guernica* como podría llamarlo *Terremoto en Lisboa*.

—Deberías decírselo a él.

—Ya se lo he dicho. Se me rió en la cara y dijo que en materialismo histórico ando bien, pero que de arte no tengo la menor idea.

—Y tiene razón —Eddie miraba a Falcó—. ¿No le parece, Nacho?

—Tú sí que eres una obra de arte —dijo Bayard.

La mujer ahogó un bostezo.

—Una obra de arte que se muere de hambre —se le iluminó el rostro—. ¿Por qué no vamos al Mauvaises Filles? —se volvió otra vez hacia Falcó—... ¿Lo conoce?

—No.

Se lo explicaron. Club en Pigalle, local de moda. En él podía encontrarse de todo, estilo cabaret berlinés, ahora que Berlín había dejado de ser lo que fue. Y aunque se veían por allí algunos americanos, aún no formaba parte de sus masivos circuitos habituales. Por eso el lugar era todavía auténtico. Tolerable. Y más con aquel nombre delicioso, subrayó Bayard. Chicas malas.

Falcó mostraba desolado su traje de tarde: cheviot gris y zapatos *brogue* marrones.

—No voy vestido. Tendría que ir al hotel para cambiarme.

—Nosotros tampoco, da lo mismo. Y no hace frío —Eddie se tocó el bolero y los pantalones anchos—. El ambiente es informal.

—Yo os invito —ofreció Küssen.

—Por supuesto —dijo Bayard—. Con tu porcentaje por el boceto de Picasso.

Iban a ponerse en pie cuando Falcó vio aparecer en la puerta del café a las dos americanas del expreso de Hendaya: Nelly y Maggie. Al verlo de lejos, la primera agitó jovial una mano.

—Disculpen un momento.

Fue hasta ellas ajustándose el nudo de la corbata.

—Oh, mira quién está aquí, Maggie. Qué agradable sorpresa. El torero comunista.

La trigueña Nelly sonreía, encantada con el encuentro inesperado. Seguía oliendo bien. Llevaba un bonito conjunto rosa de lunares azules y sombrero de paja, muy elegante aunque prematuramente veraniego. A su lado, la amiga se mantenía seria, circunspecta y gris. Quién te ha visto y quién te ve, pensó Falcó mirándola. La recordó sin gafas, con la trenza suelta. Alta, desgarbada, desnuda y procaz, a la luz breve de las estaciones por las que el expreso pasaba sin detenerse.

—¿Qué tal te trata París, amor? —quiso saber Nelly.

—No me quejo.

—Ya veo que no te quejas —miraba hacia el grupo de la mesa—. ¿Son amigos tuyos?... Creo que a dos los he visto antes.

—Es posible.

—Eres aún más guapo en los cafés que en los trenes —se inclinó un poco, confidencial, poniéndole una mano en el brazo—. ¿Cuáles son tus planes parisinos?

—Ya os dije en el tren. Negocios de hidalgo español.

—¿Te quedarás muchos días?

—Unos pocos.

—Nosotras estaremos dos semanas. Al final conseguimos habitación en el Ritz.

Falcó lució su sonrisa número cinco. La de por supuesto, querida, y en cuanto sea posible. Faltaría más.

—Bueno es saberlo —dijo.

—Me encanta oír eso. ¿Verdad, Maggie?... También sería divertido continuar nuestra conversación del otro día. Con un poco más de espacio, por supuesto. Y de perspectiva.

Sonrió de nuevo Falcó. Esta vez con la sonrisa número siete, mucho más íntima.

—¿Y sin tanto traqueteo en las curvas?

—Exacto, cariño —Nelly reía falsamente escandalizada, procurando fingirlo mal—. Aunque no sé qué tienes en contra del traqueteo.

—Nada me agradaría más.

—Pues ya sabes —le tendió una mano tintineante de pulseras, enfundada en un carísimo guante de color crema—. El teléfono del Ritz está en la guía.

Esperaron en la acera, bajo la luz de una farola, mientras Petit-Pierre acercaba el automóvil. Bayard, el sombrero echado para atrás, las manos en los bolsillos, se inclinaba hacia Eddie susurrándole al oído algo que los hizo reír a ambos. Miraban a Falcó.

—¿De verdad conoce a esa americana rubia? —quiso saber ella.

Falcó se quedó un poco desconcertado.

—Claro... Se llama Nelly. Nos conocimos en el expreso de Hendaya.

—¿Y no le dijo ella su apellido?

Hizo memoria con buena voluntad.

—Pues la verdad es que no lo dijo. Y tampoco se lo pregunté.

—Vaya... ¿Qué clase de conocimiento fue ése?

—Superficial.

El coche se detuvo ante el bordillo. Falcó y Bayard se acomodaron detrás, en el confortable asiento de cuero, con Eddie entre ellos. Küssen se situó delante, junto al chófer. El coche era un Vauxhall Touring de cuatro marchas, de color burdeos y cromados relucientes. Muy bonito, pensó Falcó. Y muy poco estalinista. O sí.

—Es Nelly Mindelheim —dijo Eddie.

La sorpresa de Falcó era auténtica. A cualquiera que leyese revistas de sociedad le sonaba ese nombre.

—¿La de Nueva York?

—Sí, la heredera —respondió Bayard—. Muy aficionada al arte, por cierto. Creo que Picasso la sangró bien hace un par de meses... ¿No, Hupsi?

—Exacto.

—Le hizo pagar una fortuna por un lienzo con un violín y unas manzanas. O quizá eran tomates.

—Manzanas —precisó Küssen.

—También es aficionada a los chicos guapos —dijo Eddie—. Colecciona hombres y cuadros... Y no sólo hombres, tengo entendido.

—Ninfómana en dos direcciones —precisó Bayard, risueño.

Petit-Pierre conducía estólido y silencioso, indiferente a lo que no fuera el tráfico, atento a dejar pasar los tranvías en los cruces. El automóvil había hecho el mismo recorrido que Falcó con los esbirros del anticuario

Verdier, camino de la tienda en la rue Mondétour. Pero una vez pasados Les Halles se internó entre las luces y los carteles publicitarios iluminados de la rue Montmartre.

—Eddie y yo la conocimos de lejos en casa de unos amigos... Le encanta Europa y está dispuesta a gastarse aquí la fortuna de su familia. Pretende abrir una galería de arte en la avenue Montaigne, nada menos.

Eddie le tocó un hombro a Küssen.

—Dicen que ha tenido que vender su casa de Venecia. ¿Es verdad?

—Sí —confirmó el austríaco—. En una fiesta en el palazzo Grassi, un poco subida de copas, le dijo al conde Ciano, el yerno de Mussolini, que su suegro parecía tener problemas de erección. ¿Os imagináis?... Esa misma noche, la milicia fascista local fue a darle una serenata bajo la ventana. Tuvo que irse a toda prisa.

—No sé quién es la que iba con ella —dijo Eddie—. La de la cara de acelga.

—Una amiga —respondió Falcó—. Por lo visto la acompaña en los viajes y se ocupa de la logística.

—La logística —repitió Eddie con sorna.

Las luces exteriores y los faros de otros automóviles le alternaban contrastes de luz y sombra en el rostro, acentuando la claridad de sus ojos. El coche, cuya suspensión era excelente, avanzaba con suavidad sobre el asfalto. A medida que se aproximaban a Pigalle se veía más gente caminando por las aceras y sentada en las terrazas de los cafés.

—Debería usted frecuentar a esa americana —sugirió bromista Bayard—. Ahí hay un futuro.

Rió Falcó.

—El mío está resuelto, muchas gracias.

—Es judía —deslizó Eddie.

Lo miraba con pensativa curiosidad. Y sólo una mujer, se dijo Falcó, podía deslizar tan mala intención en dos simples palabras. Eso lo hizo sonreír, y se dio cuenta de que ella advertía esa sonrisa. Quizá porque había buscado provocarla.

—*Pecunia non olet* —dijo Küssen, serio y filosófico.

8. Un buen hombre es difícil de encontrar

El Mauvaises Filles estaba casi lleno, y sólo era cuestión de un momento que se llenara del todo. Era un local entre bar americano, taberna francesa y cabaret, dividido en dos espacios. Próxima a la entrada estaba la barra con taburetes y mesas altas, botellas colgadas del techo y paredes de ladrillo desnudo. Al fondo se encontraba la sala principal: una treintena de mesas en torno a una pista de baile semicircular con luz moderada, y una tarima donde una pequeña banda tocaba swing de moda.

—¿Qué tal el sitio? —preguntó Bayard a Falcó mientras ocupaban su mesa.

—Simpático.

Encargaron cocktails y una cena ligera de sopa de tortuga, foie-gras y champaña —los precios, observó Falcó de un vistazo, eran aterradores—, y encendieron cigarrillos mirando alrededor. Había humo, tintineo de copas y mucha animación. En un ambiente informal, smokings y vestidos de noche alternaban sin complejos con americanas de lana, jerséis y camisas sin corbata. Rumoreaban el dinero, la política, la bohemia y el turismo. Pasiones lentas y adulterios rápidos.

—Me encanta este club —dijo Eddie Mayo.

—Veo que la decoración es mínima —dijo Falcó.

—Aquí la decoración es la clientela... Estrellas de cine, artistas y gente de negocios.

—¿Es compatible con una conciencia proletaria? —bromeó Falcó, mirando a Bayard.

—Por completo —dijo éste, serio—. Al César lo que es del César.

—No hay que mezclar carneros y ovejas —terció Küssen, ecuánime.

Eddie se echó a reír.

—Por Dios, Hupsi. Te veo poco refinado esta noche.

—Es un dicho austríaco, de mi tierra.

—No me cabe duda. Pero te va a costar otra botella de Pommery.

—*Jawohl.*

En ese momento, el cerebro adiestrado de Falcó emitió un timbrazo de alarma. Ocurrió incluso antes de localizar la causa: un estremecimiento apenas perceptible, en la nuca y las ingles. Señal de peligro. Sabía que en lugares como París era más vulnerable que en otros, y estaba preparado para ello. Bajo su apariencia relajada, la tensión era constante. Por eso, el rostro que vio moverse entre la gente activó sus defensas internas antes incluso de identificarlo. Y un instante después lo hizo. Ocurrió cuando ese rostro, vuelto hacia él, enarcaba las cejas con expresión de sorpresa.

—Disculpen un momento.

Dejó la servilleta sobre el mantel, se puso en pie y caminó sereno hacia el hombre vestido de smoking evitando que éste se acercara, como parecía su intención. Era moreno y muy flaco, con patillas recortadas en punta y bigote reducido a una fina línea. La corbata de pajarita negra y el cuello duro aprisionaban una nuez prominente bajo un rostro huesudo y melancólico, de frente muy despejada y cabello negrísimo, aplastado con una brillantina tan reluciente y espesa que parecía charol.

—Qué sorpresa, señor...

La mirada de Falcó le cortó en seco el nombre, que tampoco era auténtico. El otro parpadeó aturdido. El smoking de chaqueta cruzada, sin duda cortado por un buen sastre, le sentaba muy bien. Tenía todo el aspecto de un traidor de película. El que secuestraba y seducía a la huerfanita.

—Señor Gazán, Toni —dijo Falcó en voz baja—. Me llamo Ignacio Gazán.

Dudó el otro un segundo. Después, una sonrisa ancha, resplandeciente, meridional, apenas desmentida por un diente de oro, le iluminó la cara. Aquella sonrisa, sabía Falcó, cuando su propietario aún no era conocido como Toni Acajou y sólo era un gigoló turco-armenio llamado Arif Cajoulian, llegado a Berlín en 1931, le había dado —asistida por otras habilidades más concretas— acceso a varias esposas influyentes de la burguesía y la política locales, ayudándole a abrir un cabaret, el Blaunacht, que desde el primer momento fue un éxito. En cada una de sus visitas a la capital alemana, Falcó había frecuentado ese local, siempre en grata compañía o en busca de ella, dejando allí algún dinero y el recuerdo de su facilidad para caer bien a camareros, músicos, floristas, porteros y encargadas de guardarropa. Incluso le había hecho a Acajou un par de favores clandestinos que éste parecía no haber olvidado.

—Naturalmente, señor Gazán... Cuánto tiempo.

—No tanto —se estrechaban la mano con calor—. Sólo unos meses desde la última vez.

—Han pasado muchas cosas desde entonces.

—¿Qué haces en París?

Hizo el otro un ademán circular con la diestra, donde relucían un enorme rubí y una pulsera de plata, abarcando el local. En ese momento, la banda de la tarima atacaba los compases de *Top Hat*.

—¿Qué te parece?

—Un sitio estupendo —admitió Falcó.

—Es mío.

—Vaya sorpresa... ¿Y tu club de Berlín?

—Cerrado —la tez morena de Acajou se había ensombrecido un poco más—. Me perjudicaba la salud, o estaba a punto de perjudicarla.

—¿Qué hay de Hans, tu socio?

—Como sabes, en Alemania se detiene a los judíos, a los comunistas, a los socialdemócratas y a los homosexuales.

—¿Y?

Un relucir dorado en la boca. Sonreía el otro con la ironía de un perro triste.

—Pues que Hans no es ni judío, ni comunista ni socialdemócrata.

—Sé lo que es.

—Ellos también. Por eso lo llevaron al campo de concentración de Lichtenburg, en Sajonia.

—Vaya. Pobre Hans... Lo siento mucho.

—Las cosas se han puesto muy espesas allí, señor...

Dudó Acajou un momento, intentando recordar el nombre que Falcó le había dicho.

—Gazán —apuntó éste.

—Eso... Señor Gazán —hizo memoria—. En Berlín eras Ortiz, ¿no?... Juan Ortiz.

—Eso era en Berlín.

—Pues las cosas, como digo, no andan bien en Alemania. Y no soy de los que esperan a mojarse para abrir el paraguas. Después de lo de mi socio, mi novia, Britta, que es muy larga de lengua y no sólo en la cama, empezó a frecuentar a un Obergruppenführer de las SS: un tipo muy rubio, muy ario, muy nacionalsocialista y muy hijo de puta... ¿Me sigues?

—Claro.

—Así que, viendo acercarse el chubasco, vendí el club, cogí mis ahorros y me vine a París. Conocía a la gente adecuada y no fue difícil abrir el Mauvaises Filles... Como ves, el ambiente es parecido.

—Menos canalla que el Blaunacht, por lo que veo.

—Uno hace lo que puede. Aquí, ni desnudos, ni prostitutas, ni drogas. Y travestis, los inevitables. Pero nada es comparable a aquello, ¿verdad?... A la buena época. Hasta que esos animales con camisa parda lo barrieron todo.

Asintió Falcó, nostálgico, recordando el club de Acajou en la Jägerstrasse: las lesbianas que bailaban emparejadas, los travestis a los que había que separar para que no se arrancaran el pelo cuando discutían, los reservados con infiernillos para hervir jeringuillas y coquetas cajitas de preservativos. Y en torno a la pista y el escenario donde bailaban coristas semidesnudas, entre la música y los taponazos de champaña, trajes de etiqueta, seda, perlas, cigarrillos egipcios y abrigos de visón que al entreabrirse mostraban medias y ligas negras en cuerpos de mujeres que —al menos en el caso de Falcó, o de Juan Ortiz— nunca decían que no. O casi nunca.

Con un suspiro melancólico, igual que si evocara parecidos recuerdos, Acajou miró hacia la mesa donde estaban Bayard, Eddie y Küssen.

—Veo que estás en buena compañía. Voy a saludarlos, si me lo permites... Ya sabes. Relaciones públicas.

—Claro, Toni —le dio una amistosa palmadita en un hombro—. Pero recuerda: soy Ignacio Gazán.

Lo miró el otro como si la advertencia de Falcó fuese una afrenta personal.

—Por supuesto, ¿quién si no? —el diente de oro brilló de nuevo, tranquilizador—. Don Ignacio, de toda la vida... Se lo diré a María y a Melvyn.

Falcó se mostró gratamente sorprendido.

—¿También ellos están aquí?

—Pues claro. ¿Es que no viste el cartel de la entrada?

—No me fijé.

—Son el alma del Mauvaises Filles —Acajou consultó su reloj de pulsera—. Y ella canta dentro de media hora.

Falcó sacó a bailar a Eddie Mayo. La banda tocaba ahora un slow y pensó que era buen momento para explorar aquel flanco. Lo sugirió de modo informal, casi en broma; y Eddie abrió el bolso, se retocó los labios y las cejas, y se puso en pie mientras Bayard fumaba un cigarrillo y Küssen, siempre desenvuelto en su papel, contaba chismes parisinos.

—¿Leo no baila? —preguntó Falcó a la mujer cuando se enlazaban en la pista.

—Nunca.

—Curioso. ¿Por qué?

—Desde que estuvo en las trincheras, y luego con lo de España, ver moverse a la gente con música le parece una frivolidad insoportable.

—¿Eso dice?... ¿En serio?

—Sí.

—Pero también usted ha estado en la guerra.

Ella hizo un ademán evasivo.

—Yo soy frívola cuando me conviene.

El espacio para bailar estaba concurrido. Falcó se movía con soltura —era buen bailarín— y la mujer se dejaba llevar con elegancia y gracia. Olía suave, a un discreto perfume que él no pudo identificar, y el azul de los ojos miraba por encima de su hombro, con indiferencia, a las parejas que bailaban cerca. De vez en cuando se posaban en Falcó, inexpresivos pero atentos. Sus rostros estaban muy próximos.

—¿Qué busca exactamente? —dijo ella de pronto.

Falcó no se detuvo. Dio dos pasos de baile antes de hablar, y lo hizo aparentando desconcierto.

—¿A qué se refiere?

—Ya tiene su Picasso... ¿Y ahora?

—También tengo su fotografía. La surreal-transexualista.

—Es cierto. Pero, ¿por qué sigue aquí?

Falcó echó un vistazo alrededor.

—¿Aquí? ¿Dónde es aquí?

—Sabe a qué me refiero.

—No, para nada. No lo sé.

Una pausa. Música de fondo. Se movían más despacio, pendientes uno del otro. Eddie se había quitado el bolero; y la blusa de seda, cuya parte delantera, cruzada, se anudaba en la espalda, caía perfecta sobre las líneas prolongadas de su torso. Falcó sentía bajo la mano derecha, apoyada con suavidad en la espalda de la mujer, la tibieza de su esbelta silueta.

—Usted le cae bien a Leo —murmuró Eddie.

—Y él a mí.

—Sí... Eso parece.

Sonreía con calma Falcó. El viejo y habitual buen chico.

—¿Y cómo le caigo a usted?

Ella pareció pensarlo.

—Le he dado vueltas —dijo ella al fin—. Usted tiene medios para desenvolverse en París. Parece conocer a mucha gente y se mueve con aplomo —lo miraba, suspicaz—. ¿Por qué nosotros?

—Me ayudaron en lo de Picasso.

—No nos necesitaba para ver a Picasso —negó vigorosa con la cabeza, oscilante el cabello rubio corto y lacio—. Tiene a Hupsi.

Para ese momento, Falcó estaba por completo en guardia. Había tenido tiempo para excavar la trinchera y asomarse precavido por el borde.

—Escuche, Eddie —dijo, sereno—. Yo admiro a Leo. Eso que hizo en España es increíble.

—No parece que lo de España lo afecte mucho a usted.

—Pues se equivoca. Recuerde. El otro día, Hupsi...

—Sí, lo de las ambulancias —lo interrumpió ella—. Me acuerdo bien. Leo quedó impresionado. Dice que es usted un buen hombre.

—Quiero ayudarlo —insistió, pisando ya terreno firme—. Sé que tiene proyectos. El libro y la película. Nunca tuve nada que ver con el cine, pero quizá sea el momento.

Ahora ella estaba realmente interesada.

—¿Está dispuesto a participar? ¿A invertir dinero?

—Es posible.

—A Leo le gustará oír eso... ¿De cuánto está hablando?

—No sé, depende. Puedo disponer de dos o trescientos mil francos, para empezar... Si no lo he planteado aún es porque no sé cómo abordar el asunto. Temo ofenderlo.

Rió ella por primera vez desde que salieron a bailar.

—Le aseguro que si le ofrece dinero para su película, no se sentirá ofendido en absoluto.

—Me quita usted un peso de encima.

La banda había dejado de tocar y una mujer subió a la tarima. La gente de la pista se quedó en pie, aguardando expectante. La mujer era muy alta, y su cuerpo, enfundado en un vestido largo de raso gris perla con profundo escote en V que parecía una cuchillada, se veía fuerte, salvaje, espectacular. Dos grandes aros de plata relucían en sus orejas. La piel era oscura y satinada, sin rastro de gota de sangre blanca. El pelo rizado, tan corto que estaba casi rapado, le descubría la nuca larga y esbelta, las cejas depiladas en finos arcos sobre unos ojos negrísimos.

—Pero no es sólo Leo —dijo Eddie el cabo de un momento.

Falcó había dejado de prestarle atención, y ella se dio cuenta porque miró a la mujer de la tarima. Un músico también negro, vestido con smoking de terciopelo violeta, se había situado cerca, en pie, con una trompeta en las manos. Era todo ojos, dientes y labios. Llevaba el pelo alisado con fijador y raya en medio, tenía manos delicadas, muy ágiles, y al acercar los labios a la embocadura del instrumento cambió una sonrisa profesional con la cantante.

—No sólo Leo —repitió Eddie.

—No —Falcó volvía a estar atento—. Usted me inspira curiosidad.

—No hay mucho que inspirar —comentó ella—. Llegué a París muy joven. Luego vino el mundo de la moda, mi amigo Man y todo lo demás. He viajado y he vivido, es todo.

Acompañada por la banda y el trompetista, la negra empezó a cantar *Saint Louis Blues*. Y se las arreglaba muy bien sin micrófono. Detesto ver, decía, la puesta de sol. Detesto ver caer el sol de la tarde.

> *I hate to see the evenin' sun go down*
> *Hate to see the evenin' sun go down...*

—¿Por qué esa clase de fotografía? —preguntó Falcó.

Encogió Eddie los hombros, cual si fuera lo de menos.

—No soy lo que se dice una puritana.

Aceptó los brazos abiertos que Falcó le ofrecía, y volvieron a moverse con suave soltura por la pista, entre las demás parejas.

—Nunca se acostará conmigo, Nacho.

La miró Falcó desde muy cerca, con mucha sangre fría.

—No se lo he planteado.

—Lo sé. Ni se ha insinuado siquiera, a diferencia de otros.

La negra seguía cantando, sensual y tranquila: *I love dat man lak a schoolboy loves his pie*. Tenía una voz hermosa y profunda que parecía timbrada de arena cálida.

—Es usted un perfecto caballero —dijo Eddie.

El comentario estaba cargado de ironía. Lo encajó Falcó, impasible.

—Y usted una mujer extraordinariamente atractiva, como sabe de sobra a estas alturas —dijo con calma—. Y no puedo evitar que se me note... Estoy bien aquí. Cerca. Bailando con usted.

Lo miraba Eddie reflexiva, sin responder. Hizo Falcó un movimiento evasivo con los hombros.

—Comprendo que le sea fiel a Leo. Un hombre como él, lo merece.

Bajo su mano derecha, la espalda de la mujer se arqueó, tensa. También los dedos enlazados a la otra mano se crisparon un poco.

—No le soy *fiel,* como usted dice —opuso con cierta viveza—. Al menos, no todo el tiempo. De vez en cuando veo a otros hombres, y él lo sabe. También ve a otras mujeres... No se trata de eso.

—¿De qué, entonces?

—Leo es una buena persona. Quizá sea algo suficiente, pero es bastante honrado, tal y como están las cosas.

—Estoy convencido de eso.

—También es un hombre valeroso.

—No me cabe duda. Y elegante. Tengo entendido que, cuando volaba en misión de guerra en España, siempre llevaba corbata... ¿Es verdad?

Lo miraba ella con brusca fijeza.

—Hay algo en usted —dijo—. Algo extraño. Oscuro.

—No me asuste, por favor.

—Sabe que hablo en serio. Y a qué me refiero.

—Se equivoca. No sé nada.

La negra había terminado la primera canción. Algunas parejas se retiraron y salieron otras a la pista. Eddie y Falcó permanecieron juntos, aguardando. Bayard, en apariencia atento a la charla de Küssen, los miraba desde la mesa. En un momento dado, repentinamente, les dirigió una sonrisa.

—He viajado y he vivido, dije antes —comentó la mujer—. He mirado a los seres humanos y ahora los fotografío.

—¿Qué tiene que ver eso conmigo?

—Es simpático —dudó un momento—. Y muy atractivo. Posee una sonrisa que desarma, y sabe usarla... Pero he visto sus ojos antes. En otros hombres y en otros lugares.

—¿Y qué hay en ellos?

—Esa burla cruel.

Atacó la banda los primeros compases de *A Good Man is Hard to Find,* se sumó el trompetista, y al cabo de unos segundos la negra empezó a cantar. Lo hacía realmente bien, con aquella voz densa, profunda, que pronunciaba el inglés con una suave mezcla, apenas perceptible, de acentos francés y alemán:

> *My heart is sad and I'm all alone*
> *My man's treating me mean...*

Falcó conocía bien esa voz y la canción que deslizaba, muy despacio, entre el llanto metálico de la trompeta. Se la había escuchado por última vez a María Onitsha hacía menos de un año, en el Blaunacht de Berlín. Y también entonces la acompañaba Melvyn Hampton. El recuerdo lo inundó de un cálido bienestar, y por un instante le costó centrar de nuevo la atención en Eddie Mayo.

—Cuando los veo conversar a usted y a Leo, dudo que él sea el más fuerte —estaba diciendo la mujer—. Y eso no me gusta. Hay momentos en que, incluso, temo...

No dijo qué temía. Enarcó Falcó las cejas con gesto teatral, exagerando. Pero estaba inquieto. De pronto sentía una urgente necesidad de cautela. Aquello bordeaba terreno peligroso.

—Bromea, supongo.

—En absoluto.

Los lentos pasos de baile los habían llevado cerca de la tarima. De improviso, la cantante puso los ojos en Falcó. Lo miró sorprendida al principio, y luego con un leve asomo de sonrisa, sin que eso alterase el ritmo ni las palabras de su canción. *So if your man is nice, take my advice,* declaró dulcemente grave. Entonces Falcó le guiñó un ojo, dio unos pasos a la izquierda y se apartó con Eddie entre las otras parejas. Al mirar de lejos a la cantante observó que ésta lo seguía con la vista, y que también el trompetista, a quien ella debía de haber alertado con un gesto, lo observaba, complacido. Nada de eso había pasado inadvertido a Eddie, comprobó al encontrar otra vez sus ojos; pero la mujer no hizo comentarios.

—No puedo imaginar a nadie más sólido que Leo Bayard —le dijo Falcó—. Más seguro de sí y de su causa.

La mujer movió de nuevo la cabeza. Miró otra vez a la cantante y volvió a prestarle atención a él.

—Yo sé lo que digo.

—Espero que se lo haya contado a Leo —faroleó—. Sería interesante saber qué opina.

—Lo hice.

—¿Y?

—Se ha reído mucho.

Dieron unos pasos más. Ella bailaba como antes, desenvuelta, pero su cuerpo estaba rígido y ahora ponía más distancia entre ambos.

—Ustedes, los hombres, y su absurda seguridad —rió entre dientes, sin ganas—. Sus extraños códigos de grupo los vuelven estúpidos.

Falcó no dijo nada. Soportaba, estoico, la disección implacable a que lo sometían los cercanos iris azules.

—Debería dejar de vernos —dijo Eddie de pronto—. Hasta se lo rogaría, me parece.

—Puede hacerlo.

—No vale la pena... Sé que no lo hará. Todavía no.

—Eso significaría dejar de verla a usted.

Se detuvo la mujer y apartó de pronto el cuerpo, desasiendo con brusquedad la mano derecha de la suya.

—Váyase al diablo.

No los acompañó de regreso en el coche de Bayard. Tomaré un taxi, dijo, y se quedó en la acera con las manos en los bolsillos, viendo alejarse el vehículo. Permaneció inmóvil un buen rato, respirando con agrado el aire fresco de la noche mientras contemplaba la calle desierta excepto por la fila de taxis que esperaban clientes, las luces de las farolas hasta la esquina de la plaza Pigalle, los rótulos luminosos encendidos a lo lejos.

De pronto, su instinto adiestrado volvió a emitir una señal de alarma. Había otro coche detenido en el lado opuesto de la calle, entre las sombras; y a la luz fugaz de uno de los automóviles que pasaban le pareció advertir dos siluetas en el interior.

Aquello era París, naturalmente, se dijo. La ciudad abundaba en automóviles con chóferes, taxistas, amantes, amigos, policías, espías o vaya usted a saber. Y sin duda había dentro del Mauvaises Filles varios clientes que podían ser objeto de vigilancia o de protección. La casualidad hacía rodar los dados de muchas maneras, y ese automóvil podía ser cualquiera de ellas; pero él había sido entrenado para desconfiar del azar y situarlo entre los factores de riesgo. Eran demasiadas las casualidades capaces de llevarlo a uno al cadalso o al navajazo en un portal oscuro. Y en oficios como el suyo, donde la vida propia y la ajena dependían del caer de una moneda, el paisaje urbano podía ser aliado útil o adversario temible. Todo consistía en conocer las reglas. Poseer el hábito, defensivo u ofensivo, que permitía identificar el peligro y actuar en consecuencia.

Miró, prudente, a través de la noche. Piensa en todas las formas en que un enemigo puede liquidarte, se decía con calma, recordando un viejo consejo de sus instructores. Y cuando hayas pensado en todas, descártalas y piensa en la única que no hayas pensado, porque será ésa la que intenten. La que probablemente te caiga encima. Hay días en que la vida pasa, y nunca sabes cuándo va a ser ese día. O esa noche.

Tras diez segundos de duda, tenso igual que un lobo cauto, decidió no acercarse al automóvil. Además, la Browning estaba en la habitación del hotel y la hoja de afeitar en el sombrero colgado en el guardarropa del club. Por ahora era aconsejable seguir atento sin alertar a nadie. Pensó con mucha calma en ello mientras se obligaba a permanecer quieto en la acera, considerando el nuevo factor —posible, aunque aún no probable— que aquel coche y las siluetas de su interior introducían en el juego que se traía entre manos. Por eso intentaba, en la aparente paz de la noche, ordenar pensamientos y repasar tácticas.

Todo se está complicando mucho, pensó como resumen. Tal vez demasiado.

Reflexionó después sobre Eddie Mayo. Su recelo introducía otro factor en la operación Bayard: un elemento impreciso de riesgo y sospecha. Un flirteo, difícil en tales circunstancias, no iba a cubrir las apariencias. Y comprendió que cuanto más tiempo transcurriese, más difícil sería su posición. Ignacio Gazán sólo podría sostenerse de modo convincente unos pocos días más. Quedaba por afinar, además, el segundo asunto: el cuadro de Picasso. De cualquier modo, no existían prioridades en las instrucciones del Almirante. Los dos objetivos eran simultáneos, había dicho en San Sebastián. Ambas misiones tenían idéntica importancia.

Volvió a observar con disimulo el automóvil. En efecto, había demasiados frentes abiertos: los cagoulards del comandante Verdier, el comunista Navajas, los otros agentes rojos en París, Leo Bayard y Eddie Mayo, Picasso. Demasiado para tan corto plazo. Y no era la posible acción lo que lo irritaba, sino la falta de ella. Por eso había encajado casi con alivio la presencia del automóvil sospechoso. Nada peor que el lento avance del minutero de un reloj. Por el contrario, saberse en el filo del cuchillo le producía una lúcida felicidad, semejante al efecto de dos cafiaspirinas ingeridas con un sorbo de coñac; la sensación de caminar como un guerrero antiguo bajo un cielo sin dioses, dispuesto al combate, sin necesitar nada ni a nadie. Era la espera, el barajar cartas y mantenerlas ocultas demasiado tiempo, lo que lo exasperaba. Por eso sabía que, cuando barriera de un manotazo la mesa —lo meditó con una rápida mueca peligrosa—, cuando todo empezara a estallar, alguien que no era él pagaría muy caro por aquello. Por la tensión y el tedio previos.

—¿Le acerco un taxi, señor?

El portero del club, un tipo fuerte de grandes bigotes, con gorra de plato y enfundado en una casaca de almirante, se había aproximado, solícito.

—No, gracias. Me quedaré un rato más.

—A su servicio.

Abrió Falcó la pitillera, le ofreció al portero uno de sus dos últimos cigarrillos y fumaron conversando sobre el local, el barrio y la clientela. El otro afirmó ser ruso emigrado y antiguo oficial del zar —Falcó no había conocido en París a ningún ruso que no dijera serlo, como a ninguna rusa de condesa para abajo—, y entre las interrupciones periódicas para buscar taxi a los clientes que dejaban el club, la charla con el portero resultó agradable.

—¿Su nombre? —concluyó Falcó.

Llevándose la mano a la visera, el oficial del zar agradeció con un taconazo militar el billete de cincuenta francos que Falcó acababa de meterle en un bolsillo.

—Yuri, señor. A sus órdenes. Yuri Skoblin.

—Es un placer, Yuri... ¿A qué hora cierra el club?

—Dentro de veinte minutos.

—Gracias —miró el coche detenido a lo lejos—. ¿Podría hacerme un favor?

—Naturalmente, señor.

—Vigile aquel automóvil, pero con discreción. Si se marcha o sale alguien de él, avíseme. Estaré en el bar.

—Cuente con ello.

—No son horas para toparse con maridos celosos.

Rió el portero bajo su bigotazo, volviendo a tocarse la visera de la gorra.

—Y que lo diga.

Entró de nuevo Falcó en el Mauvaises Filles. Tras coquetear superficialmente con la chica del guardarropa, compró un paquete de Craven, pues no había cigarrillos de su marca habitual, y fue a sentarse ante la barra del bar. Del salón grande llegaba el swing de la banda, pero María Onitsha había dejado de cantar y la trompeta carecía del virtuosismo de Melvyn Hampton. Pidió un hupahupa correcto —nada de orujo como en Salamanca, sino un magnífico vodka Korchagin Ambassador que el barman mezcló generoso en la coctelera— y se quedó allí, en un taburete alto, mojando los labios en la copa fría mientras observaba a los clientes que se iban marchando.

Desprecintaba el paquete de cigarrillos, dispuesto a llenar la pitillera, cuando una sombra se movió por el mostrador, aproximándose a sus manos. Y antes de alzar la vista y mirar a un lado reconoció el aroma. Ninguna mujer blanca olía así. No era sólo perfume; pues una misma esencia, como sabía muy bien, podía tener olores distintos según quién la llevara. Aquél surgía de una carne fuerte, densa. De una piel negra con vago aroma de canela, sudor y humo de cigarrillos. De la hembra formidable que había estado cantando en la sala un rato antes; y que ahora, vestida de elegante crespón color crema, las manos de uñas largas y lacadas sosteniendo un pequeño bolso de lentejuelas de plata, le dirigía una espléndida sonrisa desde, aproximadamente, un metro ochenta y cinco de estatura.

—Cuánto tiempo, Juan —dijo ella.

9. Negro azabache y gris acero

Estaban en un rincón del bar, sentados en los altos taburetes, bebiendo cocktails y fumando. Al otro lado de la barra, el barman y un camarero fregaban los vasos. La banda había dejado de tocar y los últimos clientes se marchaban. Con el rumor decreciente de conversaciones, el club recobraba despacio el silencio.

—Así es como ocurrió —decía María Onitsha.

Asintió Falcó. El relato completaba sus recuerdos y las noticias que llegaban de la capital del Reich. Ella misma formaba parte de aquello. Nacida treinta y cuatro años atrás en el África Sudoccidental alemana, en 1922 la habían llevado a Berlín, donde su impresionante físico y su voz formidable hicieron el resto. Dotada para el blues americano y la canción francesa, tras actuar en el Dorian Gray y el Hohenzollern —dos cafés para lesbianas de la Bülowstrasse— había pasado al sofisticado local nocturno de Toni Acajou, donde se encontró con la trompeta virtuosa de Melvyn Hampton y su banda.

—Yo era una estrella, como sabes —dijo la mujer—. Aquello se llenaba para oírme cantar. Pero en los últimos tiempos esos bestias me veían como basura inferior... «Ni negros ni judíos», le pintaron a Toni en la puerta del Blaunacht. «Basta de música degenerada» y cosas así. Él lo borraba y ellos lo volvían a pintar. Me pregunto cómo pudo aguantar tanto...

Se detuvo un momento, humeante un cigarrillo entre los dedos, apoyado el codo en el mostrador. Primitiva y distinguida al mismo tiempo, sólo llevaba maquillaje en los ojos: dos trazos que resaltaban la negrura de las pupilas y el contorno arrogante de los pómulos.

—¿Ya sabes lo de su socio? —preguntó.

—Sí. Me lo contó hace un rato.

—Estuvieron a punto de detenerlo durante una redada en el Adonis Café, un bar de transexuales... Se escapó, huyendo hasta el Blaunacht, donde fueron a buscarlo. Allí le dieron una paliza delante de todos. Después lo llevaron a un campo de ésos.

Se interrumpió otra vez. Ladeaba ligeramente la cabeza. Ya no llevaba en los lóbulos de las orejas los grandes aros de plata, y los bellos rasgos africanos de su rostro parecían fatigados. Miraba a Falcó, aunque la expresión de los ojos negrísimos, cuyo blanco surcaban minúsculas venas rojizas, se había vuelto opaca.

—Lo curioso es que uno de los policías era un invertido, cliente habitual del cabaret. Y fue el que más le pegó.

—Pobre Hans.

—Chillaba como un perrito torturado. Al día siguiente, Melvyn y yo decidimos venir a París. «Soy negro y homosexual», dijo Mel. «Lo único que me mantiene vivo y libre es mi pasaporte norteamericano»... Toni se mostró de acuerdo, porque también estaba asustado; así que nos rescindió el contrato. Poco después lo vendió todo y se escapó. Abrió aquí el Mauvaises Filles y vinimos a trabajar con él.

—Es un buen hombre.

—Desde luego —recordó algo—. Y por cierto, Mel te manda saludos. Te vio antes bailando en la pista. Ha tenido que irse, y espera que vuelvas otro día.

—¿Qué tal le va todo?

—Igual que siempre. Es feliz con su trompeta, con su música y con su público.

—¿Sigue solo?

Ella aplastó el cigarrillo en el cenicero.

—Solo y melancólico —dijo con un suspiro—. Es el único negro americano triste que conozco... Ya sabes que todos sus amores son imposibles, pero me tiene a mí. Él cuida de María, y ella cuida de Mel.

—¿Cómo conseguisteis salir de Alemania?... Últimamente no es fácil.

Uno de los dedos de largas uñas lacadas se deslizó por la copa del cocktail, sin cogerla. Los exóticos labios, carnosos y sensuales, se retraían desdeñosos sobre los dientes blanquísimos.

—Aquel comisario amigo tuyo. Fui a verlo y nos ayudó.

—¿Toepfer?

Ella le dirigió una mirada inesperada, casi violenta.

—Ése.

Asintió Falcó. Desde la llegada de los nazis al poder en 1933, Rolf Toepfer era jefe de una sección importante de la *Geheime Staatspolizei* del Reich, más conocida como Gestapo. Ambos habían hecho buenas migas a finales de los años veinte, cuando el otro era sólo un subcomisario de policía con buenos contactos. Eso había facilitado operaciones lucrativas, como la venta de doscientas pistolas Steyr-Hahn y treinta fusiles ametralladores MP-18 a grupos paramilitares de la extrema derecha alemana. Durante casi una década, Toepfer y Falcó se habían visto a menudo en Berlín. El subcomisario era aficionado a la vida nocturna, y aquélla aún era la época dorada de una ciudad donde ninguna diversión ni vicio eran desconocidos. Habían frecuentado, juntos, desde cabarets de lujo a antros de mala muerte.

—No es mal chico, Toepfer.

Ella hizo un ademán resignado.

—Se limitó a cobrarnos medio kilo en oro y no intentó acostarse conmigo... Sólo me hizo chupársela —puntualizó—. En su oficina.

Falcó asentía otra vez, comprensivo.

—Sí... No es mal chico, dentro de lo que cabe.

—Tan mal nacido como tú —dio una chupada al cigarrillo, objetiva—. O a lo mejor un poco más.

—Sólo un poco —asumió Falcó.

—Sí.

Siguió un silencio durante el que apuraron el resto de sus copas. La chica del guardarropa, aún con la cofia almidonada pero vestida ahora con un guardapolvos, barría el vestíbulo. Las luces del salón se apagaron y sólo quedaron encendidas las del bar.

—Te he recordado mucho —dijo ella.

Había desaparecido la dureza en sus ojos. Ahora brillaban con afecto.

—Y yo a ti —repuso Falcó.

—Embustero.

—Te digo la verdad.

—Tú no has dicho una verdad en tu vida... Estás hablando conmigo, blanquito listo. Te conozco un poco. Y sólo te recuerdas a ti mismo.

Estudiaba Falcó sin disimulo su vestido y cuanto contenía, pregonado en el escote rotundo donde relucía una fina cadenita de oro sobre la carne tersa y oscura de los senos. María Onitsha, pensó, era la mujer más hermosa entre cuantas había conocido. Una belleza agresiva, casi animal. Sentada en el taburete, cruzadas las piernas perfectas cubiertas de seda, el crespón de color crema moldeaba, esculpiéndolo con minuciosa precisión, un cuerpo espectacular. Millones de hombres, concluyó, y también no pocas mujeres, habrían vendido su alma por poseerlo durante un rato.

—Bonito vestido —comentó con calma—. Muy elegante. Estás formidable con él... ¿Lanvin?

Lo miró ella con fijeza, casi divertida, sin acusar en exceso el halago.

—Suzanne Talbot.

Sonrió Falcó. Después se llevó la copa a los labios y sonrió de nuevo.

—No olvido el que llevabas cuando nos conocimos —dijo—. Era blanco, ¿recuerdas?... Blanco como la nieve, y el contraste con tu piel era fantástico.

—Eso dijiste... Hablaste de mi tez oscura con una naturalidad deliciosa. Nadie lo había hecho así nunca.

—Aún cantabas en el Dorian, me parece. Antes de que te contratara Toni y conocieras a Melvyn.

—Tienes buena memoria.

—¿Que si la tengo? —soltó una carcajada de felicidad retrospectiva—. Era una mañana de primavera y tú estabas mirando el escaparate de una zapatería elegante de la Friedrichstrasse, hermosa, alta, con aquel vestido ligero que te marcaba un cuerpo de diosa... Me quedé tan asombrado que se me secó la boca.

—No se te secó del todo, porque te quitaste el sombrero y viniste a mí con mucho aplomo. Poniendo por delante esa sonrisa canalla que utilizas cuando te conviene.

—¿Te acuerdas de lo que dije?

—Pues claro: «No sé qué sueño maravilloso es usted, pero no puedo permitir que desaparezca. Debo hacer una gestión cerca, sólo diez minutos. Si cuando salga no sigue aquí, entraré en esa armería de enfrente a comprar un revólver y me pegaré un tiro»... Y añadiste: «Por favor, mientras espera, entre en la zapatería y compre cuanto desee. Yo se lo regalo».

—Exacto, eso dije. Luego me fui, volviéndome a mirarte mientras tropezaba con la gente que venía en dirección contraria. Y cuando regresé, once minutos después, seguías en el mismo sitio, con tu bolso en las manos y el sombrero de paja que te enmarcaba esos ojos negros como el azabache. Sonriendo.

—No. Muerta de risa.

—Todavía no me explico cómo tuviste la paciencia de esperarme.

—Fácil. Eras el hombre más guapo que había visto en mi vida.

Se quedaron callados, mirándose a los ojos. Azabache ante gris acero. Ella tenía en la boca una sonrisa radiante que se fue apagando despacio.

—¿Qué has hecho en todo este tiempo? —preguntó al fin.

—No sé —hizo Falcó un ademán ambiguo—. Un poco de todo. Viajé de aquí para allá.

—¿Y España?

—¿Qué pasa con España?

—Sigue la guerra, que yo sepa.

—Oh, sí. La guerra sigue, claro. Terrible.

—¿Y no estás implicado?... ¿No luchas?

—No mucho, como ves.

—Nunca supe bien qué hacías en Berlín, sobre todo las últimas veces. Aquellos sujetos que frecuentabas: Toepfer y los otros.

—Negocios.

Lo dijo sin mirarla, con la copa cerca de los labios. Ella alargó una mano —la palma era de un tono tenue, más clara que el dorso— y la apoyó en su brazo derecho.

—¿De qué bando eres?

—Del mío, ya sabes. Yo siempre soy del mío.

María retiró despacio la mano.

—¿Quién es la rubia flacucha con la que bailabas antes?... La he visto otras veces por aquí, con gente conocida.

Había cambiado el tono. Ahora era impersonal, más frío. Falcó dejó la copa sobre el mostrador.

—Es una amiga. Novia de un amigo.

—Nunca te detuvo eso, que yo sepa.

—Este caso es diferente.

Movía ella la cabeza, escéptica. Se pasó la lengua sonrosada por el labio superior y éste brilló como si le hubieran deslizado un pincel húmedo y suave.

—Ocho meses desde la última vez... Sólo estuviste unos días en Berlín. Dos noches conmigo.

No era un reproche. Tan sólo la mención de un hecho cierto. En su última visita a Berlín, durante el curso de técnicas policiales con la Gestapo, Falcó sólo había pasado dos noches con María Onitsha. La última —no demasiado brillante por su parte—, después de presenciar un interrogatorio de cuatro horas a una joven de diecisiete años, miembro de una red de estudiantes antinazis desarticulada en la Universidad de Heidelberg.

—Fui un imbécil —resumió—. Pero eran días complicados.

Después alzó una mano, y con el dorso de los dedos rozó apenas el cuello de la mujer. La piel, que parecía satén oscuro, se erizó ligeramente bajo el contacto. Ella entornó los párpados de espesas pestañas.

—La última noche en Berlín hablamos más que otra cosa —dijo—. Tumbados y desnudos, sin luz... O más bien lo hacías tú. Fumabas y hablabas.

—No me acuerdo bien —mintió Falcó.

—Dijiste una cosa... De pronto dijiste algo que no he olvidado: «Es posible que los hombres que fueron acariciados por muchas mujeres encaren sus horas finales con más decisión y con menos miedo»... ¿Sigues pensando lo mismo?

—No sé —volvió a mentir Falcó—. No recuerdo haber dicho eso.

Se quedó un momento callado. Al cabo inclinó la cabeza.

—También tú dijiste algo esa noche —añadió tras el silencio—. «¿Quieres saber por qué las negras somos tan cariñosas?», me preguntaste. Y ante mi sorpresa, añadiste: «Porque hubo un tiempo en que a nuestros hombres los vendían o mataban, y nunca sabíamos cuánto tiempo íbamos a estar con ellos».

Destelló el doble azabache enmarcado en azul, y los dientes blanquísimos se destacaron casi luminosos en el rostro oscuro. Ella reía, complacida.

—Me gusta ser negra.

—Y a mí que lo seas.

Alargó ella una mano para retocarle el nudo de la corbata.

—¿Siempre dejas buen recuerdo en las mujeres?

—No lo sé —lo pensó un instante, o fingió pensarlo—. Supongo que no siempre.

Otro destello blanco. Otro brillo azabache. María reía de nuevo.

—Yo diría que casi siempre —lo corrigió—. Y creo saber por qué.

Se había bajado del taburete con un movimiento semejante al de un hermoso animal desperezándose. Tan alta que su boca quedaba a la altura de los ojos de él.

—Estoy cansada —dijo—. No es uno de mis mejores días. Pero aun así, me gustaría que comprobaras si las negras seguimos siendo cariñosas... ¿Qué te parece?

Falcó también había dejado el taburete. Asentía despacio, pensativo. Hay vidas peores que la mía, se dijo. Dure lo que dure. Después, sin el menor complejo, se alzó un poco sobre la punta de los zapatos y, sonriente, rozó la boca de María con un beso rápido y tierno.

—Me parece una buena idea.

Yuri, el portero, les buscó un taxi. Después, mientras gorra en mano abría la portezuela y aceptaba la propina, señaló con el mentón hacia el coche que seguía detenido junto a la acera, al final de la calle. Son dos y no se han movido de ahí, dijo. Tenga cuidado con los maridos celosos. Y algo más tarde, cuando el taxi ya descendía por el bulevar, Falcó se volvió con disimulo, para comprobar que el automóvil se había puesto en marcha y los seguía a distancia.

—¿En dónde te alojas? —le preguntó a María.

—En un hotelito agradable de la rue Bréguet... Aunque hay un problema. La patrona no admite visitas a estas horas.

De modo casi automático, Falcó hizo rápidos cálculos tácticos sobre el plano mental de la ciudad, moviéndose como pieza de ajedrez por una precisa geometría de ataques, respuestas y supervivencia: ángulos buenos, ángulos malos, líneas rectas y curvas, situaciones probables y demás. Estaba adiestrado para ello. Por un momento pensó en soltar lastre, dejar a la mujer en su hotel e ir solo al Madison; pero eso habría exigido explicaciones inoportunas. Fueran quienes fuesen los que lo seguían, no se esforzaban en pasar inadvertidos: cagoulards, rojos o nacionales, muy bien podían estar limitándose a una simple vigilancia de rutina. Y tampoco era cosa de matar moscas a cañonazos. Por otra parte, la proximidad de la mujer en la intimidad del asiento trasero despertaba en su organismo interesantes estímulos que no estaba dispuesto a pasar por alto. Desde luego, no mientras se mantuvieran estables las circunstancias y tranquilo el paisaje. Mientras él siguiera vivo y sano. Porque una vez muerto, concluyó con una sarcástica mueca interna, nada ni nadie iban a estimularlo un carajo.

—Vamos a mi hotel —decidió.

Con objeto de limitar la posibilidad de una sorpresa desagradable —quizás una encerrona en calles estrechas—, ordenó al taxista que se dirigiera a Saint-Germain por el boulevard de Sébastopol y el puente Saint-Michel, a fin de controlar mejor a sus perseguidores. De vez en cuando se volvía hacia María, en la penumbra del taxi, y en cada ocasión encontraba sus golosos, húmedos y acogedores labios. Y mientras se besaban —prometedora, la anatomía desbordante de la mujer se pegaba a él—, aprovechaba para echar un vistazo de reojo por la ventanilla trasera a los faros que seguían allí, moviéndose tras ellos por las calles mal iluminadas y casi desiertas.

Amanecía cuando acabó en su boca. Incorporado de rodillas sobre la almohada, apoyadas las manos en el cabezal de la cama, tenso como un resorte de acero forzado al máximo, se clavó casi con crueldad en la garganta de María Onitsha y se dejó ir en silencio, poniendo término a una prolongada lucha consigo mismo para mantener el control. Después, claudicante al fin, exhausto tras casi dos horas de acometidas, besos y caricias, cedió la responsabilidad y se desmoronó sobre el cuerpo desnudo de la mujer, concluyendo así el denso combate.

Podrían fácilmente matarme ahora, se dijo de modo automático, cerrados los ojos soñolientos. Solía pensar eso cuando estaba con una mujer, inmóvil y sin fuerzas, intentando recobrar la lucidez y la energía. Si alguien entrase ahora por la puerta con una pistola o un cuchillo, ni siquiera haría ademán de defenderme, pensó. Me dejaría matar en este minuto de lasitud indiferente. Esa vieja historia de Dalila, o como se llamara, cortándole el cabello a Sansón para entregarlo inerme a los filisteos, es mentira. Una excusa tonta. Lo agarraron como nos pueden agarrar a todos, en la cama, cuando acababa de terminar y yacía indefenso sobre ella. Presa fácil, claro. Como a cualquier idiota.

María le acariciaba la espalda, afectuosa y tranquila. Cuando una mujer empieza a acariciarte la espalda después de que hayas terminado, le había dicho en cierta ocasión a Falcó un tío suyo —su padrino Manolo González-Osborne, avezado y elegante seductor—, es hora de largarse porque va a empezar a complicarte la vida. Así que, llegado ese momento, por muy atractiva e inteligente que sea la dama, y en especial si es lo último, incluso aunque estés empezando a enamorarte o descubras que ya lo estás, mi consejo es que te vistas sin prisa y con elegancia, sonrías, la beses y te vayas. Para siempre, quiero decir. Entre tipos como nosotros, Chenchito —su padrino siempre lo llamaba así—, quien pierde a una mujer que le acaricia la espalda no sabe lo que gana.

Durante toda su vida, Falcó había seguido con razonable puntualidad el consejo del tío Manolo. Pero María Onitsha no era una mujer de la que fuera necesario huir, aunque le acariciase la espalda. La conocía bien, o al menos estaba convencido de ello. De conocerla. Tumbado boca abajo sobre aquella anatomía espléndida —las rotundas formas de ébano habrían hecho enloquecer a un pintor o un escultor—, Falcó sentía en la mejilla su respiración pausada; y bajo el cuerpo, la piel cálida, tersa, mojada de sudor por el largo esfuerzo que los había mantenido enlazados uno con otro.

Abrió los ojos y encontró los de ella, tan cerca que los veía desenfocados en la penumbra grisácea del amanecer: dos iris negrísimos circundados de córneas blancas ligeramente enrojecidas. Lo miraba con pensativa fijeza.

—Eres el único hombre cuyo semen soy capaz de tragar —murmuró.

La voz había sonado roncamente profunda. Después, la boca africana tan carnosa y atrevida, dibujada de excesos, se distendió en una ancha sonrisa. Entonces Falcó deslizó un beso suave en aquellos labios formidables. Ignoraba si lo que ella había dicho era cierto, pero daba igual. En cualquier caso, sonaba adecuado.

—Gracias —murmuró.

—No, cariño —se ensanchó aún más la sonrisa de ella—. Gracias a ti.

—Hago lo que puedo.

—Pues lo haces muy bien.

Con esfuerzo y melancólica pereza, Falcó se apoyó sobre los codos, apartándose despacio de la carne tibia de la mujer. Giró luego hacia un costado de la cama, se sentó en el borde y tras quedarse un momento inmóvil, mirando en torno, se puso en pie. Para entonces ya había recobrado el dominio del propio cuerpo y sus reflejos. Sobre todo, la claridad de mente: la certeza de los peligros y sus posibles defensas, la conciencia del lugar en que se hallaba y la jerarquía de amenazas próximas o lejanas. Eso lo llevó a pensar en el automóvil que los había seguido hasta el hotel. Y en sus ocupantes.

Desnudo como estaba, fue hasta la ventana, apartó los visillos y observó el exterior. Todo parecía tranquilo. Inofensivo. Una claridad cenicienta empezaba a asentarse a lo largo del bulevar, aislando sombras y aclarando recodos oscuros. Dos barrenderos municipales caminaban sobre el asfalto mojado, cargando con una larga manguera. El filósofo o escritor de bronce, el tal Diderot, parecía dormitar entre las hojas jóvenes de los castaños. Ninguno de los cinco automóviles estacionados que Falcó alcanzaba a ver era el que los había seguido desde Pigalle.

Olvidaba a las mujeres con fría rapidez, hasta que volvía a encontrarlas y desearlas. Tenía ese hábito: ninguna permanecía demasiado tiempo en sus sentidos o su memoria. Sólo una de ellas, única entre todas, escapaba a la regla;

pero estaba demasiado lejos —si es que aún estaba en alguna parte—, y lo más probable era que sus caminos no volvieran a cruzarse jamás.

Pensaba en eso cuando, yendo hasta la cómoda, abrió la pitillera y encendió un cigarrillo. Fumó de ese modo, de pie, admirando el cuerpo inmóvil sobre las sábanas arrugadas, el contraste que la creciente claridad acentuaba. Después fue a observarla más de cerca. Ahora ella dormía, y Falcó escuchó su respiración suave, acompasada, regular. Estaba boca arriba, entreabierta la boca, hundida en la almohada la cabeza de pelo cortísimo. Los grandes senos con areolas muy oscuras —círculos de negro carbón sobre piel chocolate— se inclinaban mórbidos a cada lado del torso, y el vientre proyectaba un paisaje formidable de las caderas a los muslos entreabiertos, allí donde, entre el vello púbico, se insinuaba todavía húmeda la hendidura del sexo.

Aquél, confirmó de nuevo Falcó, era el cuerpo de una hembra grande, poderosa y perfecta. Una mujer de etnia herero, tribu del África Sudoccidental casi extinguida por el genocidio alemán, aún más brutal que el de los turcos contra los armenios. Sin dejar de mirarla pensó en lo que había conducido a María Onitsha hasta Berlín, primero, y luego a París. Tres décadas atrás, por sublevarse contra los colonos que los reducían a la esclavitud, sesenta mil hereros habían sido exterminados por los soldados del general Von Trotha, ejecutados los hombres y empujados mujeres y niños al desierto después de envenenar los pozos para que murieran de hambre y sed. Huérfana y sin familia, María había sobrevivido a la matanza gracias a la compasión de un ingeniero de minas que acabó llevándola a Alemania, primero como sirvienta de su esposa y luego como amante.

Pensó de nuevo Falcó en el tío Manolo. En lo que habría dicho, y sin duda aplaudido, de ver a su sobrino en

París, o en donde se terciara, con aquel hermoso ejemplar de mujer a tiro de pistola. O con cualquiera de las otras. Hermano de su madre, vividor viajado, pródigo y elegante, solterón contumaz de tertulia y casino, sobreviviente incluso a un anacrónico duelo por asunto de faldas, Manuel González-Osborne había muerto en Jerez sólo unos días después de que su ahijado fuese expulsado de la Academia Naval de San Fernando por pegarse con un profesor, capitán de corbeta, con cuya esposa se había acostado. Vencido, el tío Manolo, por una pulmonía doble cuyo desenlace afrontó con entereza en plan adiós, me voy, es cierto, pero que me quiten lo bailado. Ahí os quedáis y que aproveche. Dándole tiempo a dedicar a Falcó, sinceramente afligido al borde de su lecho, un comentario afectuoso que rubricaba con cierta precisión la historia de uno y otro: Chenchito, querido sobrino, yo he perdido pocos trenes en la vida; pero tú te subes hasta en los mercancías.

10. Mentiras de alta calidad

El cielo tenía un color plomizo y tal vez amenazaba lluvia, pero el día era templado; así que Falcó caminó sin prisa por el boulevard Saint-Germain con la gabardina al brazo. En dos ocasiones maniobró frente a los escaparates para comprobar si alguien lo seguía, sin detectar nada inusual en los transeúntes que pasaban cerca. Al entrar en el café de Cluny colgó gabardina y sombrero en una percha y miró alrededor. Había muy poca gente. Lejos de las ventanas, al fondo, solitario, Hupsi Küssen lo esperaba ante un café y un brioche. Parecía preocupado. Tenía sobre la mesa el *Gringoire* doblado y abierto por una página interior. Al sentarse Falcó, se lo mostró: *Retraso imperdonable,* decía el titular.

—Es un periódico muy derechista —comentó el austríaco—, pero eso no quita importancia al asunto. Trae un durísimo y documentado ataque al gobierno Blum. La Exposición Internacional va despacio... La mayor parte de los pabellones siguen sin estar listos. Es un desastre de organización.

Falcó le dirigió un vistazo rápido al diario.

—¿Eso es bueno o malo para nosotros?

—Depende —Küssen hizo un gesto ambiguo—. Por una parte, usted dispone de más tiempo para ocuparse del cuadro. Por la otra, todo se le puede complicar... Cada día que pasa en París, exponiéndose en lugares públicos, aumenta el riesgo de que alguien lo reconozca.

—Esta mañana veré a Picasso.

El otro se mostró complacido al oír aquello. Mordió el brioche, bebió un sorbo de café y se limpió los dedos con pulcritud en la servilleta. Sonreía bajo el bigotito.

—¿Habló con él?

—Con su secretario. Me dijo que puedo ir a partir de las once.

—Colosal... ¿Necesita que lo acompañe?

—Puedo arreglármelas solo. Quiero echar un vistazo al cuadro y al estudio.

—Tenga cuidado —Küssen miró en torno y bajó la voz—. Pablo es un zorro listo. Muy suspicaz.

—Y yo un cliente que escupe dinero como si le sobrara. No se preocupe.

Se acercó el camarero, y Falcó pidió un vaso de leche tibia. El austríaco lo estudiaba, inquisitivo.

—¿Ya tiene pensado cómo hacerlo?

—Estoy en ello.

—Espero que no ande maquinando pegarle fuego a la casa.

—Bueno... Es una opción.

Le dirigió el otro una ojeada inquieta. Sin duda intentaba establecer si hablaba en serio.

—Debe ser lo más limpio posible, dentro de lo que cabe —comentó al fin.

—Claro —Falcó se echó a reír—. Limpio como una patena.

Küssen señaló el periódico.

—La actuación contra Bayard tampoco puede demorarse mucho.

—También estoy en ello.

—Estoy pensando en retirarme algo más, si le parece bien. ¿Comprende?... Irme distanciando. He cumplido con lo principal de mi papel y ahora juega usted. Estaré cerca, por supuesto. Para cuanto necesite.

Asintió Falcó, comprensivo.

—Me parece prudente por su parte.

Era sincero. Parecía natural que Küssen se fuera apartando, para no implicarse cuando las cosas se enturbiaran de verdad. Después de todo, tenía una cobertura que mantener: una reputación que, además, le producía ganancias personales. Comparado con eso, lo que cobrara del Abwehr sería calderilla.

—Su identidad como Ignacio Gazán sólo está prevista para unos días —Küssen bajó más la voz, hasta hacerla casi inaudible—. A partir de ahí les dije a sus superiores que no puede garantizarse nada. Y mis contactos piensan lo mismo... O, siendo exactos, le estoy transmitiendo lo que piensa Berlín.

—Qué casualidad. Tengo algo para usted. O, siendo exactos, para Berlín.

Cogió Falcó el *Gringoire,* hizo como que lo hojeaba, metió dentro un sobre que extrajo del bolsillo y volvió a poner el diario sobre la mesa.

—Son fotografías —dijo—. De Bayard conmigo, en plan compadres.

El camarero trajo el vaso de leche y Falcó se lo llevó a los labios. Küssen contemplaba el periódico sin tocarlo todavía. Casi con recelo.

—Vaya —dijo.

—Usted también sale en algunas fotos. Y Eddie Mayo.

—¿Desde cuándo las tiene?

—Desde ayer.

Al fin, Küssen cogió el periódico y, con disimulo, se metió el sobre en un bolsillo de la chaqueta.

—¿Quién las tomó?... Creía que trabajaba solo.

—Pues ya ve que no del todo.

—¿Aparece su cara?

—Y la de usted, como digo.

Se quedó pensativo el otro. Terminó de comerse con delicadeza el brioche y apuró el café. Después se acarició, pensativo, la fea cicatriz de la mandíbula.

—Eso podría quemarnos cuando lleguen a su destinatario final —dijo.

Falcó se recostó en el respaldo de su silla. Sonreía con sequedad profesional.

—Tengo la impresión —repuso— de que a sus jefes y a los míos los trae sin cuidado que nos quememos o no.

—A mí me necesitan. Borrarán mi cara en las fotos, para protegerme —lo miró sin excesiva convicción—. Intentaré que también borren la suya antes de la entrega final.

—Sería conveniente —Falcó acentuaba la sonrisa—. Pero, por si acaso, ya la he borrado yo.

Parpadeó el otro.

—Eso no es lo acordado con sus superiores.

—Jesucristo aconsejó ser hermanos, pero no primos.

—Acabarán identificándolo, de todas formas.

—Por supuesto: Ignacio Gazán o algún otro nombre, sea cual sea. Está previsto, y a mi jefe no le importa achicharrarme en esta operación o en otras... Pero no voy a dar facilidades con mi cara bonita. Intento que esa parte les cueste a los malos un poco más.

—Es usted un hombre extraño —ahora era Küssen el que sonreía, no sin admiración—. Está en el punto de mira de todos y no parece importarle mucho. Con fotos o sin ellas, cuando esto salte todos pueden tenerlo identificado.

—Mi identidad va y viene. Estoy acostumbrado.

—Pero entrará en una fase de más peligro.

—Vivir es peligroso, Hupsi.

Volvió el otro a tocarse la cicatriz de la cara, y Falcó recordó el lanzallamas y el búnker de Arrás, imaginando a su interlocutor veinte años atrás, más delgado que ahora, con uniforme feldgrau y un casco de acero sobre el moreno rostro meridional. En realidad no dejaba de tenerlo presente. Pese a su aspecto pacífico y su pulida frivolidad, Küssen no era inofensivo.

—También usted se la juega —dijo, tanteando—. Tarde o temprano, sus clientes judíos y sus amigos antifascistas descubrirán que es nazi, y que además gana una fortuna entre una cosa y otra.

Con una mueca indiferente, Küssen declinó el gambito.

—Para entonces ya no estaré aquí —se limitó a decir.

Estarás en Berlín, pensó Falcó. O en una villa a orillas del lago Leman. Cada cual se lo monta lo mejor que puede, y tú no llevas mal camino, con una vela al diablo y otra a su banquero. Por un instante se preguntó cómo acabaría montándoselo él mismo, si con los años sobrevivía. Cuál sería su lago Leman. Pero no lograba imaginarlo. Aunque tampoco aquello, concluyó, tuviera excesiva importancia.

—Las fotos estarán en el cuartel general del Abwehr mañana por la mañana —susurró Küssen—. Y en manos de los soviéticos, de inmediato.

—¿Soy indiscreto si pregunto por el procedimiento?

—Es confidencial.

—No me toque los huevos, hombre. A estas alturas de lo que nos jugamos todos.

Dudó el otro.

—El Abwehr tiene en su casa de la Tirpitzufer berlinesa a un agente doble —dijo al fin—. Lo llaman Ámbar... Trabajaba para los rusos, fue descubierto y pudo elegir entre ser ejecutado o retomar el buen camino. Ahora lo utilizan con mucho provecho, dándole información auténtica, aunque menor, para que la transmita. En Moscú están contentos con él. Y desde hace un mes les envía detalles del asunto Bayard. Un goteo lento y eficaz.

—Entiendo. Los tiene calientes.

—Mucho. Hasta el punto de que han pedido más —se tocó el bolsillo—. Estas fotos son la próxima respuesta a esa demanda.

—Y la siguiente, las cuentas suizas, ¿no?... Rematadas con la donación que voy a hacerle para la película.

—Exacto. Un paquete perfecto y listo para su envío. En el fondo, lo que desean en Moscú es confirmar las sospechas. A Bayard, con su independencia intelectual, su indisciplina en España y su rechazo al carnet del Partido Comunista, lo tienen entre ceja y ceja. Les encantaría meterlo en el saco disidente, así que imagínelo a sueldo de Franco, o vinculado a los procesos de Moscú... La idea de incluirlo en la máquina de picar carne les hace la boca agua.

—¿Cree que morderán el anzuelo?

Lo miró Küssen como si la respuesta fuese obvia.

—El Abwehr es un servicio serio, si me permite la presunción. No es como los servicios españoles, que, bueno... —dudó en ese punto, apartó un instante la mirada y sonrió casi excusándose—. Ustedes trabajan de otra manera.

—Agradezco el eufemismo.

—No quiero ofenderlo, pero ya me entiende. La operación está en buenas manos, y los cauces son seguros. Todo el dosier lo tendrá el NKVD en un par de días. Y a partir de ahí hay dos posibilidades: que los rusos se encarguen de Bayard o que lo hagamos nosotros para endosárselo a los rusos.

—O a los rojos españoles.

—Ah, sí. Eso también.

Falcó sacó la pitillera y la ofreció abierta a Küssen, que negó con la cabeza. Después cogió él un cigarrillo y lo golpeó suavemente sobre el pulido carey.

—Cuando dijo *nosotros* se refería a mí, supongo.

—Usted sabe cómo son estas cosas. Su jefe nos lo planteó así. Imagino que desea apuntarse este éxito ante nuestro servicio secreto. Y no excluyo cierto ojo por ojo, pues Bayard estuvo luchando en España. Una especie de ajuste de cuentas simbólico.

—Simbólico —repitió Falcó, pensativo, entornando los párpados.

Seguían conversando. Con un chasquido, aplicó la llama del encendedor al cigarrillo por el lado de la marca. Reflexionaba sobre el Almirante, sus ajustes de cuentas y la jugada maestra de colocar a Bayard con una diana en el pecho frente a sus admirados bolcheviques. Después, con cierta desazón, recordó también el modo en que Eddie Mayo lo había mirado la última vez. Su incomprensible dureza y su suspicacia. Había algo en aquella mujer que lo incomodaba: un factor inexplicable que no conseguía aislar. Tampoco disponía de tiempo, ni ocasión. Y eso era malo. En un oficio como el suyo, los cabos sueltos podían enredársele a uno en el pescuezo.

—En cualquier caso —decía Küssen—, la liquidación física de Bayard irá acompañada de una campaña de intoxicación en la prensa, con abundante publicación de documentos. Probando que todo el tiempo ha sido un agente fascista.

Dio Falcó una chupada al cigarrillo.

—El gran fraude en la izquierda internacional.

—Eso mismo —el otro palmeó levemente la mesa—. Un mito muerto y desacreditado... Anulados para siempre él y su recuerdo.

En nada se parecía aquel Küssen, pensaba Falcó escuchándolo, al marchante de arte. Al simpático Hupsi que se afanaba en torno a Picasso, Leo Bayard y Eddie Mayo, siempre servicial, dispuesto a agradar, a embolsarse una comisión o a pagar la cuenta si tardabas en sacar la billetera. Hasta poco antes, comprendió, lo había estado juzgando mal. Ahora reconocía en él una frialdad técnica que al propio Falcó le era familiar: depredadores de la misma raza, en suma, aunque el pelaje y los motivos fuesen distintos. Era un relativo consuelo, concluyó divertido, comprobar que, aparte uno mismo, había infinidad de hijos de puta sueltos por el mundo. Todo se repartía más. Eso atenuaba la carga de responsabilidad o de remordimiento, en caso de haberla. De cualquier modo, por diferentes que fueran entre sí, ambos conocían las reglas: códigos despiadados que la mayor parte de los seres humanos encontraba cómodo ignorar.

—¿Puedo hacerle una pregunta? —propuso Falcó.

—Por supuesto.

—¿Qué siente cuando se toma copas con Bayard y Eddie Mayo?

Un atisbo de sonrisa asomó bajo el bigotito inglés.

—¿Se refiere al sentimiento de la traición?

—Sí.

—Pienso en el Reich.

—No me joda, Hupsi.

—Lo digo en serio —el otro mostraba las palmas de las manos como si estuvieran limpias—. Yo soy un patriota.

—Usted es austríaco, y además parece levantino.

Se indicó el otro la quemadura de la cara.

—Austria forma parte del Reich.

—Todavía no.

—Es cuestión de meses.

Se quedaron callados, mirándose de tú a tú. De pronto, el apunte de sonrisa que había quedado a medias bajo el bigote se crispó en una mueca desafiante.

—¿Y usted, señor Gazán, o señor lo que toca en cada momento?... ¿En qué piensa cuando le sonríe a Picasso, el artista vivo más importante del mundo, sabiendo que va a destruir su trabajo? ¿O cuando toma copas con Bayard o baila con Eddie?... ¿Qué siente cuando lo mira a él a los ojos, sabiendo que tal vez sea usted mismo quien lo mate?

Miró Falcó, impasible, el cigarrillo que humeaba entre sus dedos. Después le dio una chupada y exhaló sin prisa el humo.

—Yo también pienso en el Reich.

Sonó una carcajada. El otro Küssen, el personaje que Falcó acababa de vislumbrar en aquella mesa del café de Cluny, seguía allí, reacio a desaparecer. Clavando en él sus ojos irónicos a modo de desafío, cual si le adivinase los pensamientos. Entonces Falcó miró de nuevo la quemadura de su mandíbula y movió levemente la cabeza, en afirmación silenciosa que era casi un homenaje. No había nada de simple en el amigo Hupsi. Lo más probable era que hubiese sido, en otro tiempo, un hombre valiente. Sin duda todavía lo era, aunque también fuese un farsante taimado, venal, turbio y peligroso. Y se alegró, entre otras cosas, de no ser uno de esos judíos a los que el agente del Abwehr compraba obras de arte antes de denunciarlos a la Gestapo.

Picasso lo había recibido sin entusiasmo, pero tampoco con hostilidad. Parecía acostumbrado a que a todas horas se presentaran visitas, oportunas o inoportunas. No se le veía molesto, sino indiferente.

—¿Le apetece tomar algo? —preguntó—. Ayer me trajeron vermut español.

—Sí, gracias.

Con el largo pincel que tenía en una mano, el pintor señaló una mesa con botellas y vasos medio ocultos entre frascos de disolvente y tubos de óleo.

—Sírvase usted mismo... Pero no vaya a equivocarse y se atice un sorbo de aguarrás.

—Descuide. Lo oleré antes.

Reía Picasso.

—Más le vale.

Fue Falcó hasta la mesa, llenó medio vaso —no muy limpio— y se lo llevó a la boca. Era un buen vermut, cuyo sabor recordaba mostradores de mármol manchados de vino y carteles de toros anunciando a Joselito y Belmonte. Estaba junto a la ventana, y aprovechó para echar un vistazo a los tejados próximos. Desde que diez minutos antes había entrado en el estudio de la rue des Grands-Augustins, no hacía otra cosa que reconocer el terreno. Explorar el campo de batalla.

—Me lo mandan directamente de Barcelona —comentó Picasso—. Vermut catalán y aceite de oliva de Jaén, ¿no es fantástico?... Sabores de España.

Daba la espalda a Falcó y, con un bote de pintura gris a los pies, trabajaba en el enorme lienzo que ocupaba toda la pared bajo una gruesa viga del techo. Tenía en la otra mano un Montecristo aún sin encender que Falcó, atento a su propia cobertura, le había dado al llegar. También había traído, como regalo, una caja precintada de veinte cigarros que estaba sobre un viejo sofá del que asomaban las crines.

—¿De verdad no piensa viajar allí, maestro?

—¿A España?... Ya lo dije: no sé. Aunque mis amigos insisten mucho en eso. Al fin y al cabo, me han nombrado director honorario del Prado. *Noblesse oblige,* como dicen aquí... Pero tengo demasiado trabajo. Tal vez más tarde, dentro de unos meses.

—Madrid es muy peligroso, dicen. Hay bombardeos a todas horas.

—Sí. Esos puercos fascistas. Mujeres y niños —señaló una veintena de fotografías recortadas de revistas, clavadas con chinchetas en la pared—. Ya ve usted las fotos. Pero los madrileños resisten de un modo admirable.

—Admirable —repitió Falcó, el aire convencido.

—Es una guerra de clases... Si la ganamos, se fortalecerá la causa del pueblo en el mundo entero.

Encajó Falcó aquel plural con una ácida mueca interior. Picasso no había pisado España en muchos años, ni mostraba intención de hacerlo. Era fácil, se dijo, hablar de ganar guerras del pueblo desde un estudio a orillas del Sena.

—No pasarán —apuntó.

Se limitaba a sonreír, adecuadamente cómplice. El pintor movía la cabeza con resuelto vigor.

—Desde luego que no. Tendrán que vérselas con millares de bayonetas.

Miró Falcó las fotografías: niños muertos tras bombardeos, mujeres enlutadas que lloraban, civiles corriendo, casas en ruinas. Por un momento pensó que el hombre que las había puesto allí no había visto una guerra ni un acto violento en su vida; necesitaba inspirarse en imágenes que otros llevaban impresas en la retina. Había cosas, sin embargo, que jamás contendría una foto: el olor de la carne desgarrada, el zumzumzum de las moscas, el sabor metálico de la sangre en la propia boca. De pronto comprendió que, por grande que fuera Picasso, sobre ciertas cosas no tenía nada que enseñarle a él.

—Es formidable, maestro.

—¿El qué?

—El cuadro. Su trabajo.

—Uno hace lo que puede.

Se había retirado dos pasos y contemplaba con aire crítico la parte que acababa de pintar. No parecía muy satisfecho.

—Conmover a las masas —añadió.

Metió el pincel en un frasco con disolvente, se limpió las manos en el jersey, mordió el extremo del Montecristo como si se tratase de una tagarnina barata y se lo puso en la boca. Después, antes de que Falcó llegase a ofrecerle fuego, rascó una cerilla y encendió el habano haciéndolo girar entre los dedos manchados de pintura.

—Un enemigo común a toda la humanidad, ¿no le parece? —comentó mientras exhalaba el humo—. Difícil de resumir en una sola imagen. Es demasiado criminal y universal.

Falcó miraba con atención el enorme cuadro. En realidad reflexionaba sobre la forma más universalmente criminal de arruinar aquello.

—Parece quedarle mucho por delante —dijo tras otro sorbo al vermut—. ¿Cree que lo tendrá acabado para la Exposición?

—Más me vale —suspiró el pintor—. A mí y a la Exposición.

—¿Me permite una pregunta?

—Si no es complicada de responder, hágala.

—¿Qué representa ese círculo parecido a un sol, con un...?

Lo dejó ahí, pues no era capaz de definir el resto. Picasso arrugó el entrecejo, interesado.

—¿Se refiere a lo de encima?... ¿Qué le parece que es?

—¿Un puño sosteniendo una zanahoria?

El pintor lo miraba, estupefacto, con el habano humeándole entre los dedos y la boca abierta. Estudió el cuadro un momento y volvió a mirarlo.

—¿Ve usted una zanahoria en esa parte abocetada a carboncillo?

Una oleada de calor le ascendió a Falcó hasta el cuello de la camisa. Planchazo total, pensó. Mal camino llevaba. De pronto la corbata le oprimía un horror.

—No quise decir eso en absoluto.

—Pues lo ha dicho.

—No me expresé bien.

—¿Y qué diablos quería decir?

Reprimiendo el impulso de aflojarse la corbata, Falcó bebió un poco de vermut.

—Bueno... En realidad, supongo que eso significa...

—Da igual lo que signifique —lo interrumpió el otro, seco—. Va a desaparecer de ahí.

Observaba el cuadro, pensativo. Se acercó dos pasos, estudiando esa parte del lienzo, y volvió a retroceder. Parecía molesto. La ceniza le cayó en el dobladillo del pantalón.

—Su zanahoria está condenada a muerte.

—No era mi intención...

—Cállese. Su intención me importa una mierda.

Seguía mirando el cuadro. Hizo un ademán con la mano que sostenía el cigarro, indicando el lugar.

—Es un quinqué, coño. Una mano sosteniendo luz.

—Por supuesto.

—La luz de la razón y la justicia. La denuncia del mal... Salta a la vista.

—No me cabe duda, maestro.

Picasso se había vuelto hacia Falcó, el aire severo. Sus ojos negrísimos y duros se le clavaban como puntas de ónice.

—Usted es aficionado al arte, y gasta su dinero —dijo tras un momento—. ¿Por qué compra?... ¿Qué diablos es un cuadro para usted?

Reflexionó Falcó a toda prisa, apurado, en busca de un recurso rápido. De pronto recordó algo que había leído sobre el amor en una novela barata. Eso podía valer.

—Un cuadro es una mentira de alta calidad.

Parpadeó el pintor, digiriendo aquello. Ahora miraba a Falcó con curiosidad.

—¿Hasta convertirla en verdad, quiere decir?

Aliviado, Falcó tragó saliva y después vermut.

—Eso mismo.

—Vaya —Picasso parpadeó de nuevo—. Es brillante. Tengo que usar eso alguna vez... Una mentira de alta calidad. Sí. Me gusta el concepto.

Se había puesto el cigarro entre los dientes y volvía a mirar el cuadro.

—Podría aplicarse eso al arte en general —comentó, pensativo.

—O al amor —apuntó Falcó en un arrebato de tímida honestidad.

El otro no aparentaba haberlo escuchado. Seguía mirando el cuadro cual si acabara de descubrir allí cosas que él mismo ignoraba.

—Es usted un tipo inteligente, señor... Hum... ¿Cómo dijo que se llama?

—Ignacio Gazán, maestro.

—En realidad no anda descaminado, amigo Gazán. Un cuadro es la suma de sus destrucciones. Es algo vivo, ¿comprende?... Se va transformando, muere y vive mientras nace, hasta que el artista dice basta. Sólo entonces termina. Y muere de verdad.

—¿Los cuadros mueren cuando se acaba de pintarlos? —aventuró Falcó con gesto fascinado, para mantener el buen clima.

Picasso asintió, grave. Benevolente.

—Para su autor, desde luego —pareció pensarlo un momento—. Obra acabada, obra muerta... A partir de ahí, sólo vive a través de quien la mira. Del público. Con la insatisfacción, para el artista, de que nunca es tan perfecta como la imaginó. Lo que ocurre es que, antes de morir, las obras procrean. Hacen nacer otras —se tocó la cabeza con un dedo—. Fertilizan, ¿comprende?

—Creo que sí.

Dio Picasso una larga chupada al habano y dejó salir el humo por la nariz y la boca. Después tomó por los hombros a Falcó y lo hizo desplazarse un poco hacia la ventana, para que viera el cuadro desde allí.

—El sol se va a transformar en una lámpara eléctrica. Con bombilla. La cabeza del caballo subirá hasta situarse debajo... Y junto a ella, ahí donde la ve, aleteará esa paloma de la paz herida de muerte.

Por más que se esforzaba en mirar, Falcó no veía paloma alguna.

—¿Una paloma?

—Eso es.

—¿Dónde?

El otro abarcó el lienzo con un ademán que podía referirse a la pintura, la habitación, París, Guernica o el mundo entero.

—Ahí.

Después se quedó con las piernas abiertas y los brazos en jarras, sin apartar los ojos del cuadro.

—Mi balsa de la Medusa —añadió tras un silencio—. ¿Comprende?

Asentía Falcó, cauto.

—Creo comprender.

—Me pregunto qué diría Géricault.

—Yo también me lo pregunto.

De improviso, moviéndose con brusquedad como si acabara de recordar algo importante, el pintor aplastó el habano, sólo consumido a la mitad, en una lata de sardinas llena de colillas. Y le señaló la puerta.

—Ahora, si me permite...

Falcó ya lo había estudiado todo al llegar: el patio exterior y la escalera, la clase de cerradura, la disposición de la casa. Había memorizado, incluso, la ubicación de cada obstáculo, muebles, lienzos apilados, caballetes, objetos diversos, por si tenía que moverse a oscuras. Pero quería dejar abierta la posibilidad de volver, en caso necesario. El pretexto. Así que alzó una mano como un muchacho que pidiera permiso a un profesor. Dispuesto a rematar la faena con un pase de pecho.

—Quiero comprar otro cuadro suyo, maestro.

Movió la cabeza el pintor.

—Ya le dije que no tengo nada disponible. Sólo esos cartones y dibujos que vio. Y el que se llevó era realmente bueno. El mejor.

—¿Pintaría algo específico para mí?

Picasso hizo otro ademán indiferente.

—¿Por ejemplo?

—No sé... ¿Un retrato?

—¿Suyo? —el pintor mostraba ahora una vaguísima curiosidad—. ¿Le gustaría que le hiciera un retrato?

—Es posible.

—Le costaría una fortuna.

—Puedo pagar esa fortuna.

Cerró Picasso una mano en forma de puño, como si se dispusiera a boxear. Después le dio un golpecito amistoso a Falcó en el pecho.

—Es usted un muchacho raro, ¿sabe?... Pero es simpático.

—Gracias.

—Y además, amigo de Eddie Mayo.

—Maravillosa mujer —dijo Falcó.

—Y guapa —el pintor lo miraba con astucia cómplice—. Tiene usted aspecto de gustar a las mujeres guapas... Y a las feas.

Había cogido un papel grande de la mesa. Tenía éste dibujada a lápiz, con rasgos muy elementales, una mano que empuñaba una espada rota. Miró Picasso la hoja al trasluz por el envés y la apoyó de nuevo en la mesa. Después, tras dirigir una ojeada al rostro de Falcó, le tomó la barbilla con una mano y la hizo girar a la derecha con brusquedad.

—No se mueva.

Todavía lo contempló un momento con mucha atención, cual si clavara la piedra de sus ojos en las entrañas del hombre que tenía delante. Luego cogió un lápiz de una jarra desportillada y aplicó violentos trazos sobre la parte en blanco del papel, despacio al principio y luego con más rapidez. Sólo se oían su respiración y el rasgueo del lápiz. Al terminar, firmó, puso la fecha y se lo entregó a Falcó. Era un rostro compuesto de rasgos casi geométricos, comprobó éste; pero que lo despellejaran vivo si no era él. Si no estaban allí cuantos Falcós conocía, y también alguno que no.

—Ahí tiene su retrato, señor Gazán —dijo Picasso—. Y es gratis. Invita la casa.

Tenía una gestión que hacer —preparar la última transferencia a Leo Bayard— en la banca Morgan, place Vendôme. El cielo continuaba nuboso, pero la temperatura seguía siendo agradable. Quedaba tiempo de sobra, así que tras dejar el retrato en el hotel decidió caminar gabardina al brazo, cruzando el Sena por el Pont des Arts.

En la orilla izquierda había mucha gente paseando, turistas y ociosos que deambulaban junto a los puestos de buquinistas. Al pie del puente, tomando las precauciones habituales, se detuvo a dar unos golpecitos al sombrero para devolverle el apresto al fieltro, a fin de mirar atrás por si alguien lo seguía. No le pareció ver a nadie, así que subió los escalones de acceso y anduvo por el lado derecho de la pasarela de madera, junto a la barandilla donde había gente parada mirando la Cité y las torres lejanas de Notre-Dame. Hacia la mitad del puente, con una gorra a sus pies, un violinista barbudo, gafas gruesas y el pelo demasiado largo, tocaba una melodía imprecisa de aire melancólico.

Por un momento, apenas cinco segundos, el sonido de la bocina de una gabarra que navegaba río abajo distrajo la atención de Falcó. Y ése fue su único error. No los había visto, e ignoraba cómo habían logrado llegar hasta él sin que lo advirtiera antes. Sin duda eran profesionales y conocían las artimañas del oficio, pero a esas alturas daba lo mismo: los tenía casi encima.

Me van a matar, pensó.

Se dio cuenta al dejar de mirar la gabarra, cuando, consciente de su distracción, echó una ojeada a su espalda y los vio allí, uno junto a otro, acercándose con rapidez entre la gente. Apenas tuvo tiempo de vislumbrar dos sombreros, un gabán marrón, un traje castaño arrugado. Dos rostros sombríos y decididos. Al verse descubiertos, el del gabán se separó de su compañero y, con un rápido avance semicircular, rebasó a Falcó por la izquierda hasta situarse delante, cerrándole el camino mientras los pasos del otro sobre la plataforma de madera se acercaban veloces por detrás. Bajo el gabán abierto relució, un instante, la hoja de un cuchillo.

Idiota de mí, se dijo Falcó. Dejarlos llegar a esto.

Pero no era con lamentos como iba a salvar el pellejo. Y no había muchas opciones. La pistola estaba en la habitación del Madison. Si se quitaba el sombrero para sacar la Gillette de la badana, el del gabán tendría ocasión de asestarle una buena cuchillada. Eso sin contar, arma blanca o de fuego, con lo que aportase al negocio su colega del traje castaño. Así que recurrió, por instinto, a lo único que su experiencia aconsejaba en esas circunstancias: cuando puedas, no juegues a los héroes, corre. Utilizando con la mano izquierda la gabardina para protegerse el vientre, metió la derecha en el bolsillo de la chaqueta donde llevaba monedas sueltas —latón, níquel, cobre— y, cogiéndolas en puñado, las arrojó con mucha violencia contra el rostro del adversario cuando se hallaba a menos de un metro de distancia. Y luego, mientras el fulano se detenía llevándose una mano a la cara y algo escalofriantemente afilado —también el de atrás llevaba cuchillo, por lo visto— rasgaba la chaqueta de Falcó, fallándole los riñones por milímetros, éste hizo lo único que podía hacer: apoyando una mano en la barandilla, saltó por encima y se dejó caer al río.

11. Rocambole en el hotel Meurice

—No fue La Cagoule —dijo Sánchez—. O al menos eso jura Verdier.

—Pues sólo queda una posibilidad —comentó Falcó.

—¿Los rojos?

—Sí.

Paseaban junto al estanque del Luxemburgo. Se habían encontrado veinte minutos antes junto a La Closerie des Lilas, bajo la estatua del mariscal Ney. De vez en cuando, Falcó sacaba un pañuelo para sonarse. Moqueaba un poco y le dolía la cabeza. El chapuzón le costaba un resfriado ligero que combatía con cafiaspirinas y coñac.

—También podrían ser los nazis, que llevan su propio juego —comentó Sánchez tras pensarlo un poco más—. O los italianos, con sus habituales chapuzas.

—Eso es posible —admitió Falcó—, pero menos probable.

Lo miró el otro de reojo. Esta vez no llevaba sombrero ni corbata, sino un pañuelo al cuello y una gorra que, sobre el bigote, le daba un incongruente aspecto de proletario distinguido. Seguía teniendo el mismo aire de fatiga que las otras veces.

—Usted sabrá —apuntó—. Es su pellejo el que está en juego... ¿Pudo verles la cara?

—Al que venía de frente, sí: cetrino, de mediana estatura, necesitando un afeitado.

—¿Podría ser español?

—Quizás... Aunque en París es fácil contratar para un trabajo así. Los cuchillos son apátridas.

—Tuvo suerte, después de todo.

—Sí.

La había tenido realmente, pensó Falcó. La puñalada que le desgarró la chaqueta por detrás había fallado la carne por muy poco, la barandilla del puente estaba cerca, y en el momento de caer no pasaba por debajo ninguna gabarra sobre la que sin duda se habría roto los huesos.

—Mucha suerte —añadió.

El salto lo había arrojado directamente al Sena, chof, hundiéndose en el agua fría y turbia que le cortó la respiración, manoteando luego para salir a la superficie y procurar mantenerse a flote, aún aturdido, antes de nadar empujado por la corriente hacia el más próximo de los muelles mientras la gente agolpada en el puente y las orillas lo señalaba y pedía auxilio. A los dos gendarmes que lo ayudaron a salir del agua, le dieron un trago de aguardiente y trajeron una manta, les contó que se había caído como un idiota al inclinarse sobre la barandilla para tomar una fotografía. Los agentes fueron amables, le dieron a fumar un pitillo, lo llevaron al puesto fluvial para tomarle declaración y lo acompañaron en taxi al hotel. Asunto resuelto, al menos por ese lado.

—Hay una explicación —dijo Sánchez.

—Se me ocurren varias.

—Ésta es razonable. Tenemos a uno de los nuestros en la embajada republicana: un informante valioso, con acceso a la clave de la máquina de cifra Kryha-Marconi que tienen allí... Y cree que a usted lo han identificado.

—¿Bajo qué nombre?

—No se mencionan nombres, aparte de Ignacio Gazán. Pero sospechan que no es quien dice ser, y que puede estar trabajando para nosotros.

—Qué raro. Y qué rápidos... Llevo aquí pocos días.

—Puede que alguien lo haya reconocido. Quizás ese tal Navajas, el nuevo jefe de inteligencia en París, tenga algo que ver.

Pensaba en ello Falcó. Tanto va el cántaro a la fuente, concluyó. A fin de cuentas, el cántaro era él. Sánchez lo observaba, inquisitivo.

—¿Ha enviado cartas por correo ordinario?... La correspondencia con España suele estar intervenida por las células comunistas del servicio postal francés.

—No. Ninguna.

Seguía reflexionando, pero el aturdimiento del resfriado lo distraía un poco. Le picaba la nariz, que sentía húmeda. Maldiciendo en sus adentros, extrajo una vez más el pañuelo del bolsillo superior de la chaqueta.

—No puede ser —se sonó y guardó el pañuelo—. No tan pronto. Aquí pasa algo raro.

—Todo es raro en estos tiempos. Quizá sea una casualidad.

—No creo en ellas. En nuestro trabajo, atribuirles demasiado puede costar caro. Nada más sospechoso que una casualidad.

Movió Sánchez la cabeza. Un amago de risa, reprimida en el acto, lo hizo toser brevemente.

—Como un navajazo en el Pont des Arts —ironizó.

—Por ejemplo.

—Lo que está claro es que van a por usted. Ha pasado a ser blanco fijo, me temo. Tendrá que espabilar con el asunto Bayard.

—Está a punto de caramelo. Hoy debe quedar visto para sentencia.

—Me alegra oír eso.

Tras mirar con disimulo a uno y otro lado, se acercó un poco más y le pasó a Falcó el periódico que llevaba en el bolsillo tras señalar sus páginas con un índice amarillento, como si le mostrase un titular.

—Ahí tiene un sobre con nuevas fotos: usted, él y esa inglesa, haciendo buenas migas... ¿Necesitará más?

—No. Con éstas es suficiente.

—A lo mejor Bayard es la explicación. Alguien empieza a calentar motores, y no le importa descubrirlo a usted en la maniobra.

—¿Tan pronto? —Falcó se estaba sonando otra vez—. Eso es lo que me sorprende. Todavía hago falta.

—Lo raro, si son los rojos y sospechan de usted, es que no alerten a Bayard.

Movió la cabeza Falcó. Los rojos, se decía, o el Abwehr alemán. Sin descartar al propio Almirante, propenso a morder con la boca cerrada. El Jabalí carecía de escrúpulos para eso. Era muy capaz de levantar una esquina de la manta y echarle los perros, seguro de que su agente sabría arreglárselas.

—Tal vez todavía estén analizando el asunto.

—Pues menudo análisis, querer apuñalarlo.

—Mejor eso que un tiro en la nuca.

Sánchez le dirigió una sonrisa afilada.

—Disculpe si me paso de listo, pero tengo la impresión de que todo esto lo divierte... ¿Me equivoco?

—Cada cual ve las cosas a su modo.

—Intentan matarlo, se da un buen chapuzón, puede estar identificado y alguien lo tiene en el punto de mira... No es una película de Harold Lloyd.

—A nuestro trabajo se viene llorado de casa.

—Sí... Supongo que sí.

Se quedaron un momento en silencio, mirando a los niños que jugaban alrededor del estanque. Sánchez tuvo otro acceso de tos, y aunque se llevó el pañuelo a la boca y lo retiró escamoteándolo con presteza, Falcó pudo advertir las pequeñas salpicaduras habituales.

—¿Cómo se metió en esto?... Es militar, ¿verdad?

Torcía el otro el bigote casi con tristeza.

—¿Se nota demasiado?

—No mucho. Tal vez la forma de llevar la ropa... Supongo que imprime carácter, como haber sido puta o cura.

Se quitó Sánchez la gorra, pasándose una mano por la frente y las amplias entradas del pelo. De pronto parecía aún más fatigado.

—El dieciocho de julio estuve en el Cuartel de la Montaña... Cuando aquella gentuza entró y empezó a matar a todos los jefes y oficiales, pude escapar quitándome el uniforme, mezclado con los soldados que se rendían. Los que me conocían, me apreciaban. No me delataron.

—Vaya. Todo un milagro.

—Fue literalmente eso —se encasquetó de nuevo la gorra mientras miraba a Falcó con prevención—. Un milagro... ¿Usted es creyente?

Sin responder a eso, Falcó fingió estar atento a su pitillera, de la que tomó un cigarrillo. La había secado bien después de la inmersión en el Sena, así como el encendedor y el resto de objetos que llevaba en los bolsillos. Lo irrecuperable era el reloj de pulsera, arruinado por completo, así como la gabardina y el sombrero llevados por la corriente.

—Pude llegar a casa de mi hermano, en la calle Castelló —seguía contando Sánchez—. Él era médico. Me escondí allí tres días hasta que la portera nos denunció. Vinieron de noche y se llevaron a mi hermano. Yo pude escapar otra vez, por los tejados. Me pasé a los nuestros en Guadarrama... Hablo francés, inglés y alemán, y un primo mío es secretario del conde de los Andes. Me destinaron primero a San Juan de Luz y después aquí.

Al tercer intento con el encendedor, Falcó prendió el cigarrillo.

—¿Qué fue de su hermano?

—Lo llevaron a la checa de Fomento y luego le dieron el paseo en la Casa de Campo... A mi cuñada la violaron cuando fue a reclamar a su marido.

Lo había dicho con frialdad objetiva. Despacio y sin inflexiones. Luego volvió a mirar, indiferente, a los niños que jugaban.

—A menudo sueño con ir a buscar a la portera cuando entremos en Madrid —añadió de pronto—. Fíjese que hay rojos, ¿verdad?... Cientos de miles. Y muchos de ellos, asesinos... Yo, sin embargo, aquí donde me ve, sólo quiero encontrar a esa portera.

Dicho eso, encogió los hombros. Inclinaba a un lado la cabeza, absorto en pensamientos y recuerdos.

—Leocadia Garrón Espejo, se llama. No lo olvido.

Caminaron callados unos pasos. Con cierta dificultad, Sánchez contuvo otro acceso de tos. Al tocarse la comisura de los labios, una sonrisa hosca le crispó la boca.

—Espero vivir lo suficiente —concluyó.

Falcó no estaba disfrutando del cigarrillo. Seguramente a causa del resfriado, su sabor era insatisfactorio. Le irritaba la nariz y la garganta, así que lo dejó caer al suelo con desagrado.

—En cuanto a lo de usted y la embajada roja —dijo Sánchez, ya en otro tono—, no sé qué más decirle. Todo esto me rebasa. Sólo conozco una parte del juego. Soy un simple peón.

—Todos lo somos.

—Pues usted más parece alfil o caballo... Sigo recibiendo instrucciones de cuidarlo al máximo. Y han pedido una comunicación directa.

—¿Salamanca?

—Sí.

—Menuda sorpresa.

—En el hotel Meurice tenemos habilitada una línea telefónica para casos especiales.

—Vaya... ¿Una línea segura?

—Dentro de lo que cabe. Resulta muy cara de mantener, y por eso la utilizamos sólo para emergencias. Nos piden establecer contacto hoy, a las cuatro de la tarde.

—¿Con quién?

—Usted sabrá —otra vez la sonrisa hosca—. En esto sólo soy el recadero.

En Lipp servían el mejor ginfizz de París, así que Falcó pidió uno apenas llegó. Leo Bayard y Eddie Mayo ya estaban allí, bajo un gran espejo, sentados a una de las mesas de la parte de atrás y con Petit-Pierre cerca, vigilándolos desde la barra. Era la hora del aperitivo, y la cervecería estaba llena de gente de aspecto burgués que se comportaba de modo informal. El espejo reflejaba a camareros de chaquetas negras y largos delantales yendo y viniendo con platos de mariscos y botellas de vino en cubos de hielo. Había rumor intenso de conversaciones.

—Hemos sabido que nadó en el Sena —dijo Bayard, divertido—. Así que cuéntenoslo todo.

Obedeció Falcó sin reparos. Era un narrador excelente, ameno, descarado, y su encanto convertía en simpática cualquier anécdota trivial. La del río era buena para lucirse; así que, exagerando su torpeza al hacer la supuesta fotografía, burlándose de sí mismo —también era maestro en eso—, contó cómo había perdido el equilibrio, el posterior chapuzón, y cómo fue pescado en la orilla por los gendarmes, mojado como un atún.

—Me dijeron que no hay semana en la que alguien no intente suicidarse allí. Por lo común son modistillas con mal de amores y cajeros con desfalco; pero suelen hacerlo de noche y sin nadie a la vista... Respondí que yo también habría deseado suicidarme durante el remojón, pero de vergüenza.

Reía Bayard y sonreía Eddie, observando pensativa a Falcó.

—No esperaba que fuese tan torpe —dijo ella.

Vestía un *tailleur* gris inconfundiblemente Chanel, con camisa blanca y corbata que le daban un equívoco y atractivo toque andrógino. Con el pelo rubio y lacio recortado en forma de casco, se veía muy guapa.

—Se sorprendería de lo torpe que puedo llegar a ser —respondió Falcó.

Ella seguía sonriendo altiva, el codo en la mesa y un cigarrillo humeándole en la mano en alto, junto al mentón.

—Lo dudo.

—Si yo le contara...

Falcó había sacado el pañuelo para sonarse con discreción.

—Disculpen —dijo.

—Pruebe esta ostra —le recomendó Bayard.

Estaba deliciosa. La acompañó Falcó, que ya había acabado su cocktail, con un sorbo de chablis. Se acercaron unos conocidos a saludar a Bayard y éste los atendió de pie, mientras Eddie y Falcó se sostenían la mirada.

—Picasso me ha hecho un retrato —dijo él—. Estoy muy contento.

Ella no pareció sorprendida.

—Pablo es un bruto caprichoso.

—Conmigo ha sido amable.

—Le cae bien —se quedó callada un instante mientras la sonrisa se desvanecía despacio en sus labios—. Usted cae bien a todo el mundo... ¿Siempre aterriza así?

—¿Cómo es así?

—De pie, igual que los gatos.

—Hago lo que puedo.

—En efecto... Lo hace. Tiene talento para la conversación.

—Y usted tiene talento para el silencio.

Eddie le dirigió una mirada indescifrable.

—Eso es un elogio, imagino —dijo.

—Pues claro. Lo que todavía no sé es cómo le caigo a usted.

La temperatura bajó un par de grados.

—También hace lo que puede, ¿no?

—Con mis mejores recursos.

—Ya.

Se quedó callada un momento, apoyado el mentón en la palma de la mano que sostenía el cigarrillo.

—A mí también me gustaría hacerle un retrato... ¿Le molestaría posar para mí?

Falcó tardó cinco segundos en responder, pues no se lo esperaba. Y ni harto de vino, pensaba. Su rostro en un archivo de fotógrafo, en plan galán de cine. Imaginó, malicioso, lo que diría el Almirante si al abrir un *Harper's Bazaar* se encontraba con su cara.

—¿Por qué me iba a molestar?

—Claro —seguía estudiándolo, pensativa—. Por qué le iba a molestar.

Bayard había vuelto a la mesa tras despedirse de los otros. Parecía a la vez inquieto y satisfecho.

—Son unos periodistas amigos, de *Ce Soir* y *L'Humanité*... Dicen que el acorazado *Deutschland*, que está en Ibiza, ha sido atacado por aviones de la República... ¡Veintidós marineros muertos y setenta y tres heridos!

—Vaya —dijo Eddie, chupando su cigarrillo.

Falcó comprendía muy bien la gravedad del suceso. En ese momento debían de estar al rojo las líneas telefónicas y los teletipos cifrados. Sin duda era el incidente internacional más grave desde el comienzo de la guerra.

—¿Ataque deliberado? —preguntó.

Bayard hizo un ademán de ignorancia.

—No se sabe... Al parecer Valencia habla de un error, pero no sé qué error puede haber con un barco enorme como ése.

—Seguro que fue a propósito —opinó Eddie.

—Puede ser bueno, ¿eh?... La no intervención alemana, real pero no oficial, se quitará la careta después de esto... Hitler no va a encajarlo con deportividad. Hará algo, obligando a Francia y Gran Bretaña a no seguir cruzadas de brazos... ¿No opina lo mismo, Nacho?

—Es posible —se orilló Falcó—. No entiendo mucho de eso.

—Pues ahora la guerra podría internacionalizarse.

Eddie mostró su desacuerdo.

—Dudo que Stalin, en este momento, quiera oponerse de modo abierto a Hitler y Mussolini —objetó—. Al menos todavía.

—Es posible —admitió Bayard—. Pero en todo caso, parece una buena jugada de la República. Un... Bueno. Eso que dicen los españoles cuando juegan a las cartas.

Miró a Eddie, sin resultado, y después recurrió a Falcó, buscando la palabra.

—¿Un órdago? —aventuró éste.

—Eso es —Bayard le tomó a Eddie el cigarrillo de entre los dedos y aspiró el humo con deleite—. Y confieso que siento envidia. ¿Imagináis?... Haber podido, cuando estaba con la escuadrilla, bombardear un acorazado alemán. Nada menos.

—Habrías dado la vida por eso —dijo Eddie.

—No te quepa duda.

—Habla usted de España —comentó Falcó— como de una magnífica aventura.

—Y así fue —ahora Bayard sonreía con genuina candidez—. La más hermosa de mi vida: buenos camaradas, acción verdadera y una causa justa... ¿Qué más se puede pedir?

—¿Lamenta haberlo dejado?

Vio ensombrecerse el rostro del otro.

—No mucho. Empezó a llegar gente poco fiable: internacionales de motivos oscuros, ya sabe. Se perdía la inocencia original. Hasta los españoles la perdían... Dejé de estar a gusto, así que me propuse ayudar de otra manera. Y aquí me tiene, haciendo lo que puedo.

Falcó creyó llegado el momento. Plantéaselo despacio, pensó. Y con buena letra. Sacó el tubo de cafiaspirinas y se metió dos en la boca, masticando el sabor amargo antes de tragarlas con un sorbo de vino.

—¿Cómo va la financiación de *Cielos de España*?

Bayard hizo un ademán desolado.

—Avanza con dificultad.

—Lo he estado pensando, y creo que intervendré en su película.

—¿Habla en serio? ¿Al fin se decidió?

—Por completo... Si me lo permite, por supuesto.

El otro estaba boquiabierto. El mechón de la frente confería un aire juvenil a su cara de asombro.

—Es una noticia formidable —titubeó—. No sé qué decir.

Con mucha naturalidad, sin darle importancia, Falcó extrajo de un bolsillo el aval de la banca Morgan que había gestionado aquella mañana en la place Vendôme y lo puso en la mesa. La cifra estaba a la vista en la primera página: 100.000 francos.

—Cada uno debe ayudar como puede.

Bayard se pasó una mano por la cara mientras leía el documento. Se le había afilado la nariz y sus ojos brillaban, complacidos.

—Es usted un hombre noble, querido amigo —se lo mostró a la mujer—. ¿No te parece, Eddie?

—Claro —ella no miraba el documento, sino a Falcó—. Muy noble.

Bayard alzaba las manos con las palmas al frente, abrumado.

—No se arrepentirá, se lo aseguro.

—Eso espero.

—Le doy mi palabra. Todo va a estar ahí: *Acorazado Potemkin,* Eisenstein y los expresionistas alemanes... El cine es el arma moderna. Fíjese en la atención que le prestan los nazis, que saben mentir como nadie. Un libro puede llegar a unos miles de lectores, pero una película la ven cientos de miles...

Hizo una pausa mientras Falcó sacaba el pañuelo y se sonaba otra vez. Después, Bayard alargó una mano para apretar, afectuoso, una mano de Eddie.

—El cine, estimado Nacho —prosiguió—, reúne la totalidad de una civilización: películas cómicas en los países capitalistas, bélicas en los países fascistas, épicas y trágicas en los comunistas... Esa última es la nuestra.

—Francia todavía no es comunista —objetó Eddie—. Y a España le está costando serlo.

Bayard aún tenía la mano sobre la suya.

—Todo llegará, querida. Mi película va a ayudar un poco.

Ella retiró la mano para coger su copa de vino. Se la llevó a los labios sin dejar de mirar a Falcó por encima del borde.

—¿Cuándo se propone empezar el rodaje? —quiso saber éste.

—No más tarde de agosto —respondió Bayard—. Le pasaré el guión, que ya está a punto. Tiene cuarenta y cinco secuencias. Un buen amigo español, Luis Buñuel, lo está supervisando para mí... ¿Vio sus películas?

—Una, me parece. ¿La del ojo y la navaja?

—En efecto. Ésa es suya.

—¿Rodará usted en España?

—En los mismos frentes de batalla, sí. Con personas reales, no actores: auténticos milicianos, campesinos, mujeres antifascistas... Estoy en contacto con el gobierno de Valencia y el de la Generalidad catalana, y van a proporcionar los medios.

Bayard se había ido entusiasmando mientras hablaba, apoyados los codos en la mesa e inclinado hacia delante con vehemencia. En ese punto se detuvo, suspiró y se recostó en la silla.

—Lo único que no tienen es dinero. Eso tengo que buscarlo yo. Por eso resulta tan importante, tan conmovedor, su gesto de hoy.

—Habrá que formalizar un contrato en regla —sugirió Falcó.

—Naturalmente. Le pasaré una copia del que he firmado con mi editor, Gallimard, que también aporta dinero a la película. Puede estar mañana mismo.

—Me parece bien.

—Formidable. Deberíamos celebrarlo, ¿no? —Bayard hizo una seña al camarero más próximo—... ¿Qué tal una botella de champaña?

—Y esta noche podríamos volver al Mauvaises Filles —sugirió Eddie.

A las cuatro menos cuarto de la tarde, dejando el ruido del tráfico a la espalda y tras las precauciones de rigor, Falcó pasó bajo las arcadas de la rue de Rivoli y entró en el vestíbulo del hotel Meurice, caminando entre las lámparas de araña cuya luz se reflejaba en las pulidas baldosas de motivos octogonales. Sánchez, que esta vez llevaba corbata y vestía un correcto traje de tres piezas, aguardaba sentado en uno de los sillones del saloncito contiguo a la recepción. Al verlo entrar se puso en pie y anduvo sin decir palabra, precediéndolo por las escaleras.

Tampoco se hablaron al llegar al segundo piso, donde la alfombra amortiguó el sonido de sus pasos. Caminaban a un par de metros uno del otro. Al final del pasillo, Sánchez se detuvo ante la puerta de una suite y golpeó dos veces, hizo una pausa, golpeó otra y luego dos más. Cuando la puerta se abrió, cruzó el umbral seguido por Falcó, que se encontró una pistola apuntándole. La empuñaba una mujer de mediana edad, el cabello castaño recogido en la nuca muy poco a la moda, vestida con falda azul y chaqueta ligera de lana gris. El arma, que parecía desproporcionada en sus manos, era una negra y amenazadora Star del nueve largo.

—Soy de los buenos —dijo Falcó.

—Lo es —confirmó Sánchez.

La mujer bajó el arma y se hizo a un lado. La suite era espaciosa, con muebles elegantes, alfombras y grabados dieciochescos enmarcados. A la izquierda estaba el dormitorio y a la derecha el salón. Allí, sobre una mesa, había instalada una centralita Ericsson completa, de modelo antiguo, cuyos cables se introducían por un agujero practicado en la pared. La luz de dos ventanas, tamizada por visillos, enmarcaba un sofá en el que estaba sentado un hombre que se puso lentamente en pie.

—Buenas tardes —saludó Falcó.

El que se había levantado era corpulento, más allá de los sesenta años de edad, con el pelo de un color rubio ceniza a causa de las canas, que también le agrisaban el bigote. Tenía aspecto distinguido y vestía bien, muy correcto, con la ligera nota snob de un chaleco de ante. Olía a loción de afeitar. No hizo ademán de estrechar la mano del recién llegado. Su diestra insólitamente pequeña, incluso delicada, que lucía un sello de oro en el meñique, permaneció caída a un lado, casi con desaire.

—Soy el conde de Tájar —dijo, seco.

Asintió Falcó. Recordaba a ese hombre por haberlo visto en Jerez durante su infancia y juventud. Presidente del Jockey Club local, conocido industrial y propietario de extensas tierras, Beltrán Díaz-Carey, conde de Tájar, era un conocido monárquico de toda la vida. Colaborador del dictador Primo de Rivera, militante de Acción Española, diputado en Cortes, tras la sublevación del 18 de julio había ayudado al conde de los Andes a crear los servicios de información nacionales en Francia.

—Conozco su identidad real —dijo el aristócrata a bocajarro, con escasa simpatía.

Sonrió indiferente Falcó.

—El mundo es un lugar pequeño.

—Me relacioné mucho con su padre, que en paz descanse.

—Lo sé.

—Y usted fue al colegio con uno de mis hijos, me parece.

—Sí. Con Luis... ¿Qué tal le va?

—Está en Jerez, cumpliendo con su deber.

La palabra *deber* estuvo a pique de arrancarle a Falcó otra sonrisa, pero la retuvo a tiempo. Luis Díaz-Carey, el hijo de su interlocutor —lo recordaba como un chico tímido y torpe, algo tartamudo—, se había distinguido por su crueldad en la represión de los campesinos tras la victoria de los sublevados en la Andalucía occidental. Y allí seguía, al frente de una milicia de caballistas armados convertida en policía rural, liberando el campo jerezano de la ralea marxista y otras malas hierbas.

—Su deber, sí —respondió con suavidad—. Por supuesto.

El otro lo miraba con mucha atención, calibrándolo.

—Conozco sus antecedentes... No tiene buen cartel como individuo, aunque sí como agente. Desde Salamanca lo han recomendado mucho.

—Tengo poco que decir a eso.

—Ya imagino.

El de Tájar lo estudió un poco más, como si intentara establecer hasta qué punto aquel joven apuesto, bien vestido, de currículum discutible y sonrisa insolente, merecía los medios que estaba a punto de poner a su servicio. Por un momento miró a Sánchez como preguntándole si también él lo avalaba. Al fin pareció asumirlo, resignado, y señaló la centralita.

—Tengo instrucciones para permitirle utilizarla. Nos da línea segura con Salamanca.

—¿Interviene la centralita del hotel?

—No, para nada —Tájar incluyó en el ademán a la mujer de la pistola—. La señora es nuestra operadora telefonista.

La mujer, que había dejado la Star sobre una mesita, asintió seria. Tenía un aspecto poco femenino, incluso monjil. Zapatos de tacón bajo, medias opacas. Sus ojos eran pequeños y duros.

Tájar sacó un reloj de oro del chaleco y consultó la hora.

—Vamos a ello, si le parece bien —se volvió de nuevo a Sánchez y otra vez a Falcó—. ¿Prefiere que lo dejemos solo?

Va a dar lo mismo, se dijo éste mirando a la telefonista, que ya tomaba asiento ante el cuadro de la centralita y se calaba unos auriculares con micrófono incorporado. Con Sor Pistola presente, dedujo, cuanto diga será transmitido con toda fidelidad. Así que vayamos al grano.

—No es necesario, gracias —dejó el sombrero en el sofá, sacó el pañuelo y se sonó discretamente—. Por mí pueden quedarse.

—¿Oiga?... ¿Oiga?... ¿Finca Tormes?

—«Le comunico con Finca Tormes —dijo una voz masculina y lejana—. Espere un momento».

La línea era mejor de lo que Falcó esperaba; limpia y casi libre de parásitos. Situada ante el cuadro telefónico, Sor Pistola manipulaba las clavijas de cordones con eficiencia. Había introducido una en uno de los jacks superiores, bajo el que se encendió una pequeña luz piloto, antes de señalar a Falcó un teléfono de baquelita negra situado sobre una mesa pequeña junto a la que había una silla. Ahora, sentado y con el auricular pegado a una oreja, Falcó esperaba a que se completara la comunicación. Frente a él, en el sofá, el conde de Tájar aparentaba hojear la revista ilustrada *Voilà*. Sánchez estaba de pie junto a la ventana, apoyado en la pared, y de vez en cuando apartaba los visillos para vigilar la calle.

—¿Oiga, por favor? —insistió Sor Pistola—. ¿Finca Tormes?

—«Sí, un momento... Gracias... Tiene Finca Tormes al aparato.»

Una pausa, un clic y un leve zumbido. Al fin sonó una voz familiar al otro lado.

—«¿Aló?... ¿Rocambole?»

Sonrió Falcó al oírse llamar así. Su nombre clave para el contacto lo había elegido el Almirante en persona. El de ese personaje ladrón y canalla te va como un guante, dijo al despedirlo. Imaginó al jefe del SNIO en el despacho de Salamanca, chupando su pipa, el ojo de cristal y el ojo sano alineados en un guiño sarcástico. Disfrutando con el alias novelesco de su agente.

—Buenas tardes, señor —dijo Falcó.

—«Informe.»

—No hay mucha novedad. Tengo relaciones con el Ogro, con quien he conseguido confianza.

—«¿Qué tal va el cuento de la Pipa Rota? ¿Lo acaba su amigo?»

—Va un poco retrasado, así que dispongo de tiempo... Actuaré en las próximas veinticuatro horas.

—«¿Y qué pasa con Mirlo?»

—También dentro de plazo. Supongo que para ese otro asunto está lista toda la cobertura exterior.

—«Por completo. Sólo falta su toque final.»

—Afirmativo. Estoy en ello.

—«Todo bien por ese lado, entonces.»

—Sí —dudó un momento—. Sólo hay que señalar cierta reticencia por parte de la pareja de Mirlo, pero no conozco la causa... Quizá antipatía personal, o desconfianza.

—«¿Afecta a su trabajo?»

—No parece.

—«Entonces desentiéndase de ella. Céntrese en el objetivo.»

—Hay otro asunto, y creo que está usted al corriente. Tuve que darme un baño.

Un silencio. Falcó imaginaba la mueca divertida del Almirante. O furiosa. Con él nunca se podía estar seguro de cómo se iba a tomar las cosas.

—«Sí, nos llegó el informe... ¿Han identificado a los responsables?»

—Negativo —Falcó miró a Sánchez, que permanecía junto a la ventana—. Pero aquí lo relacionan con la nueva gerencia de la empresa con la que competimos en el mercado local.

—«O tal vez empieza a moverse lo de Mirlo.»

Siguió un silencio largo, hasta el punto de que Falcó creyó que se había cortado la comunicación.

—¿Alguna sugerencia, Finca Tormes?

El Almirante aún tardó un poco en responder:

—«Quizá sea oportuno dar café a ese nuevo gerente, aprovechando que está usted ahí... ¿Hay medios para ocuparse de eso?»

Volvió a mirar Falcó a Sánchez, y luego al conde de Tájar, que hojeaba su revista como si todo le fuera indiferente.

—Por lo que sé, no demasiados —dijo—. Aquí son más de información que de operación. Aunque puede hablarlo con ellos.

—«¿Podría encargarse usted mismo?»

—Tengo demasiados frentes abiertos, Finca Tormes —hizo una pausa y no pudo eludir el sarcasmo—. No soy el hombre orquesta.

Al otro lado de la línea sonó un gruñido muy audible.

—«Usted será lo que yo le diga que sea... ¿Está claro?»

—Clarísimo —suspiró Falcó.

—«No he oído bien, Rocambole.»

—Está clarísimo, señor.

Siguió otro silencio. El Almirante reflexionaba.

—«Puedo ordenar que allí le echen una mano... ¿Le parece oportuno?»

—Por supuesto, Finca Tormes. En esta clase de cosas, cuanta más gente, más disfrutamos.

—«Eso no tiene puñetera gracia.»

—Supongo que no, señor.

—«Pues no haga el payaso, carallo. Y menos, por teléfono... Ahora páseme al socio principal y piérdase de vista.»

Le ofreció Falcó el auricular al conde de Tájar y se puso en pie.

—¿Sí, aló? —dijo el aristócrata.

Falcó se había acercado a la ventana, donde seguía Sánchez apoyado en la pared. Apartó un poco el visillo y echó un vistazo a la rue de Rivoli. Allí todo parecía despejado.

—También quieren que despache a Navajas —dijo en voz baja—. Y que usted me ayude.

Asintió el otro, despacio. Melancólico. No parecía sorprendido.

—Se veía venir —dijo.

12. *Rouge* color cereza

Música, humo de tabaco, conversaciones. Mucho atuendo informal mezclado con corbatas y chaquetas oscuras con hombreras americanas. Traficantes de cocaína, blanqueadores de cheques, diputados gubernamentales que olían el vino antes de probarlo arrugando la nariz como si hubieran nacido en un château, compartían ambiente con individuos vestidos de etiqueta que hablaban de jazz, automóviles rápidos y fluctuaciones de moneda, y con mujeres que habían dejado su armiño en el guardarropa. Del París que por distintos itinerarios cambiaba cinco veces de bar y ambiente en una sola noche antes de recalar en la legión extranjera del Mauvaises Filles, el club se veía lleno hasta arriba.

En el escenario, acompañada a la trompeta por Melvyn Hampton, María Onitsha cantaba, en su estilo blues, *Komm Zurück,* la versión en alemán de *J'attendrai.* Bailaban las parejas en la pista y se movían solemnes los camareros entre las mesas. En la de Falcó estaban sentados Leo Bayard y Eddie Mayo. Se mostraban alegres y bebían Taittinger.

—¿No va a contarnos su historia? —preguntó Eddie.

Observaba a la cantante, pensativa. Pero se había dirigido a Falcó.

—No hay ninguna historia —respondió éste.

—Siempre hay una que contar —Eddie dejó de mirar a la cantante y se volvió hacia él con una sonrisa enigmática—. Y ésa es una mujer hermosa.

—Mucho —apuntó Bayard, divertido.

Los dos miraban expectantes a Falcó. Hizo éste un ademán evasivo.

—¿Quieren más champaña?

Sin esperar respuesta, cogió la botella y llenó de nuevo las copas.

—¿Se acostó con ella? —indagó Eddie—. Sea sincero. Estamos entre amigos.

—Oh, vamos —dijo Bayard—. No seas indiscreta.

La mujer seguía atenta a Falcó.

—¿Lo hizo?

—Yo lo habría hecho —admitió Bayard.

—Hasta yo misma me vería tentada, creo. Tiene un cuerpo perfecto.

—Puro ébano, desde luego. Y ese toque animal, casi salvaje... ¿La imaginas desnuda, Eddie?

—Claro que la imagino. Y estoy convencida de que nuestro amigo Nacho hizo algo más que imaginarla.

—¿Ah, sí?... ¿En qué te basas?

—En él —la mujer seguía mirando a Falcó—. Me baso en él.

—¿Intuición femenina?

—Puedes llamarlo de ese modo.

—¿Y?

—Se diría especializado en cantantes negras. Incluso en cantantes blancas.

Bayard se echó a reír. El aval de la banca Morgan que Falcó le había mostrado en Lipp lo mantenía de excelente humor.

—Pues qué suerte —alzó su copa para brindar—. ¿Eso es cierto, querido amigo? ¿Llegó usted a mayores con esa soberbia mujer?... De ser verdad, lo saludo con todo respeto.

Miró Falcó a Eddie. Vestía un crepé marfil que descubría su espalda, hombros y brazos, y un collar de perlas pequeñas como único adorno. La maniquí que en otro tiempo había sido le permitía llevar la ropa con descuidada elegancia, como si se la hubieran confeccionado sobre la piel.

—¿Realmente le interesa saberlo?

Eddie movió los hombros desnudos.

—¿Aún le queda alguno de esos cigarros habanos que produce su familia?

Tras una brevísima vacilación, sacó él del bolsillo un Montecristo de cepo mediano, perforó con cuidado la parte posterior y se lo ofreció. Ella se lo puso en la boca, inclinándose para que le aplicara la llama del encendedor. El azul ártico lo analizaba con persistente fijeza entre las primeras bocanadas de humo.

—Podría ser —dijo ella al fin, como si lo hubiera estado pensando—. Puede que me interese saberlo.

—Por favor, querida —rió de nuevo Bayard—. Vas a conseguir que nuestro amigo se sonroje.

—No parece de los que se sonrojan.

Falcó sacó la pitillera. Su resfriado parecía atenuarse, así que se puso en la boca un cigarrillo y pulsó el encendedor con un chasquido. Dejó salir el humo, miró en dirección a María Onitsha y después se volvió hacia Eddie con una sonrisa fría.

—Me he acostado con mujeres como ella.

—¿Gratis o pagando?

Falcó ni se inmutó.

—Pagando, por supuesto —dijo con calma—. Y también con mujeres como usted.

—¿En serio?

—Sí. Y a veces, con las dos al mismo tiempo.

—Oh, cielos... ¿Por cuánto calcula usted la carne de mujer? ¿Por kilos?

—Por toneladas. Tersa y sudorosa, a menudo.

—Y negra, según parece.

—Sí.

—Qué vulgar.

—Sí.

—Y qué presuntuoso.

—También.

—Ésa es buena —reía Bayard.

Eddie mantuvo la apariencia impasible, aunque a Falcó no se le escapó su ligero parpadeo.

—Interesante... Y toda esa carne, ¿a cambio de qué?

—Depende —dio una tranquila chupada al cigarrillo—... Un puñado de dátiles, un collar de perlas o una sonrisa oportuna. Según oscilara el valor en el mercado.

—Confía demasiado en su sonrisa, me parece.

—Es mi único patrimonio.

Seguía estudiándolo con una fijeza gélida.

—¿Y dice que se las arregla bien con dos mujeres a la vez?

—Me las arreglo de maravilla —señaló con el mentón a Bayard, que seguía escuchando, divertido—. De no ser porque respeto demasiado a Leo, la animaría a comprobarlo.

Soltó Bayard una carcajada.

—Ni se le ocurra. Tendríamos que matarnos al amanecer.

Los distrajo un pequeño revuelo en la entrada. La gente miraba hacia allí, curiosa. Al poco entró en el salón un pequeño grupo, precedido obsequiosamente por Toni Acajou, el dueño del local. Eran media docena, hombres y mujeres. Ellas vestían de noche y ellos de oscuro excepto uno alto, corpulento, que llevaba una arrugada chaqueta marrón.

—Es Marlene Dietrich —dijo Bayard.

—Y mira quién viene con ella —dijo Eddie.

—Oh, no, cielos. Otra vez Gatewood.

Acajou acomodó al grupo en una mesa cercana a la orquesta. La Dietrich era más baja de lo que Falcó había creído al verla en el cine, pero su apariencia resultaba imponente. Vestía de negro y plata, elegante y algo excesiva, y se movía como en las películas. Incluso fumaba en una larga boquilla. Miraba en torno, distante, aceptando con artificial naturalidad el homenaje de las docenas de miradas pendientes de ella. Alzaba las cejas muy finas como si estuviera frente a Clive Brook en el vagón de *El expreso de Shanghai*, o secándole las lágrimas en *Fatalidad* al joven oficial que mandaba su piquete de ejecución.

Gatewood los había visto. Alzó una mano, saludándolos desde lejos, y al poco rato se puso en pie y se acercó a la mesa. Llevaba un cigarrillo en la boca y olía a alcohol desde un metro de distancia.

—Estabais aquí —dijo, satisfecho—. ¿Queréis uniros al grupo?

—Tal vez más tarde, Gat —dijo Eddie.

—No fuisteis a mi conferencia —tiró el cigarrillo al suelo—. Os puse falta. Hablé sobre España y fue mucha gente.

—Teníamos otro compromiso.

Gatewood señaló con el pulgar, sobre el hombro, la otra mesa.

—Está Marlene con nosotros... Ya sabéis, ¿no?... Marlene.

—Sí. La hemos visto —respondió Bayard—. ¿Qué hace en París?

—Rueda una de sus películas.

—Ah.

—La Boche y yo somos muy amigos desde que coincidimos a bordo del *Normandie*.

—¿La llamas la Boche? —se interesó Eddie.

—Pues claro —la miraba como si fuera obvio—. Es alemana, ¿no?

—¿Y no se ofende?

—Para nada. Es una chica estupenda.

—No nos cabe duda.

—Capaz de beber como un hombre.

—Claro.

—¿Venís a nuestra mesa o no venís?

—Luego, Gat —respondió Bayard.

—¿Seguro?

—Te lo prometo.

El norteamericano hizo ademán de irse, pero pareció pensarlo mejor. Se pasó un dedo por el bigote. Después alargó una de sus manos grandes y fuertes, cogió la copa de Eddie y la vació de un trago.

—¿Os he dicho que la Boche y yo somos muy amigos?

Eddie lo miraba con expresión aburrida entre las volutas azuladas del habano.

—Lo has dicho.

Gatewood le miró el escote con interés, sonrió a Bayard y le guiñó un ojo a Falcó. Se había quitado las gafas de montura de acero y las limpiaba en la camisa.

—A usted le encantará que se la presente, Pedro. Aproveche esta ocasión única.

—Ignacio —dijo Falcó.

—¿Cómo?

—Me llamo Ignacio, no Pedro. ¿Recuerda?... Nacho, si prefiere las confianzas.

—Bueno. Da igual, ¿no? Ustedes, los españoles...

—Sí, ya lo dijo el otro día: todos nos llamamos igual. Pero yo soy una rara excepción. Me gusta llamarme de otra manera.

Gatewood le dirigió una mirada hostil.

—Vuestro amigo es muy picajoso —le comentó a Bayard.

—Ya sabes cómo son los españoles —dijo éste.

—Vaya si lo sé. ¿No visteis la fotografía que me hizo Bobby Capa instruyendo a unos soldados republicanos sobre cómo usar el fusil?... He estado en su jodida y puta guerra.

—Lo sabemos, Gat —apuntó Eddie—. Sabemos que estuviste allí comiéndote las balas sin pelar. También nosotros estuvimos en esa jodida y puta guerra.

—Pero yo estuve hace menos tiempo. Díselo, Leo. Guadalajara...

La mueca de Eddie era despiadada.

—Sí, ya nos contaste: los muertos en la nieve, nadie puede escupir estando asustado y todo eso.

—Fue algo bien duro.

—Por supuesto. Cuando el camino es duro, sólo los duros estáis en el camino.

Sonrió el norteamericano, halagado. Inmune a muecas y sarcasmos.

—Eso es bueno, ¿verdad?... Creo que lo escribí yo.

—Es posible. Casi todo lo bueno lo escribes tú, Gat. Excepto alguna cosa que escribió Scott Fitzgerald.

—No metáis al pobre Scott en esto. Además, él no ha estado en España.

Después de mirarlas al trasluz, satisfecho, Gatewood se puso las gafas.

—Los españoles son maravillosos cuando son buenos —añadió—. Da igual toreros que milicianos de la República. Ningún pueblo como ellos, cuando es así. Y cuando son malos, nadie es peor —miraba a Falcó—. ¿No cree usted, amigo?

—No sé qué decirle.

—Pues debería saber —Gatewood se volvió a Bayard y a Eddie como pidiéndoles explicaciones—. No sé qué hace un español en un cabaret de París, en vez de estar luchando.

—Yo vivo en Cuba —dijo Falcó.

Al norteamericano se le iluminó el rostro.

—Me agrada Cuba. He pescado en los cayos y por allí cerca. Peces espada de cien kilos, figúrese —alargaba mucho los brazos, indicando un tamaño enorme—... ¿Le gusta pescar, Pedro?

Cuando un momento después Gatewood regresó a su mesa, Falcó se puso en pie para ir al servicio. Demasiada bebida, aquella noche. Demasiados cocktails y demasiado champaña. Se excusó con Bayard y Eddie, y tras ajustarse el nudo de la corbata abrochó el botón central de la chaqueta y anduvo despacio junto a la pista de baile, donde se movían algunas parejas. María Onitsha había dejado de cantar, desapareciendo rumbo a los camerinos, y la banda tocaba *Cheek to Cheek*. La responsabilidad solista recaía ahora en la trompeta de Melvyn Hampton, que saludó a Falcó con una inclinación de cabeza cuando éste pasó por delante.

Se encontró con Marlene Dietrich saliendo del tocador de señoras: cabello rubio ondulado, ojos claros muy maquillados y labios en *rouge* color cereza. Un pequeño bolso plateado en la mano. Casi tropezaron a la entrada del pasillo, y él se detuvo con una disculpa. Fue algo inesperado, pues mientras conversaban con Gatewood no la había visto levantarse.

—Perdón —murmuró Falcó.

Estaba paralizado ante ella, tan sorprendido por el encuentro a bocajarro que ni siquiera pensó en cederle el paso. La miraba con una intensidad al mismo tiempo estupefacta y atrevida: la que un mortal, o al menos uno como él, dedicaría a una diosa que de repente se materializara ante sus ojos. La Dietrich llevaba un conjunto muy sofisticado de pantalón negro ancho y chaqueta de brocado chino y lentejuelas de plata que rutilaban con las luces de la sala, sin apagar, pese a todo, los reflejos verdes de un collar de esmeraldas que haría la fortuna de un ladrón de guante blanco, o de cualquier clase de guante.

—No importa —dijo ella.

Parecía de buen humor, curiosa por la situación, tal vez porque acababa de dirigir a Falcó una ojeada valorativa de arriba abajo: una de esas miradas rápidas, expertas, casi quirúrgicas, que a determinadas mujeres —las que entornaban los ojos para situar al adversario— bastaban para catalogar a un hombre. Después hizo ademán de seguir su camino, y sólo en ese momento él fue consciente de que le entorpecía el paso.

—Discúlpeme —dijo, apartándose un poco.

La miraba con tal fijeza, tan absorto, que la Dietrich parpadeó con interés. En esas pestañas oscuras y larguísimas, pensó Falcó, podría colgarse cualquier cosa: una reputación, un crimen, una pasión o una vida. A menudo el cine mentía, pero con aquella mujer era distinto. En su caso, la pantalla del cinematógrafo era rigurosamente fiel. Se limitaba a mostrar la realidad.

—¿Qué le ocurre? —preguntó la actriz, divertida.

—Que ojalá pudiera besarla.

Lo dijo con espontánea sencillez. Con una naturalidad tan sincera como la de un muchacho o un niño. Quizá por eso ella no pareció incómoda al escucharlo. Apoyó la palma de la mano libre en una cadera, valorativa. Las cejas finísimas, depiladas en forma de prolongado arco, se alzaron sobre los ojos claros que estudiaban a Falcó con superior ironía. Y al fin, cinco lentos segundos después, todo se conjugó en una sonrisa devastadora.

—¿Y qué se lo impide?... Hágalo.

Aquello habría paralizado de estupor a la mayor parte de los hombres, pero Falcó no pertenecía a esa parte. Así que, con mucha sangre fría, acercó su boca a la de la Dietrich y besó con suavidad los labios que se le ofrecían entreabiertos. Y de ese modo, la sonrisa del hombre y la de la mujer se mezclaron un instante en un roce cálido, fugaz, antes de que él cediera por completo el paso y ella lo saludase con un gesto inolvidable: otro enarcar de cejas y una leve inclinación de cabeza que le agitó un poco las ondas rubias mientras dedicaba a Falcó la última mirada antes de seguir camino, serena, tan altiva como una reina entre cortesanos, mientras los ocupantes de las mesas próximas, que habían presenciado la escena, aplaudían a la actriz y al hombre apuesto que, inmóvil en la embocadura del pasillo, recurría al pañuelo del bolsillo superior de la chaqueta para quitarse de la boca el *rouge* que Marlene Dietrich había dejado en ella.

Se estaba lavando las manos cuando entró Gatewood. Lo vio, por el espejo, irrumpir a grandes pasos, cerrar la puerta con violencia, lanzarle una ojeada poco amistosa y encaminarse al urinario; donde, vuelto de espaldas, abiertas las piernas como si estuviera en la cubierta de un barco, se manipuló los pantalones hasta que sonó el chorro esperado.

Falcó tomó una toalla de manos del encargado y se secó con esmero. Después cogió el reloj que había dejado junto al lavabo —un Rolex Oyster 1934 comprado para sustituir el Patek Philippe arruinado en el Sena— y abrochó la correa en la muñeca izquierda, bajo el impecable puño almidonado que cerraba un gemelo de plata. Por último, tras comprobar el nudo de la corbata y pasarse una mano por el cabello peinado con fijador, iba a marcharse cuando, en el espejo, vio que Gatewood terminaba la operación mingitoria con fuertes sacudidas y se giraba hacia él abotonándose los pantalones.

—Eh, Pedro —dijo el norteamericano.

No era un tono simpático. Todavía mirando el espejo, Falcó le dirigió una ojeada inquisitiva mientras los viejos instintos le tensaban el cuerpo, poniéndolo en prevención. No era cosa de dar la espalda a un metro noventa de músculo con manos como palas de albañil, y mucho menos si aquella corpulencia tenía la voz alterada, un poco pastosa, a causa del alcohol. Coñac, por el aroma. De modo que se volvió mientras desabotonaba la chaqueta, enfrentándose a una mirada turbia tras los cristales de las gafas de acero. Parte de la vida y supervivencia de Falcó consistía en interpretar miradas, y tenía costumbre. Aquélla no presagiaba nada bueno. Prometía cosas rotas, y todas eran suyas.

—Ignacio —objetó con calma.

—Qué cojones me da cómo te llames.

Bajo la arrugada americana marrón, el cuello sin corbata de la camisa, abiertos dos botones, dejaba entrever un pecho velludo. Su aliento habría marchitado una gardenia en la solapa de Falcó si éste la hubiera llevado. Lo que no era el caso.

—¿Qué hacías ahí afuera, molestando a Marlene?

—Nadie ha molestado a nadie.

—Te he visto, guapito... ¿Quién coño te crees que eres?

La cosa estaba clara. O parecía estarlo. Resignado a lo previsible, Falcó se volvió hacia el encargado de los servicios —un abuelo de guardapolvos gris que había dejado de barrer serrín y asistía desconcertado a la conversación— y le pasó un billete doblado de cincuenta francos.

—Vaya a buscarme cigarrillos, por favor. Ingleses, si es posible.

Tras un momento de duda mirando alternativamente a uno y a otro, el encargado se guardó el dinero y salió de la habitación, presuroso y aliviado. Gatewood se quitaba las gafas.

—La Dietrich es demasiada mujer para ti, Pedro. ¿Comprendes?... Ni en sueños la conseguirías.

—Desde luego que no.

—Limítate a follarte a esa zorra de Eddie, si Leo te deja.

Eructó más efluvios de alcohol, sin complejos. Había cerrado un puño, el derecho, y lo golpeaba en la palma de la otra mano.

—La Boche es amiga mía, entérate —añadió—. No voy a tolerar que la moleste un emboscado de mierda. Un hijo de puta cualquiera. ¿No decís eso los españoles?... ¿Un hijoputa?

—Sí. Así se dice —asintió Falcó con benevolencia—. Todo junto.

—Hijoputa.

—Exacto.

El otro se rascó el bigote con el pulgar del puño cerrado, como si le picara.

—Conozco una docena de insultos en tu jodido idioma, y puedes aplicártelos todos, Pedro.

—No hay problema.

—Una docena, te digo: cabrón, desgraciado, chulo, fascista, señorito de mierda.

Sonrió Falcó casi conciliador. Voluntarioso.

—Sólo son cinco.

—Añádeles hijoputa.

—Seis. Falta la mitad.

Perplejo, Gatewood se puso a contar con los dedos.

—Te juro que sé más —concluyó—. Lo que pasa es que no me acuerdo ahora.

—No importa. Seis insultos en español está muy bien para un americano.

—¿Tú crees?

—Estoy seguro.

Seguía pensativo el otro, arrugando el entrecejo. De improviso se le iluminó la cara.

—Maricón —dijo—. Añádele maricón.

—De acuerdo —admitió Falcó—. Ya son siete.

—Y calzonazos.

—Ocho.

—Bujarrón.

—Nueve.

—Joder —el norteamericano lo miraba casi agradecido—. Podrías ser simpático, Pedro. Caerme bien, si no fuera por lo de Marlene.

—Nadie es perfecto, Gat.

—No me gusta que tú me llames Gat.

—A mí tampoco me gusta que me llames Pedro.

—Te llamo como me sale del carajo.

—Tomo nota.

—Pues vas a hacer algo más que tomar nota. O lo voy a hacer yo. Te enseñaré a tratar a mujeres como ella.

Crispó Gatewood la mandíbula tras decir aquello. Se afirmó de pronto sobre una pierna y echó atrás la otra, tensando la mano derecha, apretado otra vez el puño, y Falcó comprendió que el primer golpe venía de camino, y que si no madrugaba iba listo. Por fortuna para él, los reflejos de un hombre borracho eran más lentos que los de uno más o menos sobrio; así que gozó de margen razonable, un par de segundos, para pegarle al norteamericano, preciso como un resorte, el rodillazo en los testículos que llevaba tres minutos planeando con toda frialdad.

Tump, hizo. Exactamente eso: un sonido sordo y seco. Al que madruga, pensó retirando la rodilla, Dios lo ayuda. Y más vale una hora antes que un minuto después.

—Fffff...

Retrocedía el otro expulsando aire en un largo gemido, como si le vaciaran un fuelle desde los pulmones, doblada su corpulencia sobre las manos apretadas en las ingles; encogido cual si de pronto le hubieran abierto una brecha bajo el vientre. Entonces Falcó inspiró fuerte, apretó los dientes, acortó distancia de nuevo y, para dejar las cosas redondas, le asestó a Gatewood un puñetazo en el costado derecho, en el hígado, que borró el color de su tez cubriéndola de una palidez cerúlea y un sudor frío que brotó instantáneo, igual que si las glándulas, rota una espita interna, aflorasen humedad por todos los poros.

Tump, sonó otra vez. Y luego hizo cloc. La caída.

Desplomados como un saco de patatas, los noventa y pico kilos del norteamericano quedaron de espaldas sobre el serrín del suelo. Estaba tumbado cuan largo y ancho era, apoyada la cabeza en el peldaño de mármol del urinario, y parecía así más grande que cuando estaba de pie. Tras contemplarlo con curiosidad profesional, casi científica, Falcó se ajustó la corbata y abrochó con parsimonia el botón central de la chaqueta. Después volvió a pasarse las manos por las sienes, alisándose el pelo; y antes de irse, como al paso, al advertir que Gatewood rebullía e intentaba levantarse, se agachó para pegarle otro puñetazo en la cara.

—Ignacio —dijo mientras se incorporaba frotándose los nudillos—. No me llamo Pedro, sino Ignacio.

No tenía talento ni pulmones de trompetista, pero era capaz de arreglárselas con aplicación de aficionado. En algún lugar de su extraña y compartimentada cabeza, Lorenzo Falcó conservaba cierto sentido propio de la música. Hábitos de juventud que en momentos como ése acudían con relativa facilidad al hilo de la memoria.

Llevándose el metal a los labios, sopló en la boquilla. A su espalda, sobre la tarima, los músicos recogían sus instrumentos. Sólo el batería de la banda, un benévolo negro americano llamado Sid, golpeaba con suavidad las escobillas sobre el parche de la caja, dando fondo a la trompeta que Falcó tenía en las manos. En la sala, vacía ya de público, los camareros ponían las sillas sobre las mesas y barrían el suelo. Olía a cerrado, a humanidad ausente y humo de tabaco. Eran las tres y cuarto de la madrugada.

—No lo has olvidado —dijo Mel Hampton.

Jugando con los dedos de la mano derecha sobre los pistones de metal bruñido, Falcó tomó aire de nuevo e hizo vibrar un si bemol en la lengüeta. El llanto metálico brotó seco, prolongado, y se convirtió en razonable melodía a medida que modificaba los tonos en la embocadura.

—Bien —confirmó Mel.

Era su trompeta. Le había puesto una boquilla limpia al ofrecérsela. Tras arrimar una silla al pie de la tarima estaba sentado en ella, cruzadas las piernas, una ancha sonrisa en el rostro oscuro, haciendo ademán irónico de aplaudir. Le brillaba la piel grasienta bajo el pelo ensortijado. Seguía el ritmo moviendo un zapato de piel de serpiente. Con un vaso de whisky en el regazo, estaba en mangas de camisa y tirantes, atento a Falcó. A su lado, de pie, aflojado el nudo de la pajarita y una mano en el bolsillo de la chaqueta de smoking abierta, con su aspecto de proxeneta mediterráneo, Toni Acajou fumaba un cigarrillo.

Falcó se retiró la trompeta de los labios.

—Lástima lo de tu club de Berlín —dijo—. Era un buen club.

Asintió el otro.

—Sí —el diente de oro le relucía en una sonrisa triste—. Pasamos allí buenos ratos.

Además de los cocktails, la adrenalina y las mujeres hermosas, a Falcó le gustaban los camareros, los maîtres y los dueños de club impecables y tranquilos. Acajou era uno de ellos. Se habían hecho amigos una noche memorable del Blaunacht, cuando una señora muy achispada se subió a la tarima de la orquesta y se puso a bailar al ritmo de *No Strings*, intentando a cada momento subirse la falda para hacerlo con más comodidad. La falda caía una y otra vez, entorpeciéndola; así que Acajou pidió un voluntario para ayudarla. Falcó subió a la tarima y, con mucha sangre fría, desabrochó la prenda entre los aplausos del público. Entonces la mujer se abrió la blusa, y todo el cabaret pudo apreciar el resto mientras ella se apretaba contra él y lo besaba en la boca. Después, al cierre, Falcó y Acajou se habían quedado tomando copas y fumando cigarrillos, de conversación, hasta que, ya por la mañana, fueron a desayunar chocolate y panecillos calientes al Bristol.

—A veces añoro aquella ciudad —suspiró Mel—. Buena música y buen ambiente.

—Pero los nazis se lo cargaron todo —dijo Acajou.

—Desde luego... Y eso que en tu club pudimos tocar jazz negro hasta el final, a pesar de la prohibición.

Asentía Mel con estoicismo. Luego canturreó, zumbón:

Die Strasse frei den braunen Bataillonen,
Die Strasse frei dem Sturmabteilungsmann...

—París tampoco está mal —apuntó Acajou—. Y no oyes el *Horst Wessel* en la radio, ni suenan botas desfilando por la calle, ni te obligan a despejarlas para los batallones pardos.

—De momento —rió Mel entre dos sorbos.

—París siempre será París.

—Hasta que deje de serlo —objetó el trompetista—. Fijaos en Berlín, ahora. Hasta los revisores de tranvía llevan un alfiler con la esvástica en la corbata. Y para pedir un sándwich de pepino en la terraza del Eden, o un cocktail en el Ciro Bar, casi te obligan a exhibir un certificado *Deutschgeboren* de pura raza aria.

—Hiciste bien en salir de allí —dijo Falcó—. Y en traerte a María.

—No tenía opción, viejo amigo... Mírame despacio: negro, sexualmente indeciso e intérprete de música degenerada.

Había descruzado las piernas y vuelto a cruzarlas, con gesto teatral. Ahora quebraba la boca en una sonrisa, aunque sus ojos permanecían serios. Le apuntó Falcó con la trompeta, de arriba abajo.

—Desde luego, nunca te habrían aceptado en las SS.

La sonrisa de Mel se tornó carcajada. Una risa blanca y ancha, vigorosa, muy africana de Saint Louis. Muy de swing.

—Pues en las SA de Röhm había muchos —dijo.

—¿Negros?

—Homosexuales —todavía risueño, el trompetista le dio un buen trago al whisky—. Incluido el propio jefe. Tenía su punto ver desfilar a todos los travestidos de Berlín mientras procuraban hacer sin tacones el paso de la oca... Pero les sirvió de poco, oye. A casi todos se los cargaron con Röhm hace tres años, cuando Hitler saneó el negocio.

—No somos nadie.

—Y que lo digas... Y en Alemania, si no vistes uniforme, menos que nadie.

Tocó Falcó algunas notas más. Sonaron razonables. Después se volvió a dar las gracias a Sid, que dejó las escobillas, se puso en pie y cubrió la batería con una funda.

—¿Por qué no te has ido con tus amigos, Bayard y la rubia? —inquirió Acajou.

—No me apetecía —hizo un gesto ambiguo—. Preferí quedarme a tomar una copa.

Señaló Acajou un vaso que estaba en el borde de la tarima.

—Pues aún no la has probado.

Tomó asiento Falcó junto al vaso, puso la trompeta a un lado y se llevó la bebida a los labios: un hupa-hupa que Acajou había combinado personalmente, con buen y auténtico vodka ruso.

—¿Qué tal?

Asintió mientras probaba la bebida. Ya estaba tibia, pero era buena.

—Perfecto. Propio de ti.

—María vendrá en seguida —dijo Mel.

Alzó Falcó su copa, como en un brindis.

—No es sólo ella... También estáis vosotros.

—Claro —sonrió el trompetista.

Lo miraba con sincero afecto. Se habían conocido durante las primeras visitas de Falcó al Blaunacht, llevado allí por María, y no habían dejado de frecuentarse cada vez que aquél viajaba a Berlín. Por esa época creyó que eran pareja, en plan vive y deja vivir, hasta que acabó advirtiendo los gustos de Mel. El músico americano y la superviviente herero vivían como hermanos en la misma habitación del hotel Am Zoo. Con Falcó, que por esos días se llamaba Juan Ortiz, no hubo celos ni malas historias: desplegando las herramientas habituales —charla divertida y encanto de buen chico—, éste se ganó al trompetista en una tarde de copas y conversación, los tres por bares y cafés de la Kurfürstendamm, antes de acabar cenando —factura astronómica, que encajó sin pestañear gracias a un Alka-Seltzer y dos cafiaspirinas— en el *grill* del Sherbini. Y ya de madrugada, cuando en el club de Toni Acajou terminó la actuación de María Onitsha y Melvyn Hampton, este último, parado en la acera con un cigarrillo en la boca, el sombrero hacia atrás y el estuche con la trompeta bajo el brazo, había bendecido bonachón a la pareja, mano en alto, casi bíblico, cuando los dos —la negra espléndida y el blanco guapo, cogidos del brazo— se volvían para decirle adiós mientras se alejaban en la noche, camino del hotel de Falcó.

—¿Qué ha pasado con ese americano, Gatewood? —preguntó Acajou.

La mirada inocente de Falcó habría convencido a un inquisidor medieval.

—Ni idea... ¿Por qué me preguntas a mí?

—Me ha dicho el encargado de los lavabos que tuvisteis unas palabras.

—¿El encargado viejito?

—Sí.

—Pues no recuerdo nada de eso.

—A Gatewood lo encontraron tirado en el suelo, con la cara como un mapa. Tuvimos que llevarlo discretamente a un taxi, por la puerta de atrás.

—Se caería, imagino —Falcó bebió otro sorbo de hupahupa—. Me parece que iba un poco metido en alcohol.

—Sí... Eso creo.

Los escuchaba Mel, divertido, dándole vueltas a su vaso en las manos.

—¿Habláis en serio?... Ese tío es un escritor célebre en América.

—Pues le han partido la cara en mi club —suspiró Acajou—. Y eso no es buena publicidad.

Mientras lo decía fue a sentarse junto a Falcó, en el borde de la tarima.

—Todavía no has dicho qué haces en París, monsieur Ortiz.

—Gazán.

—Eso, Gazán... ¿Qué trajinas aquí?

—Lo mismo que en Berlín, ya sabes. Negocios.

—¿Como los que tenías con aquel amigo tuyo de la Gestapo?

—Más o menos.

Torció el bigotillo Acajou en un mohín neutral. Ecuánime. En su mundo, como en el de Falcó, las fronteras siempre resultaban imprecisas. Era más fácil entenderse con hombres así que con moralistas.

—Son tiempos revueltos, ¿no? —lo miraba con interés—. Fáciles para los negocios.

—Por eso los hago.

—Es terrible lo de España. ¿Cómo explicas lo que ocurre?

Falcó miraba su copa.

—No hace falta ser un sabio para explicarlo —respondió—. El comunismo, el anarquismo y el fascismo penetran en un pueblo que lleva siglos queriendo ajustar cuentas consigo mismo... Y que, en su mayor parte, apenas sabe leer.

Un brillo de oro se entrevió en la boca de Acajou.

—Es buena definición. ¿Quién crees que ganará allá abajo?

—No tengo la menor idea.

Lo miraron los otros en silencio.

—¿En qué bando estás, si puede saberse? —preguntó Acajou al fin.

—¿Hay que estar en uno?

—Suele ocurrir.

Dejó Falcó la copa a un lado y cogió de nuevo la trompeta, llevándosela a los labios. Después tocó unas notas lentas y tristes.

—¿Crees que habrá guerra en Europa? —quiso saber Mel.

—Tal vez —se apartó la trompeta de la boca—. Desde luego, ganas no faltan.

—Dicen que la República anda buscando eso. Y que Franco, también.

—Podría ser.

—¿Y qué tal París, en ese caso? —el trompetista parecía preocupado—. ¿Lo ves como un lugar seguro?

Falcó retiró la boquilla, secándola con el pañuelo que aún tenía rastros del *rouge* de Marlene Dietrich. Pensaba en las pensiones y cafés baratos de la ciudad, a los que afluían centenares de exiliados que, huyendo de las cárceles, los campos de concentración y el tiro en la nuca, se encontraban allí con la desconfianza de la policía francesa, amenazados con la expulsión o la deportación. Los infelices restos de todos los naufragios de Europa recalaban en París sin recursos, sin pasaporte y sin futuro.

—No sé qué decirte. Tal como está todo, pronto no habrá lugares realmente seguros.

—No me gustaría volver a Missouri con el rabo entre las piernas —dijo Mel—. Me costó mucho salir de allí... Demasiados años de carreteras polvorientas y autobuses destartalados, tocando por una miseria en garitos de mala muerte. Aquí soy alguien... O me hago la ilusión de que lo soy.

—El ejército francés es poderoso —terció Acajou—. Puedes limpiarte el culo con el *Völkischer Beobachter* y no pasa nada.

El otro parecía dubitativo. Apuró el vaso y se tocó la nariz con desconfianza.

—De momento —dijo.

Encajó Falcó la boquilla en la trompeta, devolviéndosela a su dueño.

—Francia está podrida —opinó—. Que no os despiste que ahora gobierne el Frente Popular. Sus generales son reaccionarios y antisemitas. Si los alemanes atacan, la mitad de los franceses se pasará al enemigo. Y tendréis que largaros de nuevo.

Movía Mel la cabeza, desanimado.

—Hasta los ingleses coquetean con Hitler. Y mis compatriotas de ultramar se lavan las manos.

—Pero el pueblo... —protestó Acajou—. Bueno, ya sabéis. Los obreros y la gente de izquierda...

Falcó sacó la pitillera y la hizo circular. Cada uno tomó un cigarrillo.

—Los obreros y la gente de izquierda son tan sensibles a las ametralladoras y a las palizas como todo el mundo. Acordaos de Alemania.

—Ahí tienes razón —dijo Mel.

Se inclinaron hacia Falcó mientras les daba fuego.

—Eso —dijo éste— cuando no son ellos los que manejan las ametralladoras y dan las palizas.

—Como en Rusia —coincidió Acajou.

—Ajá.

—Entre bolcheviques, nazis y fascistas, el mundo se va a la mierda.

—Nunca salió de ella —dijo Falcó—. Aunque de vez en cuando se nos olvida.

Se quedaron los tres callados un momento, mirándose. Las viejas complicidades incluían esa clase de silencios elocuentes. Con el cigarrillo en los labios, Mel tamborileó con las uñas sobre el metal de la trompeta.

—Nos queda la música, al menos.

—Y el dinero, cuando sobra —suspiró Acajou.

En ese momento apareció María, cruzando la sala hacia ellos. Llevaba un abrigo al brazo y un vestido de seda estampada que resaltaba sus curvas de modo fastuoso. Sonreía al mirar a Falcó, fingiendo sorpresa por encontrarlo allí. Una sonrisa complacida y prometedora.

—Está feliz desde que apareciste —dijo Mel.

Asintió Falcó, viendo acercarse a la mujer.

—Yo también lo estoy.

—Ella tiene un buen momento, ¿sabes?... Tranquila, serena. Guapísima, como ves. Y ya has oído su voz... Sólo abusa un poco del Veronal.

—Pues estos días duerme como una niña.

—Le sientas bien, como en Berlín. Y me alegro.

María había llegado junto a ellos. Se puso Falcó en pie, abotonándose la americana.

—Eres un tipo con suerte —comentó Acajou—. Ya en Berlín lo eras.

—Cada uno es su propia suerte —dijo Mel, filosófico.

13. De profesional a profesional

De nuevo se disponía a matar a un hombre. Por lo menos, a uno.

Sin dramatismos ni trascendencias de por medio, iba a ejecutar otra vez la cadena de actos técnicos que su naturaleza moral, su carácter y su visión del mundo y la vida, le permitían encarar sin escrúpulos ni remordimientos. Sin otras cautelas que las que podían ayudarle a salir indemne e impune del episodio, lo que ya era bastante trabajo.

Durante siglos, pensaba Falcó para entretener la espera, el ser humano había intentado dotarse de reglas que corrigiesen su naturaleza. Él no respetaba esas reglas, que le eran indiferentes por carácter y adiestramiento. Suponían obstáculos a que la naturaleza siguiera su curso. A fin de cuentas, los animales —y eso abarcaba a los seres humanos— llevaban millones de años pereciendo por vejez, enfermedad o violencia. En ese contexto, toda clase de muerte era perfectamente lógica. Incluida la propia, por supuesto, cuando en la ruleta le cantasen el cero y llegara el momento de levantarse de la mesa con una última y tranquila sonrisa. O al menos así esperaba que fuera.

Sentado en el asiento de atrás del automóvil, disimulando entre los faldones de la gabardina —una elegante Burberry que sustituía a la perdida en el Sena—, enroscó el silenciador Heissefeldt en el cañón de la pistola. A su lado, Sánchez observaba la operación.

—Nunca había visto uno de ésos —comentó—. ¿Es de verdad eficaz?

—Razonablemente. Pero reduce mucho el alcance.

—Ah.

En el asiento delantero, al volante, uno de los hombres que les había asignado Verdier, el jefe local de La Cagoule, permanecía inmóvil fumando un cigarrillo. Era el mismo que unos días antes había ido a buscar a Falcó al hotel para conducirlo a Les Halles; el barbudo bajo y fuerte que había exhibido un carnet —seguramente falso— del Deuxième Bureau.

El otro, el más alto, estaba en la calle, el sombrero inclinado sobre los ojos y las manos en los bolsillos del mismo impermeable negro, sentado a una mesa bajo la marquesina de un café, en el cruce de la rue de Vouillé con la de l'Orne. Protegido de la llovizna suave que chispeaba del cielo gris.

—¿Cuántos hay dentro? —le preguntó Sánchez al conductor.

Éste levantó en silencio una mano, alzando tres dedos.

—¿La mujer iba a la misma casa?

Asintió el cagoulard, impasible. Sánchez se removió en el asiento, mirando a Falcó con cierta aprensión.

—No me gusta que haya mujeres en esto —murmuró.

—Nadie la obliga a estar ahí —dijo Falcó.

Lo pensó un poco el agente nacional, pasándose por la cara los dedos amarillentos de nicotina. Mostraba el aire fatigado de siempre.

—Supongo que tiene razón —concluyó.

—Da igual tenerla o no. Es lo que hay.

Le dirigió el otro una furtiva mirada suspicaz, cercada de insomnio.

—Mi trabajo en esta ciudad no suele incluir esta clase de asuntos —dijo tras un momento—. No personalmente, al menos.

—Alguna vez tiene que ocurrir, ¿no?

—Imagino que sí.

Falcó se metió el arma bajo la chaqueta, cubriéndola con la gabardina.

—Todos estamos en esto. Se trata de una guerra civil, no de un certamen de damas y caballeros.

—Qué tontería. Pues claro. Sólo quería decir...

Lo dejó ahí, sin que Falcó mostrase interés por que acabara la frase. Con manos que todavía olían al sexo de María Onitsha —dos horas antes la había dejado dormida y desnuda entre las sábanas, en la habitación del Madison—, estaba comprobando la Browning: seis balas en el cargador y una en la recámara. Se aseguró de que el bloqueo principal estaba puesto, insertada la cuña en la muesca del carro. El otro, el de empuñadura, se anulaba de forma automática al apuntar el arma. La FN 1910, pensó una vez más, satisfecho, aquella vieja y fiable mataduques, era una buena pistola; una herramienta perfecta. El percutor cubierto permitía, incluso, dispararla desde el bolsillo sin temor a que se trabara. Aunque esta vez no sería el caso: con el supresor de sonido, casi alcanzaba los dos palmos de longitud.

Retiró el puño almidonado de la camisa para mirar el reloj: nueve y veinte de la mañana, casi la hora prevista para entrar en acción. Al advertir su gesto, Sánchez hizo lo mismo. Después sacó un revólver Orbea bastante grande y revisó el tambor antes de cerrarlo otra vez con un chasquido.

—Úselo sólo en caso necesario —sugirió Falcó—. El calibre treinta y ocho hace demasiado ruido, incluso dentro de una casa... Mientras sea posible, déjeme actuar a mí.

—De acuerdo.

—Yo entro primero y usted me cubre.

—Bien.

Tras decir eso, Sánchez tosió y se llevó un pañuelo a la boca, ocultando de inmediato lo que pudiera haber escupido en él. Apartó Falcó la vista, por cortesía, mirando la calle. Estaban bajo los gruesos arcos con remaches de hierro del puente ferroviario, y más allá del túnel, entre los árboles alineados en las aceras, relucía el asfalto mojado en la claridad plomiza de la mañana. El cagoulard alto seguía sentado ante el café, vigilando la rue de l'Orne. No se había movido en más de media hora. De pronto se puso en pie y miró hacia ellos.

—Vamos —dijo Falcó, abriendo la puerta del automóvil.

Había diversas formas de matar, unas ruidosas y otras discretas. Las ruidosas eran más cómodas y requerían menos esmero táctico, pero las silenciosas eran más seguras, siempre y cuando uno fuese capaz de aplicarlas. No todos estaban dotados para eso, aunque Falcó sí lo estaba.

Sentía esa gélida certeza mientras la humedad de la llovizna refrescaba sus ojos grises bajo el ala del sombrero; cuando, cerrándose la gabardina, salió del túnel para caminar pegado a un muro de ladrillo antes de torcer a la derecha, internándose en la calle. Oía detrás los pasos de Sánchez y del conductor, y vio que el otro cagoulard abandonaba la esquina para dirigirse hacia el mismo sitio, un edificio de seis plantas cuyo portal estaba cerrado. El número 34.

Se reunieron allí un momento mientras el del impermeable negro sacaba una ganzúa y franqueaba el paso, y avanzaron después por un vestíbulo oscuro que daba a un patio interior. No había portero. La escalera estaba a la izquierda; y cuando subían por ella haciendo el menor ruido posible —el del impermeable se quedó abajo, de centinela—, Falcó se abrió la gabardina y extrajo la pistola de bajo la chaqueta, quitándole el seguro.

En el rellano del tercer piso, Falcó y Sánchez se detuvieron ante la puerta mientras el otro cagoulard seguía escalera arriba, apostándose allí. Por la montera de vidrio que coronaba el hueco bajaba una claridad cenital que hacía más siniestras las sombras en los rostros de los dos hombres cuando se miraron, inmóviles unos segundos, antes de que Falcó se quitara el sombrero dejándolo caer al suelo y, tras desabotonarse la gabardina e inspirar hondo varias veces, aguardase a que su sangre, batiendo por la tensión, dejara de ensordecerle los tímpanos. Al fin hizo un gesto afirmativo. Entonces Sánchez hizo girar la llave del timbre y se echó a un lado.

Sonaron pasos en el corredor, y desde dentro abrieron la rejilla de latón de la puerta.

—*Bonjour* —dijo Falcó en tono oficial, mostrando un documento—. *Inspection des Eaux du Quinzième*.

Sonó el pestillo y se abrió la puerta: un hombre en un vestíbulo pequeño y un pasillo a su espalda. El hombre, de mediana edad, más bien grueso, con pelo escaso y ojos miopes, miró unos segundos a Falcó antes de que la expresión se le trocara en desconcierto y luego en pánico, al bajar la vista hacia la pistola que aquél empuñaba. Entonces emitió un sonido indeterminado, a medias entre gemido de angustia y grito de alarma, dio media vuelta y echó a correr por el pasillo. Falcó alzó el brazo, contuvo dos segundos el aliento y le disparó a la espalda cuando casi había llegado al extremo; la Browning brincó en su mano una sola vez, con el ruido que habría hecho una palmada fuerte, y el hombre se desplomó de bruces, dando un golpe sordo en las baldosas.

Para ese momento Falcó ya avanzaba con rapidez por el pasillo, seguido por Sánchez. Sorteó el cuerpo caído

—por un instante pensó en rematarlo, pero ignoraba cuántas balas iba a necesitar todavía—, torció a la izquierda, pasó ante un cuarto donde una mujer aterrada acababa de ponerse en pie derribando una silla tras un carrito con máquina de escribir, y mientras Sánchez la encañonaba siguió adelante hasta la habitación del fondo, donde se oía la voz de Lucienne Boyer cantando *Parlez-moi d'amour* en Radio-Paris. Irrumpió allí con la pistola en la mano derecha y la izquierda afirmándola por la muñeca, y apuntó al hombre en mangas de camisa y tirantes que se levantaba sorprendido tras una mesa.

—Quieto —dijo— o te mato.

El otro no se quedó quieto. Precipitadamente intentó abrir un cajón, y entonces Falcó apretó de nuevo el gatillo. No tenía, en ese momento, intención de matar o de no hacerlo. Fue un acto reflejo, instantáneo, aunque lo bastante azaroso como para no acertar en el pecho o la cabeza. El balazo pegó delante del hombre en mangas de camisa, sobre la mesa, haciendo volar una nube de astillas; y la bala, o su rebote, y parte de las astillas, lo alcanzaron en el brazo que había metido en el cajón.

Rodeó Falcó la mesa sin dejar de apuntar al otro, que había dado un traspié y retrocedía hasta apoyar la espalda en la pared, apretándose el brazo salpicado de desgarrones y sangre. Crispado el rostro de dolor. Era flaco y moreno, con un fuerte pelo rizado, cejas espesas y las mejillas oscurecidas por una barba reacia a cuchillas de afeitar. Cara de campesino seco y duro, pensó fugazmente Falcó, que exigía más una boina que un sombrero de fieltro. De antiguo minero, recordó de pronto. Emilio Navajas en persona. Comunista y veterano de las checas murcianas. El nuevo jefe de los servicios de información de la República en París.

—Si parpadeas, te disparo en la cabeza.

El otro lo miraba en silencio, muy pálido, sujetándose el brazo herido, que le temblaba con espasmos nerviosos y del que manaba abundante sangre. El dolor debía de ser intenso, pues las rodillas le flaquearon y poco a poco se fue deslizando con la espalda en la pared hasta quedar sentado en el suelo.

Sin dejar de apuntarle, Falcó cogió con la mano izquierda la pistola Tokarev que estaba en el cajón y se la metió en un bolsillo. Después apagó la radio. Su pulso, excitado por la acción, se calmaba poco a poco. Empezaba a dolerle la cabeza.

—¿Todo bien? —preguntó Sánchez a su espalda.

El agente nacional se había asomado, aún con el revólver en la mano, para echar un vistazo. Asintió Falcó.

—¿Qué pasa con la mujer?

—La he atado.

—¿Francesa?

—Española.

—¿Y el otro?

—Tiene mala pinta, pero todavía rebulle un poco.

—Vigile a éste. Ahora vengo.

Salió al pasillo. La mujer estaba en el suelo, al pie del carrito de la máquina de escribir: treinta y tantos años, rubia oxigenada y rostro desencajado por el terror. Sánchez la había amordazado y atado de pies y manos con esparadrapo ancho. A pocos pasos estaba tumbado el hombre grueso de ojos miopes. Se había arrastrado un poco, pues había un reguero rojo a sus pies y ahora estaba sobre un costado, respirando de forma irregular y débil. Con cuidado para no mancharse de sangre, Falcó le abrió la chaqueta y buscó cartera y pasaporte: Julián Pérez Turrillas, cuarenta y cuatro años, natural de Berja, Almería. También había allí, oculto entre otros documentos, un carnet de la DGS con el escudo de la República. Poniéndose en pie, tras guardárselo todo en los bolsillos, acercó la pistola a la cabeza del moribundo y le pegó un tiro.

Al regresar a la habitación principal se puso en cuclillas ante Emilio Navajas, que seguía sentado contra la pared, oprimiéndose el brazo herido. Sus ojos oscuros, turbios de dolor, miraban con odio a Falcó. El agente rojo no era, comprendió éste, ningún cobarde.

—Somos nacionales —dijo, incluyendo con un ademán a Sánchez, que apoyado en la mesa asistía en silencio a la escena.

—Lo que sois —masculló el otro entre dientes— es unos fascistas hijos de puta.

Cambió Falcó una ojeada con Sánchez, y éste miró hacia la nada.

—Tu guerra termina aquí —le dijo Falcó al herido—. A menos que respondas a unas preguntas.

Navajas tuvo arrestos para componer una mueca que se pretendía sonrisa.

—Vete a tomar por culo —dijo.

Asintió despacio Falcó, cual si de veras considerase la posibilidad. Puso la pistola en el suelo y alargó una mano para tocar el brazo del herido, a ver cómo estaba aquello; pero el otro lo retiró con una brusquedad que debió de dolerle, pues apretó los dientes ahogando un quejido.

—Quizá salgas de ésta si...

—He dicho —lo interrumpió el republicano— que te vayas a tomar por culo.

Falcó se lo quedó mirando con atención. De profesional a profesional. A la gente sólo le interesaban los ganadores, pensó. Sólo a cierta clase de ganadores le interesaba el perdedor.

—Conozco tu biografía —dijo, paciente—. Te llamas Emilio Navajas Conesa. El otro día ordenaste matarme, pero a tu gente le salió mal.

—No sé de qué hablas.

—Ya lo imagino. Pero yo sí sé de qué hablo... Antes de venir a París estuviste muy activo en puestos de responsabilidad en zona roja. Has visitado Rusia al menos dos veces, se supone que para adiestrarte, y en España has detenido, torturado y ejecutado lo mismo a gente de derechas que a libertarios y trotskistas... Algunos de los que te cargaste, supongo, merecían su suerte y otros no. Todo es cuestión de puntos de vista, y en cualquier caso no es asunto mío. No soy un justiciero.

—¿Qué coño eres, entonces?

—Alguien con un trabajo por hacer. No hay nada personal en esto, fíjate. Acabo de cargarme a un fulano al que no conocía: tu camarada Julián. Porque supongo que erais camaradas. Y ahora, si no colaboras, te voy a matar a ti.

Torció el otro la boca con desprecio.

—Lo vas a hacer de todas formas.

—Puede que sí y puede que no. De cualquier modo, mientras tengamos cosas de que hablar podrás seguir vivo... Mejor eso que nada, ¿no?

—¿Y qué quieres saber?

—Detalles. Cómo queda la embajada con el nuevo gobierno de Valencia, qué gente tenéis aquí, cuáles son los planes y operaciones en marcha... Ya sabes. Cualquier cosa que sea útil a la cruzada de liberación nacional.

—Estás de broma.

—Sí, lo confieso... Con lo de la cruzada, sí. Pero lo otro lo digo en serio.

El herido miró a Sánchez con desconfianza.

—¿Y ése?

—Él se toma la cruzada más en serio que yo... Por cierto, ¿quién es la mujer?

Un brillo de esperanza animó los ojos del otro.

—¿Sigue viva?

—Claro. Los buenos no matamos a mujeres.

—¿No?... Pues será ahora. Pregúntales a vuestros criminales moros y a los canallas del Tercio. ¿Te suena Badajoz?... ¿Y Málaga?

—Me suenan.

—Pues vete a la mierda.

Siguió un silencio. Falcó y Sánchez cambiaron una mirada significativa mientras el herido se observaba el brazo, crispadas las mandíbulas de dolor. La sangre seguía fluyendo; teñía de rojo la manga desgarrada de la camisa y goteaba en el suelo.

—No voy a contaros nada.

—Bien —asintió Falcó, comprensivo—. Entonces echaremos un vistazo a lo que tienes por aquí. Algo en limpio sacaremos, ¿verdad?... Y también le vamos a preguntar a ella: a tu secretaria, asistente o lo que sea. No hay prisa.

Inclinó el herido la cabeza, como si reflexionase, y permaneció así un momento. El rostro moreno y obstinado mostraba una expresión de desafío cuando lo alzó de nuevo.

—Viva la República —masculló entre dientes.

Falcó se inclinó un poco más hacia él.

—Disculpa, no te he oído bien... ¿Qué has dicho?

—He dicho que viva la República, cabrón.

—De acuerdo, camarada. Te vas como un tío. Eres un rojo hijo de puta, pero tienes cojones. A cada cual lo suyo —cogió la pistola y se puso en pie—. ¿Algún encargo de última hora?

—Que te den.

Asintió Falcó, casi melancólico.

—Me darán —sus pupilas se contrajeron, carentes de humor—. A todos nos acaban dando.

Después le apoyó el supresor de sonido en la frente y apretó el gatillo.

La mujer estaba en el suelo del otro cuarto, todavía junto al carrito de la máquina de escribir y la silla caída, maniatada y amordazada. Mirándolos con ojos desorbitados, inmóvil y encogida como un animal presa del terror.

—¿Qué hacemos con ella? —preguntó Sánchez en voz baja.

El agente nacional tenía a los pies una bolsa de lona llena de documentos. Lo habían registrado todo, apoderándose de cuanto consideraron útil. El resto de papeles y carpetas lo dejaron revuelto, tirado por todas partes. Y entre esos documentos dejados atrás, Falcó había introducido un falso informe del SIM republicano, minuciosamente redactado, sobre presuntos vínculos secretos de Leo Bayard con organizaciones fascistas. Esperaba que, durante la investigación policial sobre lo ocurrido en el 34 de la rue de l'Orne, el informe acabase en las manos adecuadas.

—¿Qué hacemos? —insistió Sánchez.

Falcó había sacado de un bolsillo el tubo de cafiaspirinas. Sin responder, se metió una en la boca, masticando el sabor amargo, fue a la cocina y acabó de ingerirla con un vaso de agua. Después, al regreso, miró pensativo a la mujer. Ambos la contemplaban desde el pasillo.

—Nos ha visto la cara —dijo al fin, seco—. Y podría identificarnos.

Sánchez palideció. Se pasó una mano por la boca y miró incómodo hacia la habitación.

—Es una mujer —susurró.

—Ellas matan igual que los hombres.

—Ésta no ha matado a nadie.

—¿Cómo lo sabe?

—La tenemos investigada desde que llegó en diciembre. Se llama Nuria Gisbert Portau, según acabo de confirmar con su pasaporte... Buena familia de Barcelona, miembro del Partido Comunista, hija de un ministro de la Generalidad catalana y casada con un sobrino de Negrín.

—Vaya... Una dama de cierto nivel.

—Eso parece.

—¿Y dónde está el marido?

—En Madrid. Por lo visto, dirige la segunda sección de estado mayor del Ejército del Centro.

—Un pez gordo, entonces.

—Sí. Seguramente la mandó a Francia para tenerla a salvo.

—Pues tuvo buen ojo, el tío... ¿Qué hace ella aquí?

—Lleva los archivos —señaló Sánchez la bolsa que estaba en el suelo, llena de cartulinas escritas a máquina, algunas con fotos—. Entre ellos, el fichero de nuestra gente en Francia... También se ocupaba del gabinete de cifra de Navajas. He encontrado en su cajón un libro de códigos. Parece la nueva clave rusa Monomio-Binomio, pero habrá que estudiarla a fondo.

Reflexionó minucioso Falcó. Los pros y los contras.

—En España podríamos canjearla por alguien —apuntó Sánchez.

—Tal vez. Pero estamos en Francia.

Miró el reloj, preocupado: media hora desde que habían entrado allí. Llevaban demasiado tiempo en aquella casa.

—No podemos interrogarla —concluyó—. Ni llevárnosla.

El otro se agitó, dubitativo. Sombrío.

—Tiene que haber alguna forma... Esos de La Cagoule podrían hacerse cargo, ¿no cree?

Lo miraba Falcó con sincero asombro.

—¿Hacerse cargo?

—Mantenerla retenida, quiero decir.

—¿Algo así como ponerle un piso?... No me fastidie, hombre.

Sánchez señaló el muerto del pasillo y la habitación donde yacía el otro.

—¿No cree que ya está bien? —preguntó, bajando aún más la voz.

—Ya está bien ¿de qué?

—Dos muertos es suficiente.

De pronto, los ojos de Falcó parecieron cuajarse en metal. Hechos de acero gris.

—En España mueren por docenas o centenares todos los días —dijo despacio, casi con suavidad.

—Esto es diferente.

—Oiga... Cuando usted y sus amigos militares se sublevaron contra la República, yo estaba dedicado a otros asuntos. No empecé esto. Por razones diversas me encuentro de su lado, y no protesto. Hago mi trabajo con lealtad y eficacia. Pero no venga a tocarme las narices con escrúpulos de conciencia... Si los suyos pagaron la orquesta, ahora disfruten la música.

—También usted es de los míos —objetó Sánchez, molesto.

—Ahí se equivoca. Yo bailo solo.

Iba el otro a responder cuando le sobrevino un ataque de tos. Sacó el pañuelo para escupir en él. Las sombras de su rostro eran ahora más profundas y los párpados más enrojecidos y febriles.

—Es una mujer, coño —se guardó el pañuelo con salivaduras rosadas—. Mírela.

Contempló Falcó a la mujer tendida en el suelo y movió la cabeza.

—Lo que veo es a una agente comunista a la que le hemos matado a dos compañeros. Y en cuanto salga de aquí contará quién lo hizo, con pelos y señales... A mí me quedan pocos días en París; pero, ¿usted puede permitirse eso?

Inclinó Sánchez la cabeza, sin responder. Parecía mirarse las puntas gastadas de los zapatos.

—No me importa hacerlo yo —dijo Falcó—. A estas alturas, igual me dan dos que tres.

El otro seguía con la cabeza inclinada, indeciso, debatiéndose en confusos tormentos interiores. Tras una larga indecisión, metió al fin una mano en el bolsillo derecho de la chaqueta, donde llevaba el revólver. Pero pareció pensarlo mejor. Sacó la mano vacía, alzando la vista hacia Falcó. Le temblaba ligeramente la barbilla.

—Déjeme su pistola.

Se miraron con fijeza. Entonces Falcó extrajo del cinturón la Browning, que aún tenía enroscado el silenciador. Con el dedo pulgar le quitó el seguro antes de ponerla en las manos de Sánchez. Después, desentendiéndose del asunto, apoyó la espalda en la pared del pasillo mientras sacaba la pitillera y el encendedor.

En el momento de acercar la llama al cigarrillo, escuchó el sonido amortiguado del disparo.

14. Los tejados de París

Estaba en mangas de camisa, el chaleco desabrochado, con los sentidos puestos en la tarea que tenía entre manos. Trabajaba desde hacía rato con elementos que él mismo se había ido procurando y que ahora tenía en buen orden, desplegados sobre la mesa de su habitación del hotel Madison. Preparaba un artefacto rudimentario, eficaz, de potencia moderada y efectos razonables. Una bomba casera. Sabía cómo hacerla, naturalmente. Y no era la primera vez.

Paciente, sin prisa, con una lima de uñas acabó de desgastar la burbuja de cristal de una bombilla de linterna hasta practicar un orificio por el que introdujo fósforo molido. Metió después la bombilla en una caja metálica de galletas con medio kilo de pólvora —también la había fabricado y mezclado él— y la cerró dejando los dos cables fuera. Conectó los extremos de los cables a cada una de las chinchetas fijadas en una pinza de tender la ropa, e interpuso entre ambas una lengüeta de caucho. Al fin, para cerrar el circuito, conectó uno de los cables a una pila de 2,5 voltios.

Tras asegurarse de que no quedaban sobre la mesa residuos de fósforo ni de pólvora, se puso en pie y encendió un Players. La bomba estaba dispuesta, y ahora sólo faltaba el mecanismo de relojería. Fumó asomado a la ventana, contemplando el tráfico de automóviles en la mañana gris, la estatua del filósofo y la iglesia de Saint-Germain tras la enramada de los árboles del bulevar. Después miró el reloj, apagó cuidadosamente el cigarrillo en un cenicero y volvió a la mesa.

El mecanismo de relojería era simple: un reloj despertador de mediano tamaño a cuya llave posterior, la que giraba al llegar la hora fijada —había desatornillado la campana para que todo ocurriese en silencio—, sujetó un hilo bramante que, en su momento, conectaría a la lengüeta de caucho a fin de que, al girar la llave y enrollar el cordel, la retirase, cerrando así el circuito eléctrico. Terminó de fijarlo a la bomba con un alambre y después lo metió todo en una mochila, y ésta en una maleta donde introdujo también varias herramientas y un rollo de esparadrapo. Añadió treinta metros de cuerda de montañero que había comprado el día anterior en Le Club Alpin. Después fue al cuarto de baño para asearse un poco, comprobó que la pistola y el libro de claves estaban escondidos tras el armario, acabó de vestirse, cogió maleta, gabardina y sombrero, y salió de la habitación.

Lloviznaba con suavidad sobre el asfalto reluciente. En la esquina de la rue de Rennes, tras un par de idas y venidas para asegurarse de que nadie lo seguía, tomó un taxi hacia la gare Montparnasse. El trayecto era corto y oyó gruñir al taxista, pero le cerró la boca con una buena propina. Bajó del automóvil y anduvo entre la gente hasta llegar a la consigna, donde dejó la maleta. Salió con el resguardo en el bolsillo, recorrió parte del bulevar hasta más allá de La Rotonde y volvió después sobre sus pasos, atento a los rostros que encontraba. Entró en el café sacudiéndose el agua de gabardina y sombrero, pidió un vermut con ginebra y estuvo un rato vigilando la puerta y la calle. Cuando estuvo satisfecho, salió y tomó otro taxi.

El trayecto lo tuvo ocupado en pensamientos técnicos: horarios, movimientos, oportunidades, cautelas, riesgos asumibles. Lo repasaba todo una y otra vez, intentando detectar algo pasado por alto. Algún error en los planes previstos. Pero todo parecía en orden. Se había quitado el sombrero y apoyaba la sien derecha en el cristal de la ventanilla, salpicado de gotitas en el exterior y empañado por su aliento. El frescor le hacía bien, o tal vez el alivio provenía de la acción en la que ya estaba sumergido. Desde el día anterior y lo ocurrido en el 34 de la rue de l'Orne, el tiempo de espera había quedado atrás: Lorenzo Falcó había pasado de ser blanco fijo a amenaza móvil, y eso cambiaba mucho las cosas. Pensó en la maleta que esperaba en la consigna de la estación, y una mueca de cazador sin escrúpulos le enflaqueció el rostro.

Ahora —y ya sería así hasta el final— el peligro era él.

Se apeó junto la columna patinada de verdín de la place Vendôme y anduvo hacia el Ritz mientras echaba otra discreta ojeada en torno. Pasó bajo uno de los cuatro arcos de la entrada, saludado por un portero de gorra y casaca galoneada, y se encaminó al bar pisando alfombras. El Ritz siempre le parecía un oasis de calma en el corazón del ruidoso París. Botones y camareras se deslizaban callados como fantasmas, y el silencio sólo se alteraba por la caída accidental de alguna cucharilla de café.

Hupsi Küssen aguardaba sentado en una de las mesas del fondo, la más alejada de la barra. Al ver entrar a Falcó agitó una mano para señalar su presencia. Tenía una botella de agua mineral sobre la mesa y su expresión era inquisitiva.

—¿Todo bien?

Falcó, que no se había sentado, indicó otra mesa cerca de la puerta.

—¿No le importa que vayamos allí?

Lo miró el austríaco con curiosidad.

—Como quiera.

Fueron a sentarse a la otra mesa, y Falcó se acomodó en una de las sillas tapizadas en cuero, de modo que podía vigilar el pasillo del vestíbulo. El camarero trajo el agua mineral de Küssen y él pidió un vermut.

—¿Cómo va lo suyo con Picasso? —quiso saber el austríaco.

La luz de un aplique de la pared le iluminaba el lado quemado de la mandíbula y dejaba el otro en sombra, de forma que la parte inferior de su rostro parecía una máscara de piel muerta.

—Todo listo, o casi.

—Creo que llevan el cuadro a la Exposición dentro de un par de días.

—Lo dudo.

Küssen se quedó observando a Falcó sin despegar los labios. Al fin, la máscara quemada se distendió en una sonrisa, o una mueca. Bajó la voz.

—¿Lo hará usted solo?

Falcó no respondió. Se acercaba el camarero con su bebida. Mojó los labios en ella, miró hacia el vestíbulo. Seguía sin decir nada.

—¿Me permite una pregunta? —aventuró Küssen.

—Hágala y lo sabremos.

—Tengo entendido que Picasso ha sido amable con usted.

—Mucho. Incluso me hizo un retrato.

—¿Y no le causa ninguna clase de...?

Se había detenido buscando la palabra.

—¿Remordimientos? —sugirió Falcó.

—O de reparos. Algo así.

—¿Y por qué había de causármelos?

—Pues no sé. Usted me lo preguntó a mí hace un par de días hablando de Bayard, ¿lo recuerda?... La traición siempre deja pelos en la gatera.

Falcó lo miró con sorna.

—Es extraño que usted diga eso, Hupsi. Su vida, por lo que sé, es una traición continua a todos con cuantos se relaciona.

—Oh, desde luego —sonrió con astucia el otro—. Soy, por decirlo de algún modo, un traidor sin complejos. No pretendo ocultárselo a usted. Pero hay una diferencia.

—¿Que usted se enriquece con ello?

—No me refería a eso, hombre... En mi caso, la traición no lo es en realidad. Como también le dije el otro día, yo soy nacionalsocialista, ¿comprende?

—Comprendo.

—Aquí donde me ve, sirvo al Reich como un soldado fiel —se tocó maquinalmente la cara—. Lo que fui en la Gran Guerra. A diferencia de usted, tengo ideología, ¿sabe?... Tengo afectos.

—¿Afectos patrióticos?

—Naturalmente. No va a creerlo, pero soy de los que lloraron en el cinematógrafo viendo arder el *Hindenburg*. Y le aseguro... —se detuvo en ese punto—. ¿Por qué sonríe?

—No importa.

—Por favor, dígalo.

—Yo también lloré cuando la boda del duque de Windsor.

—No se burle —molesto en apariencia, Küssen se había echado atrás en el asiento—. Le estoy hablando en serio... Y ahora, ¿por qué me mira así?

—Por nada en especial. Pensaba que una de las características de ustedes, los nacionalsocialistas, es su indiscutible talento para el cinismo.

Hizo el otro un ademán de dignidad ofendida.

—A ese talento lo respaldaron casi doce millones de votos alemanes. Sin contar a los que viven fuera de las fronteras, en los Sudetes, en Austria...

—Sí. Comprendo que eso haga cínico a cualquiera.

Se quedaron callados un momento, mirándose a los ojos. De gitano a gitano, pensó Falcó, divertido. Küssen cogió la rodaja de limón de su agua mineral y la chupó, pensativo.

—¿Sabe lo que nos dijo su jefe al almirante Canaris y a mí en San Sebastián?

—No.

—Dijo, como si fuese una virtud, que usted era un hombre sin afectos. Y que eso garantizaba su eficacia.

Falcó no dijo nada. Küssen seguía chupando la rodaja de limón.

—Supongo que su jefe tenía razón —añadió el austríaco tras un momento—. Los afectos acaban causando sufrimiento, y eso hace vulnerable, comentó... Por eso, en su opinión, usted se aparta de los afectos como de una enfermedad, sustituyéndolos por la lealtad, que es fría y más fácil de gestionar.

—Vaya... ¿Todo eso les contó el Almirante?

—Más o menos. Y también dijo: «Hay hombres nacidos para mandar y hombres nacidos para obedecer, pero él no es lo uno ni lo otro».

Cogió Falcó su vaso y se recostó en el asiento, sarcásticamente interesado.

—¿Hasta ese punto les abrió su corazón?

—Eso parece.

—Pues estaba locuaz esa noche. No suele.

Tras decir eso, bebió un sorbo que le borró la sonrisa de lobo escéptico. Nadie sabía ganarse a la gente como el Almirante, pensaba. El viejo y frío pirata. Con aquellos arrebatos de confidencia más falsos que un duro de plomo.

En comparación, el propio Falcó era sólo un actor aficionado.

En ese momento vio a Nelly Mindelheim dirigirse al vestíbulo.

—Disculpe —le dijo a Küssen, poniéndose en pie.

—Qué sorpresa —dijo la norteamericana.

Seguía oliendo a polvos de tocador, perfume caro y dinero. El elegante conjunto que vestía bajo el impermeable puesto sobre los hombros como una capa —chaqueta, falda plisada, guantes de ante— favorecía su silueta vagamente redondeada y estilizaba su rostro bajo el cabello trigueño y el ala del sombrero. Los ojos azulados, espesos de rimmel violeta, miraban complacidos a Falcó.

—Sí que lo es —dijo éste—. ¿Cómo la trata París?

—De un modo maravilloso. ¿Qué otra cosa puedo decir?... Es una ciudad fascinante.

—¿Dónde está su amiga Maggie?

—Ahora baja. Nos vamos de compras a la rue Saint-Honoré —se le iluminaron los ojos con una idea repentina—. ¿Quiere acompañarnos?

—Es tentador —hizo Falcó un ademán desolado hacia el bar—. Me gustaría mucho, pero estoy con alguien, y tengo para un buen rato.

La mujer parecía decepcionada.

—Qué lástima. Sería divertido consultar su opinión cuando se nos exhiban esas maniquís tan escasas de curvas. Tiene buen criterio para la moda femenina, por lo que recuerdo —hizo un mohín desenfadado—. Aunque más para desvestirla a una que para vestirla.

Aguardaba, risueña, algo ingenioso a cambio de su osadía. La miró Falcó a los ojos, muy sereno, esbozando una sonrisa dulce. Dispuesto a no decepcionarla.

—¿Qué otro objeto tiene un vestido de mujer sino incitar a quitárselo?

Lo dijo con naturalidad, limitándose a consignar un hecho objetivo. Ella parpadeó, halagada.

—Tiene toda la razón.

Se quedaron indecisos, renuentes a dejar las cosas así. Arrugaba la frente Falcó, simulando pensar a toda prisa lo que tenía perfectamente meditado.

—Podríamos tomar algo más tarde —sugirió con aparente improvisación—. Tengo un compromiso para cenar, pero después estaré libre.

Era obvio que a Nelly Mindelheim le complacía esa idea.

—La vida en París empieza después de medianoche —dijo.

—Exacto.

Asintió despacio la norteamericana, deliberada y cómplice. Batía de nuevo sus pestañas violetas, anticipando el placer.

—Es una idea estupenda —concluyó—. Con Maggie, claro.

Lo dijo como si acabara de recordar a su amiga. Se le había enronquecido la voz, y eso no pasaba inadvertido a Falcó. De pronto, lo que iba a ser simple coartada táctica se tornó perspectiva interesante. Nelly y Maggie. Recordó el episodio del expreso Hendaya-París, la estrechez de la litera inferior, sus tres cuerpos enlazados desnudos, y eso le hizo sentir un inmediato estímulo físico.

—Con Maggie, naturalmente —dijo.

Sonreía igual que un tiburón simpático y tranquilo.

—¿De eso se trataba? —inquirió Küssen—. ¿Es la razón de que me citara aquí?

Falcó había regresado a su asiento. Sin responder, apuró su bebida y encendió un cigarrillo.

—Cuando sea joven y guapo quiero ser como usted —dijo el austríaco.

Guardaba Falcó pitillera y encendedor, expulsando el humo.

—¿Qué hay de Bayard?... Por mi parte, todo está dispuesto.

La expresión de Küssen se volvió taimada. Torcía el bigotito en una mueca perversa. Miró de reojo al barman, ocupado tras la barra, y bajó la voz.

—¿Todas las transferencias están hechas a la cuenta en Suiza?

—Todas —le pasó Falcó un sobre, tras sacarlo de un bolsillo de la gabardina—. Ahí está el resguardo de la última, hecha por Ignacio Gazán.

—Individuo que va a desvanecerse en la nada, imagino, de un momento a otro.

—Exacto. En cuanto resuelva un par de asuntos más.

Küssen se guardó el sobre.

—Yo también voy a desvanecerme, como le dije.

—Prudente precaución.

Complacido, el austríaco se palpó la chaqueta a la altura del bolsillo donde había metido el sobre.

—Un bonito capital, el que nuestro amigo Bayard tiene en Suiza sin saberlo.

—¿Cuándo estarán los rusos al corriente?

Küssen encogió los hombros. Ya debían de estarlo, dijo. Según sus noticias, Ámbar —el topo soviético en la Tirpitzufer que actuaba como doble agente— había transmitido a Moscú un informe completo sobre Leo Bayard. Incluía éste una docena de cartas impecablemente falsas, transcripciones de supuestas conversaciones telefónicas, copias de mensajes interceptados, fotos y papeles cifrados.

—También mi identidad, supongo —suspiró Falcó.

—Es posible.

—De ahí el remojón del puente... Decidieron empezar por mí. Un pichón en el tiro de pichón.

—No lo descarto.

Todo estaba muy bien elaborado en el dosier Bayard, prosiguió Küssen, e incluía dos joyas: una comunicación secreta del Abwehr al SD de Heydrich donde se mencionaba a Bayard en contacto con el MI6 británico, y un informe de los ingleses que lo confirmaba. Ambos auténticos.

—¿Auténticos, dice? —se sorprendió Falcó—. ¿También el inglés?

—Absolutamente —Küssen no pudo evitar pavonearse un poco—. Hemos conseguido que esos decadentes caballeros entren en el asunto... Lo que, por supuesto, respalda la autenticidad de los documentos alemanes.

Seguía Falcó dándole vueltas.

—¿Creen de verdad en Londres que Leo Bayard, con su biografía, es un fascista encubierto?

El austríaco miró a un lado y a otro antes de inclinarse un poco más hacia Falcó.

—Que lo crean o no es lo de menos —dijo en un susurro—. Lo que cuenta es que sus servicios han elaborado un documento donde afirman eso. Cruzándolo con el nuestro, y puesto todo en manos del NKVD con el complemento de la cuenta suiza, Bayard está acabado —se echó hacia atrás en la silla—. ¿Comprende?... Lo que hagan con él ya será cosa de los rusos.

Falcó estaba inmóvil. Pensando, aunque sin resultado satisfactorio. El humo del cigarrillo que tenía en la boca le entornaba los ojos metálicos y fríos. Lo retiró lentamente.

—Sigo sin comprender cómo los ingleses, siempre tan pacifistas y mesurados, se prestan al juego.

—Los pacifistas nunca son buenos psicólogos. El grupo de presión conservador es muy fuerte allí. Mire cómo bajo cuerda respaldan a Franco. Y lo mismo que en Francia, les preocupan más los comunistas que los nazis... ¿Cómo es esa frase de ustedes, los españoles, sobre los bollos del horno?

—No está el horno para bollos.

—Pues eso. La gente del MI6, y quien está por encima de ella, cree que Alemania puede ser apaciguada con negociación y colaboración; pero que el comunismo sólo puede combatirse con mano dura. Pretenden utilizar a Hitler contra Stalin. Así que en la operación Bayard cooperan de mil amores. Todo sea por la paz, el orden y la ley en Europa

Aquello era razonable, se dijo Falcó. La clase dirigente británica no ocultaba su simpatía por el bando nacional en la guerra de España. Sabía lo que estaba en juego, y eso la incluía a ella. Su hegemonía y su futuro.

—Me pregunto qué va a pasarle a Bayard —suspiró Küssen.

Hizo Falcó un ademán indiferente.

—A partir de ahora ya no es asunto nuestro.

El austríaco lo observaba con un interés casi maligno.

—¿Va usted a verlo?

—Puede ser.

El otro se pasó la lengua por los labios, expectante.

—¿Y cree que lo matarán, o se limitarán a desacreditarlo?

—Ha ido demasiado lejos en muchas cosas. Lo previsible es que se lo hagan pagar... El Komintern exigirá un escarmiento.

Se mostró de acuerdo Küssen.

—Sobre todo ahora, con el caso Tujachevsky.

Falcó lo miró de repente, sorprendido.

—¿El general ruso?

—Ése. ¿No ha oído la radio esta mañana?... ¿Las noticias sobre la última purga de Stalin?

—Tenía otras cosas que hacer.

—Bueno, supongo que saldrá en los diarios de la tarde.

Y Küssen hizo un rápido informe: los rusos acababan de anunciar la detención de siete generales del Ejército Rojo por traición a la patria, Tujachevsky entre ellos. Los acusaban, como ya era costumbre en las purgas soviéticas, de agentes a sueldo de potencias occidentales.

—Y se da la feliz casualidad —añadió— de que el general Tujachevsky, hasta ayer héroe del pueblo, es muy amigo de Leo Bayard... Éste pasó unos días invitado a su dacha del Mar Negro, durante la última visita a Rusia.

—Vaya. Carambola perfecta.

—Sí. Todo encaja. Lo del general ruso no podía ser más oportuno. Dios los cría, ¿verdad?... Es un toque de azar maestro.

Consideraba Falcó las cosas a partir de esa nueva información.

—¿Ha pensado en Eddie? —quiso saber Küssen.

Falcó lo miró con extrañeza.

—¿Por qué?

—Es obvio que esto también la va a perjudicar. Hasta puede convertirla en víctima. La del NKVD no suele ser cirugía fina.

—Es posible —admitió Falcó.

—¿Y no le importa?

—Antes habló usted de afectos. O lo hizo citando palabras del Almirante... ¿Una enfermedad, fue lo que dijo?

—Sí.

—Pues ahí estoy de acuerdo. En este oficio, los afectos son una enfermedad que a menudo mata.

—Tampoco ella es agradable —dijo Küssen tras pensarlo un momento.

—No. Tampoco lo es.

—Bella, pero áspera.

—Sí.

—Que se vaya al diablo.

—Supongo que sí.

Miró Falcó el reloj. Aún tenía varias horas por delante, Küssen creyó interpretar su gesto.

—Véngase a cenar a Prunier. Le prometo que no hablaremos de Bayard, ni de Eddie —bajó un poco más la voz—. Ni siquiera de Picasso... Sólo de trufas a la ceniza, langosta y vino muy frío. Los dos nos merecemos una despedida a lo grande.

—Se lo agradezco, pero no puedo. Tal vez otro día.

—¿Qué otro día?... Le he dicho que dejo París.

—Bueno, siempre nos quedará aquella apuesta que hicimos en San Sebastián, ¿recuerda?... Lo de Berlín —su sonrisa era afilada como un cuchillo—. Cuando bombardeen el restaurante Horcher.

Movió Küssen la cabeza, escandalizado, tocándose la piel quemada de la cara.

—Por favor. Qué cosas tiene.

—Sí, desde luego... Qué cosas tengo.

No llovía, pero el suelo estaba húmedo, reluciente de algunos vagos reflejos lejanos. En la muñeca izquierda de Falcó, el nuevo reloj de pulsera marcaba las doce menos cuarto de la noche. Miró la hora a la luz del encendedor y volvió a guardarse éste en el bolsillo.

Hora de empezar, pensó.

Se encontraba inmóvil en un ángulo en sombra de la rue du Pont de Lodi, que desembocaba perpendicularmente en la de los Grands-Augustins, frente al estudio de Picasso. Vestía una canadiense de piel negra, y la visera de una gorra de lana se le inclinaba sobre los ojos. A unos treinta pasos de distancia, el portal enrejado del número 7 estaba a oscuras, como el patio posterior y el edificio que había detrás. Sólo vio una luz entre las cortinas de una ventana del segundo piso.

Era buena noche para actuar, pensó de nuevo. Una noche perfecta en una calle vacía, negra y silenciosa. Había una comisaría de policía en el número 19, pero excepto un farol encendido en la puerta no se veían otras señales de vida. Tras asegurarse de eso, caminó hacia el portal.

La doble cancela se encontraba cerrada, mas todo estaba estudiado y previsto de antemano; así que le llevó menos de un minuto abrir la cerradura con el juego de ganzúas que sacó del bolsillo. Cruzó luego el patio, maleta en mano, hasta detenerse en uno de los portales: no el de la casa donde estaba el estudio de Picasso, sino el contiguo. Volvió a usar las ganzúas para abrir el portón, pasó junto a la garita vacía del portero y ascendió por la escalera estrecha y oscura, guiándose por el pasamanos aunque llevaba una linterna eléctrica en un bolsillo. Las suelas de caucho Dunlop que calzaba le permitían moverse en silencio. El único sonido eran los leves crujidos de los peldaños de madera al pisarlos.

Llegado al último piso, Falcó se detuvo junto a una trampilla que daba al tejado, abrió a tientas la maleta y se colgó la mochila a la espalda y el rollo de cuerda en bandolera, de un hombro a la cadera opuesta. Después corrió el pestillo de la trampilla y se encontró bajo el cielo negro y sin estrellas que destilaba humedad. Eso volvía las tejas resbaladizas, y la inclinación las hacía aún más peligrosas; así que avanzó con precaución, agarrándose al cable del pararrayos, hacia el tejado de la casa contigua.

Por lo menos, se consoló, en ese momento no llovía. Era la primera vez que estaba allí arriba; pero en la cabeza traía, bien estudiado, el croquis que un deshollinador pagado por la gente del hotel Meurice había trazado para él dos días atrás mientras trabajaba, o fingía hacerlo, en aquellos tejados. No había nada como tener buenos contactos, pensó Falcó. Y, sobre todo, dinero para pagarlos.

Cuando se detuvo, apoyado en una chimenea, tenía los pantalones mojados y las manos heladas y doloridas. Se las calentó un poco en las axilas y miró alrededor. El paisaje desde allí era una siniestra sucesión de sombras geométricas, ángulos de tejados y un bosque de chimeneas negras, y entre todo eso emergía a veces el resplandor de alguna luz inferior. Se habría quedado a fumar un cigarrillo, sentado plácidamente con la espalda contra la chimenea, pero no era momento. También se habría tomado con gusto una cafiaspirina, pues la situación le hacía batir con fuerza el pulso en las sienes. Por lo demás, estaba sereno y alerta.

A diferencia de otros hombres y mujeres, a Lorenzo Falcó el peligro le inyectaba una fría lucidez. Casi disfrutaba de la sensación de soledad y riesgo allá arriba, en un tejado de París y con un artefacto explosivo a la espalda. En realidad, sin casi. En cierto modo, aquello se parecía a cuando jugaba de niño en la casa familiar con su hermano y sus primos. En Jerez, a los siete u ocho años, había pasado una tarde escondido en una tinaja de la cocina mientras todos lo buscaban, alarmados. Y la sensación era muy parecida: la tensión de lo clandestino, la certeza de saberse en un territorio inusual, al que no muchos querían o podían acceder, o donde pocos osaban aventurarse.

Los hombres, pensó una vez más, nacen, caminan, pelean y se apagan. Mientras tanto, era formidable seguir jugando a juegos nunca olvidados, vivir en márgenes que uno mismo fabricaba; siempre, naturalmente, que se estuviera dispuesto a pagar cuando llegasen las facturas. Que al final llegaban, o llegarían. Pero mientras tanto la sangre corría por las venas de otra manera, y sentirlo así era un privilegio próximo a la felicidad: acción, mujeres, un cigarrillo, una aspirina, hoteles de lujo, pensiones sórdidas, falsos pasaportes, fronteras inciertas cruzadas al amanecer, un traje de Savile Row, una gorra proletaria, unos zapatos a medida de Scheer & Söhne, un chato de vino en un burdel barato, una cuchilla de afeitar en la badana de un sombrero de ochenta francos, una pistola idéntica a la que había desencadenado la Gran Guerra, una sonrisa irónica y divertida ante el espectáculo de un mundo que Falcó apuraba hasta la última gota de la botella. Un desafío, en fin, a la vida y también a la muerte, en espera de la carcajada final.

Alcanzó sin demasiada dificultad, aunque moviéndose con mucho cuidado para no resbalar, el tejado de la casa contigua. Allí pasó la cuerda de alpinista en torno a una chimenea, y asegurado con ella anduvo hasta el borde de un patio pequeño y estrecho. Fue cediendo cuerda a medida que bajaba hasta él, y se encontró entre macetas y cachivaches viejos, ante una puerta vidriera que no opuso resistencia al destornillador con el que forzó el pestillo interior. Tras abrir la puerta entró en una cocina con algunos muebles, un fregadero y un viejo fogón de gas. Al encender la linterna, vio correr una cucaracha por el suelo.

Lo había memorizado muy bien durante sus dos visitas anteriores. Sabía que la cocina estaba cerca del vestíbulo, y que después había un pasillo. Avanzó por éste mochila a la espalda, con cuidado para no tropezar con nada, hasta que el haz de la linterna iluminó la habitación que recordaba llena de trastos, cuadros cubiertos por telas, libros, pilas de periódicos y paquetes sin abrir. Como allí había ventanas, procuró usar la linterna lo imprescindible, ocultando con la mano la mayor parte de la luz.

Llegó a la escalera de caracol y se detuvo al pie, escuchando. Ningún ruido en el piso superior ni en el resto de la casa. Subió con suma precaución, llegando así al estudio de baldosas desnudas, vigas de madera y grandes ventanales al otro lado de los cuales sólo estaba la noche. Y al mover con cuidado el haz de la linterna hacia la izquierda, ocupando toda la pared más allá de una gran escalera apoyada en un soporte, vio el *Guernica*.

Encendió un cigarrillo y fumó sin prisa, ante el enorme cuadro cuya superficie iba recorriendo con la luz amortiguada de la linterna. Estaba casi terminado, o esa impresión daba. Con la clase de pintura que Picasso hacía, era imposible saberlo. Lo cierto era que todo el lienzo seguía pintado sin color, sólo con tonos del negro al gris. Visto con tan poca luz, entre tinieblas, el conjunto era una especie de pesadilla sombría, abigarrada y geométrica: el toro, el caballo, la mujer aullante con el niño muerto en brazos, la mano que sostenía el quinqué, los brazos alzados al cielo.

Aparte el tamaño, Falcó no estaba impresionado en exceso. Como las dos veces que lo había visto antes, ignoraba si desde un punto de vista artístico el cuadro era bueno o malo; de eso no tenía la menor idea, ni la tendría jamás. Lo que sí sabía con certeza era que el horror de la guerra y la muerte, el sucio lado oscuro de la condición humana y sus consecuencias, que él mismo conocía bien, era algo demasiado complejo, demasiado intenso para que alguien fuese capaz de plasmarlo en un lienzo. Ni siquiera Picasso.

De cualquier modo, concluyó, establecer todo eso no era asunto suyo. No estaba allí para juzgar. No era crítico ni galerista, sino agente secreto, espía y también asesino, cuando se terciaba. Lo que lo había llevado hasta ese lugar no era opinar sobre calidades artísticas o realismo pictórico, cubismo y modernidad. El arte le importaba un carajo. No eran sus pastos. Así que dejó caer el cigarrillo al suelo, aplastándolo con el zapato, dejó de mirar el cuadro y se ocupó de su misión.

Subido a la escalera, con la linterna en una mano y la afilada navaja suiza en la otra, acercó la cuchilla casi al centro del lienzo y cortó un buen pedazo de éste, unos cuatro palmos de largo por tres de ancho, exactamente por la parte de la cabeza del caballo pintado en él. Raaas, hizo al rasgarse. Después bajó con cuidado, metió el trozo enrollado en la mochila y preparó el terreno.

Los daños debían limitarse al cuadro. Procurando siempre no hacer ruido, apartó del lienzo los botes de pintura y otros materiales inflamables. Sacó de la mochila el artefacto explosivo y lo sujetó con varias vueltas de esparadrapo a un peldaño central de la escalera, de modo que quedase situado en el centro del lienzo y pegado a él, bajo el rectángulo cortado. Una vez estuvo todo dispuesto, dio cuerda a la llave del despertador, encajó en ella una varilla metálica de cinco centímetros con una muesca y anudó el extremo del cordel ligado a la lengüeta aislante situada entre las chinchetas de la pinza de madera. Sólo entonces conectó el último cable a la pila eléctrica. Miró su reloj y lo comparó con la hora en la que había fijado la alarma del despertador. Tenía tres horas para estar lejos de allí, con Nelly Mindelheim y su amiga Maggie. Cada cosa tenía su tiempo. Su momento.

Retrocedió unos pasos y, como habría hecho un artista ante su propia obra, con un último relumbrar de la linterna comprobó el dispositivo. Todo estaba en su sitio. Burdo aunque eficaz, el artefacto era de baja potencia; pero cuando se cerrase el circuito, la pólvora estallaría en una explosión no demasiado fuerte, aunque suficiente para destrozar el cuadro. Quizá hubiese un pequeño incendio, o tal vez no. Eso era difícil de prever. En todo caso, esperaba que el ruido alertase a tiempo a los vecinos. No era su intención pegar fuego a la casa, entre otras cosas porque nadie se lo había ordenado. Aunque en realidad le daba igual que el taller con cuanto contenía se incendiara, o no. Peores cosas había hecho en su vida. Y las que le quedaban por hacer, mientras siguiera girando la ruleta.

Recogió la colilla aplastada del suelo y se la metió en un bolsillo. Después se marchó como un gato silencioso sin dejar rastro a su espalda, por la cocina, el patio y los tejados. Tal como había venido.

Despertó en la penumbra entre sábanas aplastadas, revueltas, y junto a dos cuerpos de mujer dormidos, cuyo calor tibio olía a carne y a sexo reciente. Por las cortinas entreabiertas se filtraba alguna luz del exterior, y Falcó, confuso, tardó en recordar que era la luz eléctrica de las farolas de la place Vendôme, y que se encontraba en una habitación del Ritz.

Aún permaneció un momento inmóvil, abiertos los ojos, sintiendo en un costado una cadera femenina desnuda y, al otro lado, unos senos abundantes aplastados contra su brazo. Volviendo el rostro adivinó muy cerca del suyo el perfil borroso de Nelly Mindelheim, que respiraba con espaciada suavidad, revuelto el cabello sobre la frente. Entonces recordó de pronto, y vuelto hacia el lado opuesto advirtió la forma inmóvil de Maggie, también dormida.

Había sido una intensa y bien resuelta campaña, concluyó: cocktails en el bar, conversación chispeante y a ratos ingeniosa, salpicada de sobreentendidos y buenos augurios, y luego la discreta subida a la suite de las mujeres, el taponazo de la botella de champaña, las últimas bromas antes del silencio expectante reforzado por Falcó cuando, tras apagar el último cigarrillo, se acercó a Maggie con mucho aplomo para quitarle los lentes y luego introducirle, sin más rodeos, una mano bajo la falda, acariciando sus muslos entre las medias y unas interesantes ligas que se revelarían rojas. Para entonces Nelly ya estaba pegada a Falcó, besándole la nuca y el cuello, desabotonándole cuanto llevaba encima, arrancándole la camisa y el cinturón mientras buscaba con urgencia el centro de su cuerpo y su deseo, lamiendo, chupando, mordiéndolo con avidez. Por su parte, intentando no tener prisa y conservar la calma, consciente de que la campaña sería larga, Falcó procuraba coordinarlo todo a satisfacción de ambas señoras, batiéndose en ambos frentes con razonable solvencia. Y el resto de la operación a triple banda —tres bocas, tres sexos, tres deseos intensos— había discurrido en una larga y espléndida rutina.

Alargando una mano sobre la cabeza de Maggie, con cuidado para no despertarla, Falcó alcanzó el reloj de pulsera que había dejado sobre la mesilla de noche. Eran las cinco menos cuarto de la madrugada, comprobó alzándolo hasta que la débil luz exterior iluminó la esfera. Después, mientras lo dejaba de nuevo en la mesilla, pensó que el artefacto situado junto al *Guernica* debía de haber estallado ya. Ojalá no haya ardido la casa entera, pensó. Ojalá los daños se hayan limitado a los previstos.

Con la cabeza en la almohada y los ojos abiertos estuvo un buen rato reflexionando sobre los siguientes movimientos de la partida. Los otros juegos en marcha. Por esa parte todo estaba a punto de concluir. Cuestión de un par de días, a lo sumo. Tal vez sólo de horas. Pensó en Leo Bayard, todavía ajeno a lo que se le venía encima; y también en Eddie Mayo, preguntándose cómo iba a salir ella de la aventura. Hasta qué punto la operación en curso podía arrastrarla también. En cualquier caso, llegados a ese lugar, ni él ni ella eran ya asunto suyo. Fuera la que fuese, la suerte de ambos estaba echada.

Nelly se removió un poco, y los senos se apoyaron en el pecho de Falcó. Aspiró éste el olor cálido de la carne de mujer, y eso estimuló de nuevo la suya. Su mano derecha se deslizó por el vientre femenino hasta el sexo, ensortijando los dedos en el vello rizado y húmedo. Entonces Nelly emitió un breve suspiro y se estremeció un momento, despertando con lentitud.

—Cariño —susurró, aún medio dormida.

Una de sus manos buscó el sexo del hombre, acariciándolo con suavidad. Para entonces, la carne tensa y dura estaba dispuesta de nuevo al combate, y Falcó no se hizo esperar. Besó la boca de la mujer y se incorporó sobre un codo mientras ella abría las piernas cediéndole paso franco. Penetró fácilmente en aquel vientre acogedor, tapizado de miel.

—Cerdo —murmuraba ahora Nelly—. Dámelo todo, sí... Ven aquí, cerdo.

Lo de cariño y otras ternuras pertenecía ya al pasado, comprobó Falcó. Cambio de tono, ráfagas densas de obscenidad. Violentas sacudidas de la pelvis. Era obvio que la norteamericana estaba despierta del todo y recobraba su estilo natural.

—Pégame, cerdo. Pégame fuerte.

—No hay prisa, chica. Tranquila... Luego te pego.

—Hazlo ahora.

—Que no, mujer. Luego.

—Te digo que me pegues.

—No.

—Hijo de puta.

—Sí.

A sus espaldas, como era de esperar, Maggie también se había despertado y frotaba el sexo contra las piernas del hombre antes de acercarlo a la boca de Nelly. Y mientras actuaba con la mayor eficacia posible, pendiente de una y otra, atento a sus requerimientos y deseos, duro, activo, contenido, tenso como un resorte, procurando mantener la calma y coordinar la triple coreografía del asunto, Falcó se puso a pensar en el *Guernica* para no acabar demasiado pronto.

15. Sombras del ayer

Bebió un sorbo de leche, mordió el extremo de un croissant y siguió hojeando los periódicos que había comprado en el quiosco próximo al café. No llovía, y el cielo se dejaba ver azul entre desgarrones de nubes sobre los tejados de pizarra y mansardas del bulevar. La temperatura era agradable y el tráfico poco ruidoso. Turistas, ociosos, trasnochadores y busconas aún no se habían echado a la calle para llenar las terrazas de los cafés. Las mesas de Les Deux Magots estaban ocupadas por clientela propia de esa hora temprana: señoras con sombrero y perrito acurrucado a los pies, tipos de aspecto respetable que leían *Le Figaro*. Todo discurría tranquilo, formal y burgués. París por la mañana, de toda la vida.

Era pronto para que los diarios recogiesen lo ocurrido la noche anterior en el taller de Picasso, pero mencionaban la incursión en el piso de la rue de l'Orne. *Ajuste de cuentas en Plaisance,* decía *Le Matin* en un titular. *Dos hombres y una mujer asesinados,* anunciaba *Le Temps.* Por su parte, *Le Figaro* no aludía al incidente. Falcó leyó las informaciones sin encontrar novedad en ellas. Los textos no señalaban la nacionalidad de los muertos, pero insinuaban que podía tratarse de un asunto de delincuencia común, entre bandas. Era natural, concluyó, que la prensa parisina, casi toda de derechas y simpatizante del bando nacional, pasara con cautela sobre la cuestión. Sólo *L'Humanité*, el periódico comunista, precisaba un poco más: *Tres españoles muertos en extrañas circunstancias,* aunque no entraba en detalles ni daba nombres. Era evidente que la policía francesa, poco amistosa con la prensa, deseaba mantener un perfil discreto. Incluso con un gobierno de izquierdas, en boca cerrada no entraban moscas.

L'Humanité publicaba, sin embargo, otra información de mayor relevancia, que Falcó leyó despacio y con sumo interés: el primer indicio, aunque todavía en páginas interiores, de que el asunto Bayard circulaba por los cauces adecuados. Era sin duda un primer tanteo; pero estaba claro que con él se empezaba a tirar del hilo: *¿Infiltrados en España?* era el titular de una columna en la que, sin mencionar a nadie en particular, se afirmaba que destacados personajes que oficialmente apoyaban a la República española estarían manteniendo contactos sospechosos con el bando nacional, la Alemania nazi y la Italia fascista. El párrafo final era significativo; y para Falcó, melodía familiar:

Fuentes solventes han revelado a L'Humanité *que se está llevando a cabo una investigación sobre correspondencia secreta y cuentas radicadas en bancos suizos. El escándalo sería mayúsculo de confirmarse este extremo, pues alguna muy notable personalidad francesa, hasta ahora considerada campeón de la solidaridad internacional con la lucha antifascista del pueblo español, podría verse en entredicho. Una vez más, el contubernio entre el desviacionismo criminal trotskista y las fuerzas reaccionarias se pone de manifiesto.*

Cerraba Falcó los diarios, apurando el último sorbo de leche, cuando vio llegar a Sánchez. El agente nacional venía sin sombrero, y la gabardina abierta parecía flotar sobre sus delgados hombros. La corbata le cerraba un cuello de camisa deshilachado y poco limpio. Tomó asiento en la mesa contigua a la de Falcó evitando mirarlo, pidió un café al camarero y contempló la calle sin despegar los labios. Al fin miró los periódicos que estaban sobre la mesa y señaló *L'Humanité*.

—¿Me permite?

—Por supuesto.

Echó Sánchez un vistazo superficial, pasando las páginas hasta llegar a la columna sobre infiltrados en España, y volvió a poner el diario sobre la mesa, abierto y doblado por esa página.

—Ya lo he visto —dijo Falcó en voz baja.

—Empieza el jaleo. De momento, Bayard ya es trotskista.

—Sí.

Sánchez seguía sin mirarlo, como interesado en la calle.

—Quieren hablar con Rocambole. Tiene conferencia telefónica con Finca Tormes en el Meurice, esta tarde a las seis en punto.

—Allí estaré.

—¿Qué tal anoche?

—Bien, en principio.

—¿Algún problema?

—Ninguno. Pero aún no sé el resultado. Me daré una vuelta dentro de un rato, a husmear un poco.

—Vengo de allí. En la calle no hay indicios. Si lo consiguió, fue impecable.

—Veremos.

Sánchez miró de nuevo *L'Humanité*, sin tocarlo.

—Lo de la rue de l'Orne no irá más allá. Tenemos garantías de la Sûreté francesa. Nuestra relación es muy buena. Mejor que la de los rojos.

—Y mejor pagada, supongo.

—Claro. Nosotros empleamos el dinero en ganar voluntades, no en caviar y champaña... No tenemos, como ellos y sus compinches, el oro del Banco de España para llenarnos el bolsillo.

Se detuvo Sánchez un instante, sacó el pañuelo y se lo llevó a los labios. Carraspeó un poco y volvió a guardárselo con presteza.

—Hay algo importante —prosiguió— que no puede esperar... Finca Tormes ordena que se lo transmitamos ya.

—¿Cómo de importante?

—Pavel Kovalenko puede estar en París.

Falcó, que en ese momento abría la pitillera, se detuvo, inmóviles los dedos que buscaban en ella.

—Joder —dijo.

Acabó el movimiento con mucha lentitud, llevándose despacio el cigarrillo a la boca. Al aplicar la llama miró de soslayo a su interlocutor. Después, con el encendedor apagado, dio un golpecito sobre *L'Humanité.*

—¿Cree usted que hay relación?

—Según Finca Tormes, que menciona como fuente principal a los primos de la Tirpitzufer, es muy probable que la haya... Al parecer, Kovalenko ha sido identificado viajando en tren por el túnel fronterizo de Portbou-Cerbère.

—¿Vendría a ocuparse personalmente de Bayard?

—Es imposible saberlo con certeza, pero entra en sus competencias.

Asintió Falcó, pensativo. Podía tratarse de una casualidad, se dijo. Pero en aquel trabajo no solía haber casualidades. Hasta el azar se tornaba sospechoso.

—Blanco y en botella suele ser leche —concluyó.

Sánchez se mostró de acuerdo.

—Eso creo yo.

—Superaría nuestras expectativas.

—Y que lo diga... Éxito total.

Seguía reflexionando Falcó sobre lo que acababa de escuchar. Pavel Kovalenko, más conocido como Pablo, era el jefe del Grupo A —del ruso *aktivka,* asesinato— de la Administración de Tareas Especiales del NKVD para España. Eso significaba la supervisión de los servicios locales de inteligencia, integrados por comunistas rusos, alemanes y españoles. El asesinato, el secuestro de disidentes, el terror y el sabotaje eran sus objetivos. Se rumoreaba que Kovalenko había organizado las matanzas de presos nacionales en Paracuellos y otros lugares durante el otoño del año anterior, a través del departamento de Orden Público que dirigía Santiago Carrillo; y también la detención, tortura y ejecución de centenares de trotskistas y anarquistas durante los recientes sucesos de Barcelona. También había sido, o quizá lo era todavía, jefe directo de Eva Neretva.

Caminó sin prisas hasta el carrefour de Buci y Saint-André-des-Arts y torció a la izquierda, tomando la rue des Grands-Augustins en dirección al Sena. Todo parecía normal ante el número 7, así que se detuvo a observar. Las ventanas del edificio tenían los postigos cerrados. No había señales de que allí hubiese ocurrido nada inusual. Estuvo poco más de un minuto frente a la cancela, y al fin se decidió a franquearla y cruzar el patio exterior. La portera, una mujer enjuta en zapatillas y bata oscura, el pelo recogido por un pañuelo, barría el zaguán enlosado en blanco y negro, bajo el arco del que arrancaba la escalera.

—Buenos días... ¿Sabe si el señor Picasso está en su taller?

Lo miró la mujer, hosca —tenía los ojos pequeños y mezquinos—, hasta que la sonrisa de Falcó le hizo suavizar el semblante. Debía de estar acostumbrada a que el pintor recibiera visitas. Toda clase de gente.

—Está, pero creo que no recibe a nadie.

Aparentó dudar Falcó.

—Vaya... ¿Se encuentra bien? —fingió súbita preocupación—. Espero que no esté enfermo.

—Oh, no. Pero anoche hubo un problema.

—Por Dios. ¿Grave?

—Una explosión de gas, por lo visto.

—Qué me dice. Terrible... ¿Está herido el señor Picasso?

—No estaba allí cuando ocurrió. Por suerte, la cosa no fue a más —señaló la puerta de su vivienda—. Mi marido y yo dormíamos, y nos dimos un buen susto.

—¿Hubo daños serios?

La desconfianza volvió a los ojos inquietos de la portera. Observó a Falcó con más atención que antes, y al cabo encogió los hombros.

—Yo no sé nada —dijo.

—¿Quién podría informarme?... Soy amigo del señor Picasso.

—Monsieur Pablo tiene demasiados amigos.

—Vine el otro día a comprarle un cuadro. Con el señor Bayard y la señorita Mayo.

Volvió a encoger la portera los hombros, cual si los nombres no le dijeran nada. Falcó se tocó ligeramente la chaqueta a la altura del pecho, donde llevaba la cartera, y comprobó que la mujer seguía el movimiento con interés. Entonces, con mucha naturalidad, sacó dos billetes de cinco francos y se los puso en una mano.

—Gracias, ha sido muy amable —hizo ademán de irse pero se detuvo de pronto, como si acabara de pensarlo—. ¿Sabe quién podría contarme algo más?

La portera se había guardado los diez francos en un bolsillo de la bata. Dudó un momento, apoyada en la caña de la escoba.

—Mi marido ha estado arriba hace un rato, con monsieur Pablo y la policía.

—¿La policía? —Falcó puso cara de desolación—. ¿Tan seria es la cosa?

Se empequeñecieron más los ojos mezquinos.

—No sé. Ya digo que es mi marido quien subió con ellos. Unos policías le hicieron preguntas. Los agentes aún están arriba.

—Pues me tranquilizaría mucho saber qué ha pasado.

—Suba usted, entonces.

Lo dijo con cierto desafío. Suspicaz. Falcó hizo como que lo pensaba, y al cabo se adornó con su más ingenua sonrisa.

—No quisiera molestar.

La portera volvió a dudar otro instante y él rozó de nuevo, con dos dedos, el lado de la chaqueta donde había guardado la cartera. La mujer se mordía con los dientes el labio inferior, todavía indecisa.

—Está en el Lodi, ahí cerca —dijo al fin—. Marcel, se llama... Es uno rubio, fuerte. Con bigote.

—Gracias.

El Lodi era un local angosto, con dos mesas en la calle y cuatro dentro, a medio camino entre café y bar-tabac. Tenía un gran espejo con publicidad de Pernod Fils, una fila de botellas y un mostrador de zinc tras el que estaba la dueña. En el lado de los clientes, conversando con ella, se apoyaba un hombre corpulento de pelo pajizo y mostacho militar, vestido con un guardapolvos gris. Tenía delante un vaso de vino. Un pitillo le humeaba en la boca.

—¿Marcel?

Se volvió el individuo a mirar a Falcó.

—Soy amigo del señor Picasso... He ido a visitarlo, pero me dicen que está ocupado.

—Así es —dijo el otro.

Ojos grises lagrimeantes, venillas rojas en la nariz, olor a vino barato. Supuso Falcó que el que estaba sobre el mostrador no era el primer vaso del día.

—¿Podríamos hablar un minuto?

—¿Sobre qué?

Miró Falcó a la dueña del bar.

—Dos copas de su mejor *fine*, por favor.

Sin decir nada, pero con interés, el tal Marcel observó cómo la mujer servía los coñacs. Después, Falcó cogió una copa en cada mano y se encaminó hacia la mesa más alejada del mostrador. Se detuvo allí todavía de pie, esperando. Tras cambiar una mirada con la dueña, el del bigote rubio fue a reunirse con él y tomaron asiento.

—Soy amigo del señor Picasso.

—Sí, ya lo ha dicho antes. Pero nunca lo he visto por allí.

—Su esposa sí me ha visto. Es ella quien me envía aquí.

El portero se pasó un nudillo bajo el mostacho, miró el coñac y no dijo nada. Falcó bebió un sorbo corto del suyo.

—Le he comprado al señor Picasso algunos cuadros —prosiguió— y tengo previsto comprarle otros. Estoy preocupado por lo ocurrido anoche.

Alzó la vista el otro, con recelo.

—¿Y qué sabe de eso?

—Muy poco, y por esto acudo a usted. Su esposa habló de una pequeña explosión.

—Mi esposa habla demasiado.

—También mencionó a la policía. Dice que todavía están arriba... Espero que no haya ocurrido nada grave.

Alzó Falcó su copa, brindando, y lo imitó el otro, que en tres tragos despachó el coñac. Hizo Falcó seña a la dueña para que sirviera otros dos.

—¿Es usted periodista o algo así?

—En absoluto.

La mujer trajo los coñacs. Falcó sacó la billetera para pagarle y la dejó sobre la mesa, como por descuido, de modo que su acompañante pudiese ver que estaba bien provista.

—Me han pedido discreción, compréndalo —dijo Marcel mirando la billetera—. No quieren que se sepa.

Aquel *compréndalo* era alentador, pensó Falcó. No parecía mal camino.

—Ya le digo que soy amigo y cliente de su inquilino —insistió, cordial—, y estoy preocupado por mis intereses. Temo que se haya estropeado alguna de las obras que tengo previsto comprar.

El otro vació media copa de un trago y se pasó la lengua por las comisuras de la boca. Sus ojos lacrimosos seguían fijos en la billetera.

—No se dañó más que un cuadro.

Falcó escuchaba con expresión indiferente.

—¿Cuál?

—Uno grande, que ocupa toda una pared.

—Ah, sí. Lo vi el otro día. Uno con un caballo y un toro, y mujeres, me parece.

—Ese mismo.

—¿Quedó muy estropeado?

—Bastante. Más de medio cuadro se quemó.

—¿Y cómo fue posible eso?... ¿Una explosión de gas?

—Hubo explosión, sí, y nos despertó a mi mujer y a mí. Subimos a toda prisa. Había un pequeño incendio que apagamos con facilidad. Pero no por el gas.

—¿Y qué fue, entonces?

—Sabotaje.

La sorpresa de Falcó habría convencido a un inquisidor medieval.

—¿Perdón?

—Fue un sabotaje —repitió el portero—. Lo dañaron a propósito. Eso opina la policía. Siguen allí arriba, mirándolo todo.

Sacó Falcó la pitillera y se la ofreció, abierta. El otro comprobó la marca de los cigarrillos y negó con la cabeza, rechazándolos. Extrajo un arrugado paquete de Gauloises y dejó que Falcó le encendiera uno.

—¿Habló usted con el señor Picasso y los policías?

—Naturalmente. Me interrogaron y conté lo que sabía: cómo subimos al oír el ruido y apagamos el pequeño incendio.

—¿Ardió mucho?

—No, en la habitación apenas nada. La parte quemada del cuadro chisporroteaba, había mucho humo, pero poco más... Fui yo quien telefoneó a casa de la señora Maar, que es la amiga de ahora.

—¿La amiga de quién?

—De monsieur Pablo. A menudo duerme con ella.

Parecía haber un fondo de censura en el comentario. Tal vez, pensó Falcó, el portero Marcel y su legítima eran franceses convencionales y no aprobaban la vida desordenada de los artistas. O quizá Picasso no se rascaba lo suficiente el bolsillo para las propinas.

—Me deja usted de piedra con lo del sabotaje —extrajo de la cartera un billete de cien francos, lo dobló cuidadosamente en cuatro y lo puso sobre la mesa, entre las dos copas—. ¿Qué ha dicho él? ¿Cómo se lo ha tomado?

—Pues imagínese el disgusto —ahora Marcel miraba el billete—. Está furioso, claro. Le oí decir que seguramente es obra de agentes fascistas... Él es partidario de la República en España. Ya sabe, simpatizante de izquierdas. La guerra y todo eso. Por lo visto, el cuadro era para la Exposición.

—¿Y sabe lo que piensa hacer ahora?

Por los ojos húmedos del portero cruzó un brillo irónico. Volvió a pasarse un nudillo bajo el mostacho, cogió el billete y se lo metió en un bolsillo.

—Si como dice es amigo suyo, podrá preguntárselo... ¿No?

—Lo haré, por supuesto. En cuanto lo vea.

Lo miraba el otro, malicioso y pensativo.

—Claro. En cuanto usted lo vea.

Habían llegado las camisas de Charvet, cada una en su caja y envuelta en papel de seda. Falcó estaba colocándolas en los cajones del armario cuando sonó el teléfono. Era Eddie Mayo.

—«¿Podemos hablar?... En persona, quiero decir.»

—Naturalmente. ¿Dónde prefiere que nos veamos?

—«No puedo salir ahora. Venga a mi estudio, por favor... Quai Montebello, número veintiuno.»

Veinte minutos después, Falcó estaba junto al Sena. De camino había tenido tiempo de plantearse todas las situaciones posibles y el papel que Eddie podía jugar en cada una de ellas. Las siguientes horas iban a requerir decisiones rápidas, y convenía tenerlas previstas. De modo casi automático, con su frialdad técnica habitual, la mente de Falcó iba revisándolas todas, ordenándolas por importancia, riesgo y probabilidad. Hipótesis eventuales e hipótesis peligrosas, tanto para los demás como para uno mismo. Rutina táctica de ataque, defensa y supervivencia. De todas formas, se dijo mientras apretaba el timbre eléctrico del portal, a esas alturas no era necesario guardar ciertas apariencias. Ya estaba casi todo el pescado vendido.

—Pase, por favor.

El estudio de Eddie era amplio, diáfano y luminoso, con un gran ventanal por el que podían verse las torres de Notre-Dame. Había muebles de diseño nórdico y grandes fotos enmarcadas en las paredes. Una de ellas era una ampliación de una portada de *Vogue* con Eddie en sus tiempos de maniquí, estilizada y elegante, vestida de noche. Otra, un bello contraluz de ella desnuda, vuelta de espaldas y mirando a la cámara, firmada *Man Ray* en su ángulo inferior derecho.

—¿Tiene usted algo que ver con lo que está pasando?

La pregunta, hecha a bocajarro, sorprendió muy poco a Falcó. Eddie se la había formulado apenas cerró la puerta, cuando él aún no había tomado asiento en el sofá tapizado en cuero blanco. Se la quedó mirando con el sombrero en la mano, esperando que concretase más, pero ella no lo hizo. Se limitó a quedarse en pie frente a él, cruzados los brazos con aire severo. Llevaba unos pantalones negros holgados, sandalias, un jersey de lana gris y un *carré* de Hermès anudado sobre los hombros con descuidada gracia. El casco de cabello rubio y liso enmarcaba el azul de su mirada, más ártico que nunca.

—¿Qué está pasando? —inquirió Falcó, precavido.

Ella señaló una pila de periódicos sobre una mesita de cristal. *L'Humanité* estaba encima de todos.

—¿Lo ha leído?

Asintió él sin despegar los labios, simulando desconcierto. Como en demanda de una explicación.

—¿Qué pretenden? —insistió ella.

—¿Quiénes?

—Usted sabe quiénes.

—No, se equivoca —la miraba a los ojos, sin pestañear—. No sé nada. Así que le agradeceré que me explique lo que ocurre.

Advirtió que la mujer dudaba un momento, apretando más los brazos cruzados como si tuviera frío. Después hizo un ademán ofreciéndole asiento, y Falcó ocupó un extremo del sofá, puesto el sombrero a un lado. Ella lo hizo en el otro.

—No es sólo ese periódico —dijo—. Están ocurriendo cosas muy extrañas. Esta mañana, Leo recibió algunas llamadas telefónicas. Una era de un destacado miembro del Partido Comunista francés, amigo suyo desde hace años... Todos preguntaban por sus contactos en España con gente del POUM. Y algunos le hablaron de supuestas transferencias de dinero a su nombre. A una cuenta en Suiza.

Falcó enarcaba las cejas.

—¿Y?

—Leo nunca ha tenido una cuenta en Suiza. Y lo de sus simpatías trotskistas es un disparate.

—No sé —aparentó desconcierto—. Suena absurdo, ¿no?

El azul seguía estudiándolo, hosco. Penetrante.

—Hablé con él esta mañana. Está preocupado de verdad... Teme una campaña de descrédito muy bien organizada, pero no consigue situar el motivo. Por qué él, y por qué ahora.

Falcó se mantenía casi impasible, y el margen de ese casi era una ligera expresión de desconcierto que, poco a poco, iba derivando en aparente estupor.

—Ha preguntado por usted —prosiguió Eddie—. En realidad quería interrogar a Hupsi Küssen, que nos lo presentó; pero éste ha desaparecido, según parece. Se encuentra de viaje.

Te toca decir algo, pensó Falcó.

—¿Y qué tengo yo que ver? —dijo.

—Eso me gustaría saber. Y a Leo, también.

—¿Por qué no me lo pregunta él?

—Supongo que lo hará. Esto de ahora es cosa mía.

Frunció Falcó un poco los labios, como si empezara a sentirse ofendido.

—No comprendo nada —dijo.

—Todo coincide con su aparición en París —el tono de la mujer oscilaba entre el desprecio y el rencor—. Llega y de pronto ocurren cosas... Y uno de los elementos que se están manejando es el talón bancario que usted entregó a Leo para asociarse en la producción de su película.

—Era un cheque perfectamente en regla. ¿Qué tiene de malo?

—Que desde la misma cuenta de la banca Morgan se han hecho otras transferencias a esa de Zúrich: una cuenta numerada que alguien afirma pertenece a Leo, y de la que hasta hoy éste no tenía ni idea.

—¿Hay mucho dinero en ella?

—Demasiado.

—¿Habla en serio?

—Pues claro. Suficiente para hacer creer que Leo está a sueldo de alguien.

—Pero si es numerada, como dice...

Alzó Eddie una mano, interrumpiéndolo.

—Alguien está haciendo circular un informe confidencial suizo que identifica a Leo Bayard como titular oculto.

—Válgame Dios... ¿Quién?

—Sospechamos de los servicios de inteligencia nazis. Y el vínculo con los fascistas españoles podría ser usted.

—¿Yo?

—Sí. Ignacio Gazán o como en realidad se llame.

Durante cinco segundos, con expresión desconcertada, Falcó simuló estar analizando aquello. En realidad se planteaba si, tal como estaban las cosas, valía la pena seguir fingiendo. Empezaba a estar harto del juego; o más bien tenía la certidumbre de que su tiempo había terminado y ahora les tocaba jugar a otros. Se sentía casi fuera, y la certeza de ese vacío apagaba mucho su interés.

—Eso es ridículo —concluyó, o aparentó hacerlo.

Eddie movía la cabeza, segura de sí.

—Leo ha hecho averiguaciones —opuso—. Ha puesto un par de telegramas. Sospecha que nadie lo conoce a usted en La Habana. Sin embargo, maneja mucho dinero... Por otra parte, alguien habla de fotografías en las que Leo, y también yo, aparecemos junto a un agente franquista.

Falcó apoyó las manos en las rodillas y se inclinó hacia delante con fingida vehemencia, como un actor fatigado que interpretase, por simple rutina profesional, un papel que ya le daba igual.

—¿Está diciendo que yo soy ese agente?

—Le digo lo que sé y lo que sospecho. Ni Leo ni yo hemos visto las fotos. Sólo nos han hablado de ellas.

—Qué disparate.

Ella no respondió a eso. Había abierto una caja taraceada que estaba sobre la mesa, sacando un cigarrillo y una caja de fósforos. Intentó encenderlo rascando dos de ellos, sin conseguirlo. Los dedos le temblaban.

—Si el Komintern da crédito, Leo puede tener serios problemas... Y no me refiero sólo a su buen nombre. Podrían, incluso...

Lo dejó ahí, cual si la atemorizase acabar la frase.

—Podrían —repitió, ensimismada.

Falcó le dio fuego con su encendedor. Después ella se puso en pie y anduvo hasta el ventanal.

—¿Sabe lo peor? —miraba hacia las torres de Notre-Dame—. Lo malo no es que crean o no las calumnias, sino que muchos en la izquierda francesa y europea estarían encantados de que todo fuera cierto. Imagínese: Leo Bayard, el intelectual respetado por los comunistas, el héroe de la guerra de España, agente fascista... Calcule la de tinta y salivazos que pueden descargar sobre eso.

Falcó también se había puesto en pie.

—¿Sabe Leo que usted y yo estamos hablando?

—No. Ya he dicho que esta conversación es cosa mía.

—¿Y qué quiere de mí?

—En realidad, nada en especial —se volvió hacia él, envuelta en la luz intensa de la ventana—. Sólo deseaba mirarlo a los ojos mientras le comentaba todo eso.

—¿Y cuál es su conclusión?

—Que no me gusta lo que veo. No me gustó desde el principio. Creí detectar una nota falsa. Y ahora sé que tenía razón —señaló la puerta—. Puede marcharse.

Aún la miró un momento, intentando dejarle al menos una duda basada en su aparente estupor, aunque era consciente de no haber conseguido ni siquiera eso. Algo en Eddie Mayo —ignoraba qué— escapaba a sus previsiones. A su control. Vibraba una nota discordante en la melodía que había estado sonando todo el tiempo. La hubo desde el primer día en el restaurante Michaud, al principio, aunque él era incapaz de adivinar cuál. Y se iba sin saberlo.

De pronto sintió un hondo cansancio. En otras circunstancias, con un arrebato de aplomo descarado, habría tomado a aquella mujer en los brazos, la habría llevado al dormitorio y le habría hecho el amor hasta dejar en blanco la cabeza de ella y la suya propia. Al diablo Leo Bayard y al diablo todo. Pero supo que eso no iba a ocurrir nunca.

—Cada cual hace su trabajo —se limitó a decir.

Era lo más próximo a una confesión que nadie le había arrancado en París. La voz de ella sonó tan glacial para Falcó como lo había sido el color de sus ojos:

—Hay trabajos repugnantes.

Cogió él su sombrero, volviendo la espalda, y se encaminó hacia la puerta.

—Leo es un hombre honrado —dijo ella de pronto—. Una buena persona. Es un luchador antifascista, y lo que hizo y está haciendo por España es admirable. No merecía esta mala jugada.

Se había detenido un momento Falcó en el vestíbulo, vuelto a medias.

—¿Y usted, Eddie?... ¿Qué merece usted?

Ella permanecía lejos, al otro extremo de la habitación: un contraluz de mujer sin rostro en la ventana. Y entonces dijo algo extraño.

—Yo tengo mis propios fantasmas, créame. Mis propios remordimientos.

16. Sobre plumas y pistolas

Sánchez esperaba a Falcó discretamente apostado en uno de los saloncitos del hotel Meurice. No había nadie a la vista. Se levantó al verlo entrar, estrechándole la mano.

—Un par de asuntos antes de subir —dijo mirando el reloj—. Aún tenemos tiempo.

Tomaron asiento en butacas situadas junto a uno de los grandes espejos, mediante el cual podían vigilar el vestíbulo. Esta vez, como la anterior en el mismo hotel, el agente nacional vestía mejor que de costumbre: cuello limpio, corbata, traje azul a rayas, zapatos bien lustrados. Su rostro mostraba las acostumbradas señales de fatiga.

—Me tiene despierto desde anoche —dijo—. Haciendo averiguaciones y poniendo telegramas. Ganándome el jornal.

—Lo siento. Yo también hice lo que pude.

Sánchez se quedó mirando a Falcó con una mezcla de estupor y admiración.

—¿Lo que pudo?... Es usted un fenómeno.

—Eso decía mi abuela.

—Pues su abuela lo caló bien.

A continuación, Sánchez hizo un repaso somero de los contactos discretos que había mantenido en las últimas horas: policía francesa, cagoulards, cuartel general de Salamanca, confidentes en medios republicanos de París, infiltrados en la avenue George V. Uno tras otro, y varias veces durante el día. No había sido fácil componer un panorama general, pero al fin lo había conseguido.

—Ha sido un éxito —torcía el bigote, satisfecho—. Se cargó usted el maldito cuadro.

—Eso tengo entendido.

—Está fuera de dudas. Uno de mis contactos en la comisaría de la Monnaie me ha puesto al corriente... Alguien entró en el taller por los tejados y puso una bomba que arruinó el lienzo.

—¿Alguna averiguación sobre ese alguien?

Esbozando algo parecido a una sonrisa, Sánchez dijo que no. Que ninguna. La policía daba por sentado que estaba en buena forma física, por el recorrido que hizo. Y, desde luego, demostró mucha sangre fría. La comisaría se encontraba en la misma calle, y a la menor alarma habrían llovido gendarmes. En cuanto al sabotaje, se lo habían descrito como *professionnellement exquis*. El artefacto, de relojería y muy bien calculado, produjo sólo el daño imprescindible, sin apenas otros estragos.

—Así que estoy de acuerdo con lo de exquisitamente profesional —concluyó—. Enhorabuena.

Falcó había estado escuchando con interés.

—¿Se sabe algo sobre la reacción del pintor y la embajada republicana?

—Algo sabemos. Picasso está fuera de sí. Furioso como una mona. Si no fuera porque les conviene no dar publicidad al asunto, montaría un buen escándalo... En cuanto a la embajada, el agregado cultural se ha pasado el día haciendo gestiones para encontrar otro lienzo de dimensiones parecidas.

—Vaya.

—Pues sí. Eso me cuentan.

Falcó estaba decepcionado. Se recostó en la butaca, sombrío.

—Menudo chasco... ¿De verdad lo va a pintar otra vez?

—Bueno, era de esperar. Por lo visto hay muchas fotos del proceso del cuadro hasta que usted lo paró en seco, y le han pedido a Picasso que basándose en ellas lo haga de nuevo. Que lo copie. La parte mala es que, según me dicen, y eso usted lo sabrá mejor que nadie, no es un lienzo difícil de componer. No requiere mucha técnica. Otro artista necesitaría semanas para pintar un cuadro, pero a ese fulano pueden bastarle un par para repetir el suyo... ¿No cree?

—Es posible.

Lo miró el otro, indeciso.

—No parece convencido.

—Ni de una cosa ni de otra. No sé nada de arte.

—De cualquier modo, la parte buena es que les hemos mojado la oreja. Y usted hizo muy bien su trabajo. Han aplazado la inauguración del pabellón de la República en la Exposición.

—Sólo un poco, me temo.

—Dos o tres semanas de retraso no se las quita nadie. Y la verdad es que...

Lo interrumpió una sacudida de tos húmeda. Se enjugó los labios con el pañuelo y miró a Falcó con sus ojos enrojecidos y febriles.

—¿Le gusta Picasso? —preguntó al tranquilizarse.

—No sabría decirle.

—Pues a mí, nada. Lo considero un caradura y un farsante —se detuvo, curioso—. Usted lo ha conocido personalmente. Dígame qué le parece.

—Pues no sé... Me cayó bien.

Era evidente que Sánchez no esperaba esa respuesta.

—¿En serio?

—Sí. Conmigo fue amable.

Movió la cabeza el agente nacional como si rechazara aquel adjetivo.

—Puede permitirse serlo. Faltaría más. Un estafador del arte que se ha hecho millonario gracias a la estupidez mundial. Como ese poeta andaluz amanerado, García Lorca... ¿Ha leído algo suyo?

—No creo.

El otro le dirigió una ojeada curiosa. Valorativa.

—¿Tampoco le interesa la poesía?

—Soy más de novelas de ferrocarril. Pero, según tengo entendido, a García Lorca no le dimos tiempo de hacerse millonario.

Sánchez pasó por alto la ironía.

—Hay que reconocer que los rojos manejan la propaganda mejor que nosotros.

—Puede ser.

—Si a Lorca no lo hubieran fusilado los nuestros, nadie hablaría de él.

—Imagino que no... En el fondo, le hicimos un favor.

El sarcasmo cayó en el vacío. Entornaba Sánchez los ojos con desdén, atento a sus propios rencores.

—Por no hablar de ese Alberti —añadió, ácido—. Un mal poeta comunista que se pasea por Valencia pistolón al cinto, del brazo de su mujer, denunciando a gente honrada y pavoneándose en los cafés sin haber visto el frente más que de visita, para arengar a los camaradas proletarios... *Si mi pluma valiera tu pistola,* ha escrito el muy sinvergüenza. Y si no ha sido él, habrá sido cualquier otro.

Después de mirar con brusca insistencia a Falcó, desafiándolo a un mentís, Sánchez hizo un ademán cansado.

—Ninguna pluma vale lo que una pistola —añadió, sombrío.

—Es posible.

Se mordía el otro una uña amarillenta, los ojos perdidos en la nada.

—Aquella mujer de la rue de l'Orne...

Dijo eso y se mantuvo callado, pensativo. Falcó lo observó con tranquila curiosidad. El agente nacional miraba el suelo. Hundía la cabeza entre los hombros cual si de pronto le pesara en exceso. Cuando alzó la vista, sus ojos parecían reclamar una absolución.

—Ella, e incluso los dos hombres a los que matamos con ella, valían más que toda esa basura intelectual junta... ¿No cree?

Falcó no respondió. Se limitaba a seguir contemplándolo en silencio. Cada cual, pensaba, debe cargar con su propio equipaje. Tales eran las reglas.

Al fin Sánchez miró su reloj y se puso lentamente en pie.

—Hay más cosas, pero de ellas seguiremos hablando arriba —dijo—. Nos están esperando.

—Estuve en contacto con mi hijo Luis —dijo el conde de Tájar—. Le manda saludos.

—Déselos también de mi parte... ¿Qué tal le va?

Asintió con orgullo paterno el aristócrata. Seguía vistiendo a la inglesa, olía a loción de afeitar y su gesto era altivo. Tan desdeñoso como la vez anterior.

—Lo han nombrado jefe local de Falange.

Imaginó Falcó a Luis Díaz-Carey, su torpe y acomplejado ex compañero de colegio, ahora con camisa azul, despacho oficial y mando en plaza: señor de horca y cuchillo —tapia de cementerio, en versión moderna—, ajustando cuentas con los que hubieran sobrevivido a su milicia de caballistas rurales. Conociendo al personaje y el ambiente, la cruzada antimarxista iba a tener momentos de gloria en la retaguardia jerezana.

—Estupendo —comentó—. Allí hacen falta hombres como él.

Sin detectar el sarcasmo, el de Tájar lo encajó con plena seriedad.

—Y que lo diga —se miraba complacido el sello de oro del meñique—. Una juventud sana que arranque la mala hierba.

—Me lo ha quitado usted de la boca —Falcó no contuvo la tentación de adornarlo un poco más—. En España empieza a amanecer.

Lo miró suspicaz el aristócrata, analizándole con severidad la sonrisa. Arrugaba el entrecejo a punto de decir algo, sin duda desagradable, cuando Sor Pistola, que estaba sentada ante la centralita telefónica —esta vez la mujer no tenía la Star del nueve largo a la vista—, dijo que estaban en comunicación con Salamanca. Falcó fue con mucha calma hasta el teléfono y descolgó el auricular. La voz del Almirante se oía lejana pero clara.

—«Aló, aló... ¿Rocambole?»

—Sí, Finca Tormes. Adelante. Estoy a la escucha.

—«Me dicen que el cuento de la Pipa Rota acabó bien.»

—Afirmativo, pero creo que el Ogro intenta comprar otra pipa. Sus amigos se empeñan en fumar el mismo tabaco.

—«Eso tengo entendido, pero tardarán un poco, y al menos acusan el golpe. No ha hecho usted un mal trabajo.»

Le sonrió Falcó al auricular: no ha hecho usted un mal trabajo. Aquello era el máximo elogio a que podía llegar el Almirante en sus momentos tiernos. Su apodo de el Jabalí no le venía por casualidad.

—«Tampoco salió del todo mal —añadió el jefe del SNIO— lo de dar café a la nueva gerencia de la empresa competidora».

—Se hizo lo mejor que se pudo, dadas las circunstancias —miró a Sánchez—. La ayuda local fue eficaz.

—«Esos dos asuntos están resueltos, así que olvídelos... ¿Qué sabe de Mirlo?»

—No lo he visto en las últimas horas, pero creo que le duelen un poquito las alas. Las cosas se precipitan para él... ¿Tengo nuevas instrucciones?

—«Su trabajo con Mirlo ha terminado. Ya no hay necesidad de que mantenga contacto.»

—¿Cuáles son mis órdenes, entonces?

—«Cambie de hotel e identidad y permanezca en espera, por si hay flecos de última hora. Con perfil bajo y sin dejarse ver.»

—Entendido... ¿Algo más, Finca Tormes?

Una pausa al otro lado de la línea telefónica. Después, la voz del Almirante sonó en un tono distinto. Más cauta, al principio.

—«Sí, Rocambole, hay algo más... Hemos confirmado que, como suponíamos, Pablo está en París.»

Pablo era el alias de Pavel Kovalenko. Falcó cambió una mirada cómplice con Sánchez, que estaba apoyado en la pared, las manos en los bolsillos, y escuchaba con atención. El agente nacional no podía oír lo que decía el jefe del SNIO, pero tal vez lo imaginaba. Falcó y él lo habían comentado y estaban de acuerdo: Kovalenko dentro de la operación Bayard era rizar el rizo. El remate óptimo.

—«Viaja con pasaporte diplomático español —añadió el Almirante—. Expedido en Valencia a nombre de Pablo Ruiz Moreno y con visado francés de tres semanas».

Falcó reflexionaba con rapidez. La intervención personal del jefe de Tareas Especiales del NKVD para España demostraría la importancia que los rusos daban a una traición de Leo Bayard. Si de verdad habían picado el anzuelo, aquello olía a *aktivka* desde lejos. Equivalía a una sentencia de muerte.

—¿Viene a encargarse del asunto Mirlo?

—«Es muy posible... Algo de ese tamaño no se deja a los subalternos.»

—¿Debo hacer algo?

—«Nada, por el momento.»

Dirigió Falcó un vistazo al conde de Tájar. Fingiendo desinterés, el aristócrata miraba por la ventana con exagerada indiferencia. Dispuesta a informarlo en cuanto se cortara la comunicación, Sor Pistola permanecía sentada ante la centralita con los auriculares puestos, escuchando sin disimulo, tan poco simpática como su jefe. Sólo en la expresión de Sánchez era posible advertir complicidad.

—En ese caso necesitaré más fondos, Finca Tormes —dijo Falcó—. El asunto Mirlo me ha dejado más seco que un limón de paella, y presiento que a nuestros socios de aquí les cuesta abrir el puño.

Siguió un nuevo silencio al otro lado de la línea. Ignorando la súbita mirada furibunda que le dirigía el de Tájar, Falcó imaginó al Almirante sonriendo bajo el mostacho. Una de esas sonrisas suyas, esquinadas y casi feroces.

—«Ni un duro más, Rocambole. Se acabó la juerga. Ha gastado una fortuna, y el Banco de España lo disfruta la competencia. Apáñeselas con lo que le quede.»

—Es que no me queda nada, señor. Estoy tieso como la mojama.

—«A mí qué me cuenta. Váyase a una pensión de la rue Saint-Denis, camele a un par de furcias y ejerza de chulo de putas, que es lo suyo... El verdadero talento lo tiene para eso.»

Suspiró resignado Falcó. Nada que rascar.

—Es usted mi padre, Finca Tormes.

—«No se queje. Peor estaría en una trinchera del frente norte... Y le aseguro que a veces me vienen ganas de mandarlo a una.»

A última hora de la tarde, casi anocheciendo, Falcó terminaba de hacer el equipaje. Su plan era cenar algo en algún bistrot cercano, y luego dejar el hotel y caminar tres manzanas hasta otro más discreto y barato, el Récamier, situado en la place Saint-Sulpice, donde esperar nuevas órdenes y acontecimientos. Quizás al día siguiente telefonease a María Onitsha para que se reuniera con él allí, pero ya no iba a volver al Mauvaises Filles, al menos de momento. Sus instrucciones eran quedarse fuera y en la sombra. Al margen.

Cerró la baqueteada maleta y metió el estuche de aseo en una bolsa de mano de cuero, junto a un plano de París, la Guide Bleu de la ciudad, documentos, dinero, la pistola, dos tubos de cafiaspirinas, seis paquetes de Players, la navaja suiza, una caja de cartuchos de 9 mm y el supresor de sonido. Lo hizo colocando cada objeto con gestos rutinarios, casi instintivos. Incluso en caso de verse obligado a abandonar la maleta, con aquella bolsa dispondría de lo suficiente para arreglárselas en toda situación. En cualquier ambiente más o menos hostil.

Pensaba fríamente en Leo Bayard y Eddie Mayo. Un par de horas antes había comprado los diarios de la tarde, y en la edición vespertina de *Paris-Soir* se mencionaba también el asunto: *¿Intelectuales franceses a sueldo del fascismo?* Seguían sin mencionarse nombres, pero todo señalaba en la misma dirección, y Falcó sabía que sólo era cuestión de horas que alguien fijase el rostro del héroe de los cielos de España en la diana. Con una mueca sarcástica se preguntó si el Komintern iba a darle tiempo a defenderse públicamente, o la cosa se resolvería de forma rápida antes de que el escándalo fuese a mayores. A fin de cuentas, eso era conveniente para todos menos, por supuesto, para

Bayard. Prolongar el asunto, entrar en una espiral de afirmaciones, denuncias y desmentidos, no haría sino embarrar más el terreno. Conociendo los métodos soviéticos, Falcó estaba seguro de que Moscú iba a cortar por lo sano.

Eso lo llevó, de modo natural, a Pavel Kovalenko. Falcó no había visto nunca al jefe del Grupo A de Tareas Especiales, pero conocía su biografía básica: judío de Kiev, durante la revolución de Octubre y la guerra civil había sido saboteador, guerrillero y asesino antes de organizar acciones de policía y contrainteligencia como oficial del GPU, más tarde NKVD. A él había encomendado Stalin coordinar la actuación comunista en España. En la zona republicana era el indiscutido hombre de Moscú: supervisaba a la policía política española y los envíos de armas, y había sido responsable del traslado del oro del Banco de España, incluido el cargamento perdido en Tánger. Pero lo más destacado consistía en la purga masiva de disidentes —agentes fascistas, era la acusación oficial— que Kovalenko llevaba a cabo en los últimos meses, ejecutando a brigadistas internacionales sospechosos y trotskistas españoles.

Ante ese panorama, y con Kovalenko en París, no era necesaria una bola de cristal para prever el futuro de Leo Bayard. En un tiempo como aquél, cuando simples sospechas bastaban para sentenciar a un hombre, la presencia del agente soviético equivalía a meter en una habitación cerrada a un chacal y a un cordero.

La idea dejó en la boca de Falcó un rictus pensativo. Sarcástico. Pleamares y bajamares de la vida, se dijo. Loterías del azar. A todos nos llega nuestra hora, pero a unos les llega antes que a otros.

Cuando el equipaje estuvo listo, echó un último vistazo a la habitación y al baño. La mirada del gitano, llamaban a eso sus instructores. Que no quede nada detrás, decían; pero sobre todo, nada que pueda comprometer al agente. A veces un trozo de papel olvidado, una carta o una factura, una colilla aplastada, ocasionaban consecuencias imprevisibles o peligrosas. En aquel oficio era preciso irse de los lugares con la misma limpieza que un fantasma. Salir de la nada y ser capaz, sin esfuerzo, de regresar a la nada.

Colocó la gabardina y el sombrero junto al equipaje, sobre la cama. Después encendió un cigarrillo y miró por la ventana. Oscurecía en el bulevar. No se oían los sonidos del exterior, y la ciudad parecía encerrada en una campana de silencio. Entre las ramas de los árboles se encendían el alumbrado público y los primeros faros de automóvil, y trazos de cielo rojo sangre terminaban de fundirse con el negro de la noche sobre el campanario de Saint-Germain.

Pensar en Kovalenko lo había llevado a pensar en Eva. Era inevitable. Procuraba no ocuparse de ella, pero no siempre era posible mantener a raya la imaginación, ni los recuerdos. Tampoco lograba librarse de la extraña melancolía que le sobrevenía cada vez, tan parecida a la lluvia mansa sobre un páramo desolado.

El cristal de la ventana reflejaba el contorno flaco del rostro de Falcó y la brasa del cigarrillo. Se lo quitó de la boca y pronunció el nombre de ella, silenciosamente, sin articular ningún sonido.

Eva Neretva.

Desde luego que no podía olvidarla. Resultaba absurdo. Habría hecho falta otra vida para olvidar, y ni siquiera de eso estaba seguro.

Eva Neretva, alias Eva Rengel, alias Luisa Gómez. Miembro del Grupo A de Tareas Especiales del NKVD.

«No me hagas daño», había dicho ella en cierta ocasión: aquella extraña noche en la habitación 108 del hotel Continental de Tánger, mientras sus compañeros torturaban al operador de radio de Falcó.

Se preguntó si seguiría viva a esas alturas.

Lo último que había sabido por mediación del Almirante era que, tras la pérdida del oro republicano, Eva había viajado a Marsella en el *Maréchal Lyautey*, y allí se le había perdido la pista. Podía haber regresado a España o a la Unión Soviética, pero eso era imposible saberlo. La segunda opción resultaba poco tranquilizadora en pleno terror estalinista, con la purga de disidentes, los procesos públicos y las ejecuciones masivas en los sótanos de la Lubianka. Cada alto cargo soviético caído en desgracia arrastraba consigo a su familia, amigos y subordinados. Se delataba para sobrevivir y ni siquiera así se sobrevivía. En toda Europa, España incluida, había agentes comunistas a los que se les ordenaba regresar a Moscú para encontrarse allí con el calabozo, la tortura, Siberia o un tiro en la nuca.

«No creo que sea verdad que nos amemos», había dicho ella en el amanecer sombrío de Tánger, un momento antes de que los fogonazos lejanos y el cañoneo del combate entre el destructor nacional y el mercante republicano se adivinaran más allá de la bruma. «Yo tampoco lo creo», respondió él. Mintiendo ambos. Se habían contemplado sin apenas más palabras, sólo unas horas después de haberse intentado matar concienzudamente el uno al otro. Aquella última vez se miraron a los ojos, cercados de fatiga los de ella entre las marcas de golpes en la cara, limaduras de acero gris en los de él, cansados, doloridos y maltrechos los dos, partícipes de casi idéntica derrota mientras algunos hombres valientes morían mar adentro y el *Mount Castle* se iba al fondo del mar. Y Eva había murmurado «La última carta la juega la Muerte» con voz átona, inexpresiva, como si tan sólo aflorase a sus labios un vago pensamiento.

Después ella desapareció entre la niebla, y Falcó había estado orinando sangre una semana.

La noche era templada, así que dejó gabardina y sombrero en el hotel, con el equipaje. Tenía hambre y le apetecía un buen borgoña con una cena ligera. Salió a la calle y pasó junto a la estatua del filósofo, encaminándose hacia el bistrot Chez Bruno, en la esquina misma de la rue Bonaparte.

Caminaba ligeramente confiado, y eso fue un error.

De pronto un timbre de alarma se activó en su cerebro, y fue de modo automático. Ring, ring, hizo. El sonido era inconfundible. Aquélla era la clase de cosas que lo habían ayudado a mantenerse vivo hasta entonces.

Terreno hostil, dijo su instinto.

Había un automóvil estacionado junto a la acera, con dos siluetas en su interior, justo en el lugar donde las copas de los árboles dejaban en sombra la zona iluminada por una farola. Advirtió Falcó el hecho antes de analizarlo, y aún dio tres pasos mientras consideraba riesgos posibles y probables. Entonces se detuvo, tenso.

—Siga caminando —dijo una voz en francés, a su espalda.

Contaba menos la orden que el cañón de pistola o revólver que acababan de apoyarle por detrás en el riñón derecho. Dudó un instante, y el arma aumentó la presión.

—Vaya hacia el coche —insistió la voz.

Falcó miró brevemente en torno, con poca esperanza. Nadie entre los escasos transeúntes parecía darse cuenta de nada.

—Camine, o lo mato.

En una película con Charles Boyer o George Raft, incluso en una historia de detectives de revista ilustrada,

Falcó se habría girado con brusquedad, zafándose de la amenaza con un puñetazo en el rostro de quien lo amenazaba. Pero aquello no era una película ni una novela por entregas, y la contundencia del arma indicaba un calibre lo bastante potente para destrozarle riñón e hígado de un plomazo. Así que obedeció como un buen chico, sin protestar ni pedir explicaciones. Resignado.

La puerta trasera del automóvil, un Vauxhall Touring, acababa de abrirse para recibirlo, y él agachó la cabeza y entró.

—Ponga las manos en el respaldo del asiento de delante.

Hizo lo que le decían mientras el que lo encañonaba entraba detrás, dejándose caer en el asiento contiguo sin apartar un centímetro la pistola de su costado. El fulano olía a tabaco y sostenía el arma oculta por un gabán doblado sobre su brazo derecho. De soslayo, a la débil luz de la farola tapada por los árboles, Falcó entrevió unas facciones huesudas bajo una boina negra. Sin embargo, su atención estaba centrada ahora en los que ocupaban los asientos delanteros. Uno, el que estaba al volante, era sin duda Petit-Pierre; lo reconoció sin dificultad en la penumbra. El otro era una silueta alta y delgada, que se había vuelto hacia Falcó.

—Me debe una larga conversación, amigo Nacho —oyó decir educadamente a Leo Bayard.

Había conocido Falcó situaciones más cómodas. Aquélla, de momento, no era desesperada, se dijo a modo de consuelo. Aunque sin duda podía ir a más. A peor. Pensaba en eso sentado en una silla mientras sus ojos adiestrados recorrían el interior de la gabarra-vivienda donde se encontraba, situando obstáculos y elementos favorables. La embarcación estaba amarrada en un muelle del Sena, cerca del viaducto de Auteuil. De vez en cuando se oía el rumor lejano de los trenes que pasaban.

—¿Puedo fumar?

Bayard estaba sentado frente a él, observándolo con curiosidad.

—No. Claro que no puede.

Miró Falcó alrededor. Olía a humedad. La camareta estaba amueblada con sillas de lona, cuadros de factura moderna en los mamparos y cortinillas de encaje sobre los ojos de buey. Todo muy coqueto y doméstico. Había una estufa, un fogón de carbón y una mesa con mantel de hule bajo un quinqué de petróleo encendido, una botella de vino y dos vasos. También había tres hombres, además de él: Leo Bayard, Petit-Pierre y el que tenía el arma; éste era el que se hallaba más alejado, como garantizando desde allí la estabilidad de la situación. Era muy flaco y conservaba puesta la boina. Estaba sentado en un peldaño de la escala que llevaba al tambucho y la cubierta, con un revólver de grueso calibre al lado.

—Ahora, cuéntemelo —dijo Bayard.

Lo miró Falcó con aparente desconcierto. En el trayecto desde Saint-Germain hasta allí, y luego mientras lo conducían por el muelle en sombras para hacerlo subir por la plancha de la gabarra, había tenido tiempo para establecer sucesivas líneas de defensa. Aquello formaba parte del adiestramiento básico: negar aunque te pillaran con una pistola humeante en la mano. Es un atropello, qué diablos pretenden, nunca hubiera imaginado que, etcétera. En honor a Bayard, Falcó debía reconocer que éste ni se molestaba en discutir. Se había limitado a escuchar moviendo afirmativo la cabeza, vuelto a veces para mirarlo como si realmente prestase atención, cuando el automóvil pasaba cerca de alguna luz que iluminaba el interior. Y ahora mostraba parecida actitud.

—¿Qué diablos quiere que le cuente?

—Su papel en esto. Lo que ocurre lo veo con claridad, pero me falta situarlo a usted en el complot.

—¿De qué complot me habla?

—¿Para quién trabaja?

—Por Dios. No trabajo para nadie.

—¿Para los nazis?... ¿Para la gentuza de Franco?

—Eso es ridículo.

—¿Es un agente provocador comunista? —Bayard interrogaba con paciencia casi didáctica—. ¿El Komintern está detrás de esto?

—Se ha vuelto loco.

Se lo quedó mirando el otro, y al cabo emitió un suspiro.

—Escuche, Ignacio Gazán o como de verdad se llame... Usted y yo sabemos a qué vino a París y para qué se me acercó... Así que voy a explicarle cómo están las cosas —señaló al chófer—. A Petit-Pierre ya lo conoce; era el mecánico de mi escuadrilla... Ese otro caballero se llama Vezzani y es corso. Piloto de aviación. Estuvo en las brigadas internacionales antes de unírsenos en España.

El tal Vezzani se llevó un dedo índice a una ceja, a modo de saludo. Contemplaba a Falcó con hostil curiosidad. A su lado, sobre el peldaño de la escala, la luz del quinqué hacía relucir el acero cromado del revólver.

—Los dos son viejos y leales camaradas —prosiguió Bayard—. Volamos juntos en una veintena de misiones, ¿sabe?... Quiero decir que entre nosotros no hay la menor duda sobre nada. Saben muy bien quién soy yo. De lo que se trata ahora es de saber quién es usted.

—Hupsi Küssen... —empezó a decir Falcó.

El otro lo interrumpió alzando una mano.

—También me pregunto la parte que Hupsi tuvo en esto. Pero como ha desaparecido, tengo que conformarme con usted.

—Menudo disparate.

Bayard se quedó otra vez callado, mirándolo. Estudiándolo como si tuviera una lupa entre los dos.

—Debo reconocer algo: su extrema competencia —dijo al fin—. En una semana ha tejido una tela de araña impecable. Con ayuda de otros, por supuesto. Pero su parte la ha hecho muy bien. Consiguió engañarme por completo.

—Yo no he engañado a nadie.

—No insulte mi inteligencia. Ni la de estos caballeros.

Se detuvo de nuevo. Ahora sonreía, y la luz del quinqué le trazaba líneas siniestras en la cara. Se pasó una mano por la frente, apartándose el mechón de cabello.

—Sólo Eddie desconfiaba un poco de usted, ¿sabe?... Es demasiado guapo, decía. Demasiado elegante, demasiado simpático, demasiado generoso, demasiado perfecto —se acentuó la sonrisa—. Intuición de mujer, supongo. Pero, idiota de mí, no le hice caso.

Mientras fingía mirar el rostro de Bayard, Falcó estudiaba cada detalle de la camareta. Era una técnica aprendida: fingir que se miraba algo cuando en realidad la atención se dirigía a otros puntos, en la periferia del lugar donde en apariencia se fijaba la vista. En ese momento buscaba objetos con los que agredir. Todo valía para eso: un lápiz, un cubierto, un cenicero.

Pero sólo vio la botella y los vasos.

Se oyó el rumor apagado de un tren que pasaba por el puente: trac, trac, trac. Sentado frente a Falcó, Bayard seguía desgranando su lista de agravios. Él y sus cómplices, añadió, habían intoxicado a gente que podía perjudicarlo. Hicieron pagos a una cuenta suiza de la que no tenía la menor idea, y el supuesto Ignacio Gazán le había entregado un cheque para participar, decía, en la producción de la película sobre la causa republicana. Una suma de dinero que ahora se presentaba como un pago o un soborno.

—Es usted un hijo de la grandísima puta, como dicen en España —remató—. Una sucia rata infiltrada.

—Quisiera fumar un cigarrillo —insistió Falcó, tanteando más posibilidades.

Bayard ni se molestó en responder. Casi amenazante ahora, había acercado su rostro al suyo. La ira contenida le relucía en los ojos, reduciéndole los labios a una fina y dura línea.

—Que no lo engañen mis maneras. No siempre he sido, ni soy, el intelectual polémico, el premio Goncourt, el *enfant terrible* de la izquierda francesa. Fui soldado, he luchado en España por mis ideas. Y lo sigo haciendo. En realidad, esta conversación es parte de esa lucha. Y lo que me propongo hacer con usted también lo es... ¿Me sigue?

—Lo sigo.

—Presiento que es un profesional. Un individuo así no se improvisa. Por eso espero que entienda bien lo que le digo. Será una noche larga, la que vamos a pasar. Sobre todo la que va a pasar usted... Acortemos los preámbulos en lo posible, para no fatigarnos más de lo necesario.

Se puso de pie desplegándose con ademán distinguido, una mano en un bolsillo del pantalón. Casi tocaba el techo de la gabarra con la cabeza.

—Necesito saber quién lo ha organizado. ¿Comprende?... Sólo así podré prevenir el golpe principal. Conocer mis posibilidades de supervivencia.

Falcó sabía agotada la primera línea de defensa. El reloj corría en su contra, así que decidió replegarse a la segunda.

—Son escasas —apuntó—. Supongo.

Escuchar aquello hizo enarcar las cejas a Bayard.

—Ah. Resulta que sabe más de lo que decía.

—Muy poco más. Pero sé atar cabos.

—Ya... ¿Y va a contarme qué cabos son ésos?

Pensaba Falcó a toda prisa. Algo que dar y algo que reservarse para la tercera línea defensiva. Pero no encontraba nada convincente. Como si lo intuyese, Bayard miró a sus compañeros y después de nuevo a él.

—¿Sabe por qué todavía no le hemos atado las manos?... Porque Vezzani es un tirador excelente que se basta para tenerlo bajo control; y también porque los tres deseamos, en el fondo, que haga algo que justifique pegarle un tiro en un brazo o una pierna. Pero es usted un hombre prudente.

—No voy a hacer nada que justifique nada. Y estoy dispuesto a contarle lo poco que sé de este embrollo.

—¿Embrollo, lo llama?

—Pues claro.

—¿Y va a contarme lo poco que sabe?

—Eso es.

—¿Por ejemplo?

—Hupsi Küssen lo organizó todo.

Volvió Bayard a enarcar las cejas.

—Hupsi, me dice.

—Sí.

—¿Y para quién trabaja él?

—No lo sé. Pero lo hace por dinero.

El otro asintió despacio, pensativo. Parecía considerarlo en detalle. Luego miró a Petit-Pierre; y éste, que había permanecido inmóvil apoyado en un mamparo, sacó del bolsillo unas tenazas y un rollo de cordel.

—Ahora sí lo vamos a inmovilizar —dijo Bayard con frialdad—. También le vamos a tapar la boca... No porque en este lugar pueda oírlo alguien, que no es el caso, sino por mi propia comodidad. No es agradable escuchar alaridos en un lugar cerrado, tan pequeño.

Petit-Pierre se acercó sin prisas. En la expresión estólida de sus ojos, en su indiferencia corpulenta y brutal, Falcó pudo leer con toda claridad su destino inmediato. Se agotaba el tiempo, y la segunda línea de trincheras estaba a punto de caer.

—Tengo curiosidad por ver cuánto aguanta —comentó Bayard—. Para mí es una novedad. Se trata de la primera vez que veo hacerle esto a un ser humano... Debo decir que siempre fue contra mis principios, pero convendrá conmigo en que se trata de una circunstancia extraordinaria.

Petit-Pierre se había sentado delante de Falcó, desenrollando el cordel. Había puesto las tenazas sobre la mesa, advirtió éste, pero estaban demasiado lejos. Nunca las alcanzaría sin que Vezzani le pegara un tiro.

—Para Petit-Pierre, sin embargo, no es la primera vez —añadió Bayard—. Lo supone, ¿verdad?

Tercera línea de defensa, decidió Falcó. Y era la última. Si no bastaba, sólo quedaría intentar agarrar las tenazas o la botella, encarar un balazo y que saliese el sol por Antequera. O por donde fuera a salir, o a ponerse.

—Soy comunista —dijo.

Siguió un silencio de cinco segundos. Bayard lo miraba con la boca abierta.

—No me lo creo.

—Administración de Tareas Especiales —sostuvo Falcó con firmeza—. Si me ocurre algo, están los tres sentenciados.

Ajeno al diálogo, pendiente de lo suyo, Petit-Pierre se disponía a coger sus manos para atárselas a la espalda; pero Bayard lo contuvo con un gesto.

—Lo estoy de todas formas, me temo... Sentenciado, quiero decir —estudiaba con hosquedad a Falcó—. ¿Cuál es el juego?

—Tiene enemigos en el partido, aquí en Francia. El Komintern lo considera poco seguro y con demasiada influencia. Alguien fuera de control, sin disciplina, que libra su propia campaña. Por eso acumulan pretextos para desacreditarlo.

—¿No se trata de hacerme desaparecer?

—No. Sólo de anularlo políticamente. Quitarle el prestigio. Cortar las alas al héroe de la guerra de España. En opinión de ellos, se pavonea demasiado.

Lo meditó Bayard un momento.

—Eso es absurdo.

—Tal vez. Pero es lo que hay.

—No tengo carnet del partido, pero saben que soy leal.

Aparentó Falcó vacilar, como si le costase pronunciar un nombre.

—Tujachevsky —dijo al fin.

—¿El general?

—Claro.

—¿Qué tiene él que ver?

—Está siendo juzgado en Moscú con otros conspiradores profascistas.

—Lo sé... Una acusación grotesca, sin duda. Conozco bien al general.

—Ésa es la cuestión. Que lo conoce bien.

De repente, la luz del quinqué volvió aceitoso el rostro sombrío de Bayard.

—Menudo disparate... ¿En qué se relaciona eso conmigo?

—Tienen amistad. Usted estuvo invitado en su dacha del Mar Negro.

—¿Y?

—El NKVD lo relaciona con él. Están purgando su entorno, pues todo el círculo de amistades está contaminado. Se les considera a sueldo de potencias extranjeras.

—Eso es mentira.

—Y a mí qué me cuenta.

Dio unos pasos el otro por la camareta, preocupado. Al fin se detuvo cerca de Vezzani y su revólver, sacó un paquete de cigarrillos y se puso uno en la boca.

—Aunque fuera cierto, que no lo es, no soy tan importante en relación con Tujachevsky... ¿Por qué tanto trabajo y gasto para dejarme a mí fuera de juego?

—No lo sé. Yo cumplí órdenes específicas, y éstas eran desacreditarlo.

Bayard rascó un fósforo, encendió un cigarrillo y le dio tres chupadas antes de hablar de nuevo.

—¿Quién filtró a la prensa esos documentos falsos?

—Tampoco lo sé. El Centro de Moscú, imagino. O el Komintern.

—¿Y los nazis? ¿Y los fascistas españoles?

—No sé nada de ellos.

El cigarrillo en la boca, entornados los párpados, las manos en los bolsillos, Bayard contempló largamente a Falcó. Y después de un rato, movió la cabeza.

—Ha sido un buen intento —dijo—. Casi me hace dudar... Pero no funcionó. Así que volvamos al principio.

Hizo un ademán imperativo a Petit-Pierre, que alargó las manos con el cordel buscando las de Falcó. En ese momento se oyó el distante trac, trac, trac de otro tren que cruzaba el puente, y casi al mismo tiempo sonó un crujido en el exterior de la gabarra, como si alguien acabara de pisar la plancha de acceso. Miraron los tres hombres hacia el tambucho, y Vezzani cogió el revólver.

—Hay alguien ahí —dijo Bayard.

A menudo, las cosas decisivas ocurrían en pocos segundos. Por adiestramiento y por carácter, Falcó estaba dotado para reconocerlas, o intuirlas. De modo que actuó en consecuencia. No hubo cálculo ni reflexión por su parte una vez lanzado el primer impulso. Llevaba casi una hora acechando la oportunidad.

Que hubiese alguien afuera, como había dicho Bayard, o no lo hubiese, resultaba irrelevante. Lo que contaba era la ocasión: los tres hombres distraídos un momento, en especial el que empuñaba el arma. Falcó tenía ese brevísimo tiempo disponible, y no desaprovechó la ocasión. El resto fue una sucesión de acciones casi automáticas. Una coreografía metódica y rigurosa. Rutinaria.

Lo primero fue la botella. Había calculado ya, casi desde el principio, la distancia que la separaba de su mano derecha, y la agarró por el gollete en el mismo movimiento que hizo para incorporarse de la silla.

Lo segundo fue apartar a Bayard de un empujón, porque Vezzani era el primer objetivo. Vezzani y, por supuesto, su pistola. Dio dos pasos rápidos hacia el corso, botella en mano, y al advertir que no llegaría a tiempo, pues aquél ya se revolvía con el cañón del revólver buscándolo, salvó el último espacio que los separaba arrojando la botella contra su cara. Ni siquiera se detuvo a comprobar el efecto, pues cuando el vidrio se rompió en la frente del otro, arrancándole un aullido de dolor, él ya estaba precipitándose hacia el revólver que caía al suelo, para alejarlo con una patada que lo echó bajo la mesa.

Fue Petit-Pierre quien de los otros atacó primero. El guardaespaldas embestía con la cabeza baja, empujada por el torso poderoso; pero Falcó ya se había visto en situaciones semejantes, y además el espacio de la camareta era escaso para que el enemigo adquiriese suficiente impulso. Así que pudo recibirlo con un codazo entre los ojos, que lo frenó en seco, y luego con un puñetazo en la sien, que resonó fuerte, a Falcó le lastimó los nudillos y al francés le puso los ojos en blanco. Cayó éste de rodillas, desmadejado, manoteando en busca de algo donde apoyarse. Falcó lo dejó intentarlo porque ya no era peligroso, y porque ahora su atención se dirigía a Bayard; que, a cuatro patas, gateando bajo la mesa, buscaba el revólver. O para ser exactos, acababa de encontrarlo.

Es suficiente por esta noche, se dijo Falcó. Dos de tres no es mala cifra. Así que se abalanzó por la escala hasta el tambucho, abrió éste de una patada y salió a la cubierta de la gabarra y a la noche, dispuesto a correr por la plancha hasta el muelle y perderse en la oscuridad.

Estaba a punto de hacerlo cuando una sombra se interpuso en su camino y otra se movió con celeridad hacia su espalda.

Recibió el golpe en la nuca. Primero fue un estallido de lucecitas minúsculas que acribillaron sus retinas. Y luego, nada.

Espero no acabar en el agua, pensó.

Perdió la consciencia mientras caía en un pozo profundo y oscuro.

17. Una conversación

Había un hombre sentado cerca cuando abrió los párpados: un rostro iluminado a medias por la luz aceitosa del quinqué, pues de nuevo se encontraba Falcó en el interior de la gabarra. Unos ojos negros y vivos lo miraban con atención cuando volvió de la oscuridad y parpadeó aturdido. Estaba tumbado boca arriba, en el suelo. La nuca le dolía hasta los hombros, con los músculos del cuello agarrotados, y cada latido de la sangre en la sien derecha le causaba un malestar terrible, cual si el pulso repercutiera en los más remotos pliegues del cerebro. Al moverse por primera vez, llevándose una mano torpe a la cabeza, emitió un gemido. Sentía náuseas.

—Ha tardado en volver —dijo el desconocido—. Le dieron fuerte.

Hablaba español con un vago acento extranjero. Estaba sentado en una silla y fumaba un cigarrillo. Desde el suelo, Falcó observó su cara: bigote, nariz afilada, frente con profundas entradas en un pelo ya escaso. Mediana edad. Vestía un traje cruzado, con corbata, y parecía pequeño y fuerte.

—¿Cómo se encuentra?

Falcó se tocó la sien dolorida, sin responder. Luego intentó incorporarse, pero el movimiento le arrancó otro quejido. Apoyó de nuevo la cabeza en el suelo de tablas de la camareta.

—Quizá deba quedarse así un rato más —dijo el hombre.

Sin hacerle caso, Falcó hizo otro intento por levantarse. Esta vez el otro se inclinó sobre él, ayudándolo a ponerse en pie y ocupar una silla junto a la mesa. La ropa del extraño olía a bolas de naftalina y a humo de tabaco.

—Necesito algo para el dolor de cabeza —dijo Falcó, palpándose los bolsillos.

Poco a poco iba recobrando la normalidad. Con movimientos todavía aturdidos, sacó el tubo de cafiaspirinas, cogió dos comprimidos y miró alrededor en busca de algo para ingerirlos, pero sobre la mesa sólo había dos vasos. Vio los restos de la botella rota en el suelo, al pie de la escala que llevaba a cubierta. Alguien los había barrido, retirándolos a un rincón.

—Espere —dijo el hombre.

Había ido hasta la alacena. Cogió una pequeña garrafa, retiró el corcho y olió su contenido. Después regresó con ella a la mesa y llenó uno de los vasos, entregándoselo a Falcó.

—Vino blanco —dijo—. Puede valer.

Falcó se tragó las dos pastillas con un largo sorbo y respiró hondo. El hombre había vuelto a sentarse frente a él.

—¿Dónde está Bayard? —preguntó Falcó.

—Se ha ido.

—¿Y los otros dos?

—También.

—¿Adónde?

El hombre había sacado una petaca de cigarrillos ya liados, tomando uno que encendió con la colilla del anterior. Dejó caer ésta en el otro vaso.

—A usted no le importa adónde.

Puso la petaca sobre la mesa, entre él y Falcó, como si lo invitara a coger un cigarrillo.

—Han salido de su vida —añadió—, y ya no volverán a aparecer en ella.

Falcó no miraba la petaca, sino a él.

—¿Qué hace aquí?

—Arreglo asuntos pendientes —el extraño encogió los hombros con lasitud—. Mi trabajo incluye arreglar esa clase de asuntos.

—¿Y quién es usted?

No hubo respuesta. El hombre se limitaba a fumar, apoyado un codo en la mesa, sin dejar de mirarlo. Al cabo de un momento volvió a encoger los hombros.

—Tengo curiosidad por averiguar qué papel exacto ha jugado en esta historia, pues sólo puedo imaginar una parte.

Ni parpadeó Falcó. Soportaba impasible el examen.

—No sé a qué historia se refiere.

Dejando escapar una bocanada de humo, el otro sonrió por primera vez. Era la suya una sonrisa suave y educada.

—No pretenderá hacerme creer que estaba en conversación amistosa con Leo Bayard —comentó—. No parecía ése el ambiente cuando llegamos.

No añadió quiénes al plural. Estaban solos en la camareta, así que Falcó supuso que había más en la cubierta, o en el muelle. El golpe en la nuca se lo había dado un experto. Aquel hombre lo era, seguramente, pero no en tal clase de actividades. O eso imaginó. Le habría sorprendido mucho que actuara solo.

—Una historia curiosa, la de Bayard —apuntó el otro—. Nadie lo imaginaría, ¿verdad?... Un hombre como él, intelectual destacado, héroe de la guerra de España. Y resulta que estaba en connivencia con los fascistas. A sueldo de ellos, incluso. Vivir para ver.

Se quedó mirando la brasa del cigarrillo, reflexivo. Después dejó caer la ceniza en el vaso.

—Qué sorpresas da la vida, ¿no le parece? —añadió.

Asentía Falcó. Su dolor de cabeza comenzaba a atenuarse.

—Me lo parece.

—Al principio tuve mis dudas, lo confieso... Pero ciertos conocidos míos, incluso superiores jerárquicos, no dudaron en absoluto. Bayard es un traidor a los suyos, afirmaron. Se les habían suministrado pruebas contundentes de ello, y las creyeron... Yo, si he de serle sincero, no las creía del todo.

Se detuvo otra vez. Contemplaba aún con más fijeza a Falcó, y éste comprendió que aquellos ojos podían llegar a ser extremadamente duros.

—Y sigo sin creerlas —concluyó.

Falcó, cada vez más despejado, ataba cabos. Poco a poco, todavía con lentitud, las piezas iban situándose en el lugar adecuado. El problema era que ese lugar no tenía nada de tranquilizador para él.

—Sin embargo, recibí órdenes —estaba diciendo el extraño—. Ocuparme de este asunto, como le dije antes... Y bueno, ya me ve. Ocupándome.

Pasó otro tren por el viaducto del río. Trac, trac, trac, sonó en la distancia. El hombre pareció prestar atención un instante, chupando el cigarrillo. Después miró de nuevo a Falcó.

—Su presencia aquí me aclara las ideas. En el cuarto de hora que he pasado observándolo mientras estaba inconsciente tuve tiempo para pensar. Y ha sido una reflexión de provecho.

—¿Qué pasa con Bayard? —preguntó Falcó con brusquedad.

—Ya le dije que se ha ido —el otro dejó caer ceniza en el vaso con mucha flema—. Ha desaparecido en el océano proceloso de la vida, me temo.

Golpeó con un dedo la petaca, instando a Falcó, pero éste rechazó la oferta con ademán fatigado. No tenía aún la cabeza para fumar. El hombre jugueteó un momento con ella antes de guardársela.

—Dudo que vuelva a saberse de él —prosiguió—, al menos en su aspecto físico... Quizá haya desertado a la Alemania nazi, o a la España fascista con la que estaba en acuerdo secreto. Tal vez vaya camino de Italia, de Suiza o de Sudamérica, para disfrutar del dinero ganado con su aparente doble juego. O quizá lo lleven a la Unión Soviética para rendir cuentas... ¡Quién sabe! —de nuevo la misma sonrisa educada y suave—. Sería interesante saber qué opina usted.

—¿A qué se refiere?

—Hablo de Bayard en la Unión Soviética.

—Dudo que llegue tan lejos.

El otro se quedó inmóvil un par de segundos, observándolo con renovado interés.

—No me engañaron —dijo al fin—. Es usted, entre otras cosas, un hombre perspicaz —seguía mirándolo, penetrante—. Que esto quede entre nosotros, pero yo también lo dudo. ¿Imagina un interrogatorio en la Lubianka, o un proceso en Moscú?... Podría estropear la versión oficial y eso causaría algún desconcierto. Éstos, por desgracia, no son tiempos para matices.

Falcó empezaba a comprender con más claridad.

—Supongo que está muerto a estas horas —aventuró.

—Qué más da... Se sabe ya de él cuanto es oportuno saber. Ha hecho su papel, y dentro de un rato los periódicos y las agencias de noticias pondrán su nombre en los titulares —ahora su gesto era sarcástico—. ¿No se trataba de eso?... El resto de la historia, sea cual sea la verdad o la mentira, ya no interesa a nadie.

Había consumido el cigarrillo hasta casi quemarse las uñas. Dio una última chupada y lo dejó caer dentro del vaso, con la otra colilla.

—¿Qué tal se encuentra?

No había ironía en la pregunta. Asintió Falcó.

—Algo mejor —repuso—. Y preguntándome por qué sigo vivo.

—Sí —aquello parecía darle al otro en qué pensar—. Es una pregunta pertinente, supongo... De estar en su lugar, yo también me la haría.

Se había puesto en pie. Era ancho de espalda pero de baja estatura, confirmó Falcó. La chaqueta cruzada le estaba estrecha en los hombros. No parecía ir armado.

—Aún tiene mal aspecto. Le irá bien tomar un poco el aire —se puso un gabán de cuero sobre los hombros y señaló la escala—. ¿Damos un paseo, señor...?

Dejó la frase en el aire, indeciso. Falcó se había levantado también, con precaución por si las piernas no lo sostenían. Aun así le llevaba un palmo de estatura al otro, pero éste no parecía intimidado.

—¿Cómo prefiere que lo llame?... ¿Señor Gazán? ¿Señor Falcó?

—Llámeme como quiera.

—Falcó, entonces. Al fin y al cabo, con ese nombre figura en mis archivos. A mí, si quiere, puede llamarme...

—Pablo —lo interrumpió Falcó—. Imagino que puedo llamarlo Pablo.

El Sena corría silencioso, parecido a una brecha negra al pie del muelle de adoquines húmedos por el relente de la noche. Los dos hombres paseaban en la oscuridad, bajo las hojas de los árboles que la espesaban. La única luz era una farola lejana que iluminaba un arco del puente.

—Son momentos difíciles —resumió Kovalenko.

Falcó todavía analizaba el hecho de hallarse en compañía del jefe de los servicios de inteligencia soviéticos para España. Y sobre todo, lo insólito de que él mismo siguiera vivo, en vez de ser un cuerpo arrastrado por la corriente.

—Difíciles y complicados —insistió el ruso.

Había estado hablando en el mismo tono tranquilo y suave que antes mientras bajaban por la plancha de la gabarra y caminaban por el muelle en sombras. Al principio había hecho algunos comentarios banales sobre la situación en España, el ambiente en la retaguardia, las disputas políticas en Valencia, el desorden republicano que ponía en peligro el desarrollo de la guerra. Nada que Falcó no supiera, así que éste seguía aguardando.

—Se preguntará por qué aún está vivo.

Se volvió Falcó a mirar atrás, hacia los guardaespaldas que los seguían a distancia: dos bultos callados y anónimos que se mantenían lo bastante lejos para no oír la conversación. Sin duda debía a uno de ellos el dolor en la nuca, lo que no lo sorprendió nada. Rusos o españoles, si escoltaban a Kovalenko eran gente selecta. Agentes rojos de élite, con disciplina y adiestramiento.

—Es una de las muchas preguntas que me hago —admitió.

—Unas tendrán respuesta, y otras no. ¿Me entiende?

—Sí.

Dieron unos pasos en silencio, casi hombro con hombro.

—Me hablaron de usted —el ruso hizo una breve pausa, antes de proseguir como para adelantarse a cualquier comentario—. Quien lo haya hecho no viene de momento al caso.

Se hallaban bajo la sombra cerrada de los árboles, pero Falcó supo que el otro lo miraba.

—Su camino se ha cruzado varias veces con el de mi gente —añadió éste—. Sé mucho de usted. De sus actuaciones, de su carácter, de sus superiores... ¿Es cierto que a su jefe lo llaman el Jabalí?

Falcó no respondió. Habían salido a una zona donde llegaba la claridad lejana de la farola. Se acercaban al túnel bajo el puente del ferrocarril, y miró con aprensión el arco oscuro. Con disimulo dirigió un vistazo sobre el hombro a los guardaespaldas, calculando distancias y posibilidades.

—Creo que están ustedes unificando los servicios de inteligencia, y es una medida prudente —seguía diciendo el ruso—. Ojalá ocurriese en el lado gubernamental. No se puede figurar nuestros esfuerzos, y cómo se estrellan con las divisiones y el odio de unos y otros. Si los republicanos dedicaran a ganar la guerra las energías que destinan a destruirse entre sí, los fascistas habrían sido aniquilados hace tiempo... ¿No cree?

—Es muy posible.

Estaban más cerca del túnel. Falcó volvió a mirar atrás con disimulo. Las dos sombras negras se mantenían a distancia, y Kovalenko no parecía obstáculo insalvable. El río era de nuevo una solución rápida, y el reloj que ahora llevaba en la muñeca izquierda era resistente al agua. Pero no le apetecía remojarse por segunda vez. Y menos en plena noche.

—Imagino que usted y quienes lo mandan están al corriente de lo que sucede en Moscú —dijo Kovalenko—. Los procesos a traidores y todo eso.

—Algo me ha llegado.

También para la Unión Soviética, insistió el ruso, eran tiempos difíciles. Había grandes cambios y no resultaba fácil distinguir a los amigos de los enemigos. Cada día se daban sorpresas nuevas: saboteadores que confesaban, infiltrados, adversarios del pueblo y casos parecidos. Muchos agentes eran llamados a Moscú, y a veces no regresaban. Desaparecían en las cárceles y campos de trabajo.

—Sé que no le revelo ningún secreto —concluyó—. Eso está ocurriendo con nuestro personal en toda Europa.

Ni a mí me cuentan qué es de ellos, aunque puedo suponerlo.

Falcó escuchaba ahora con más interés. Había dejado de hacer cálculos de supervivencia y prestaba atención a lo que el otro decía. Esa clase de confidencias quedaba fuera de lugar, decidió. No era usual que el jefe de la inteligencia soviética en España se sincerase con un agente del otro bando.

—Gente como nosotros —estaba diciendo Kovalenko—, cada cual en su nivel, tiene que andar con pies de plomo. Y no sólo en lo que decimos, sino también en los gestos que hacemos, pues siempre hay alguien que transmite a Moscú su interpretación personal. Un chiste sobre Stalin puede hacer que una familia entera sea deportada a Siberia.

—Creía que, por el cargo que ocupa, usted estaba a salvo de todo eso.

—¿Lo creía? —Kovalenko pareció reír quedo. La luz lejana de la farola iluminaba apenas su rostro—... ¿Puede su jefe, por ejemplo, hacer un chiste sobre el general Franco?

—No es su especialidad.

—Soy un veterano fogueado en toda clase de guerras externas e internas. Planeé misiones, recluté y entrené a agentes, perseguí a *linterniks* condenados a muerte. Estoy condecorado con la Orden de Lenin, la Bandera Roja y la Estrella Roja. Serví al GPU como ahora al NKVD, sobreviviendo donde otros no pudieron... ¿Quiere saber algo curioso?

Se habían detenido justo delante del túnel. De reojo, Falcó comprobó que las dos sombras que los escoltaban se habían detenido también.

—Que yo sepa —añadió el ruso—, todos mis jefes hasta la fecha, desde que me uní al Ejército Rojo en 1917, han desaparecido en sucesivas purgas. Acusados

de las cosas más absurdas, pero ya ve... Como dice el camarada Stalin, donde hay un hombre puede haber de-
lito.

Eva Neretva, concluyó inquieto Falcó. Este fulano
está dando vueltas de lejos en torno a ella, aunque no comprendo exactamente para qué. Volvió a mirar el agujero
del túnel y el cauce negro del río. Seguía preguntándose
dónde estaba la trampa.

—Altos mandos del ejército, héroes de la revolución
y la guerra civil, veteranos del partido. Y ahí los tiene, fíjese, ante los jueces, confesándose enemigos del pueblo,
espías extranjeros... Soy casi el único de los viejos tiempos
que sigue libre o vivo.

Falcó escuchaba tenso, algo desconcertado. Atento a
cada palabra y cada matiz. El tono confidencial y apacible de Kovalenko no le hacía perder de vista que ese individuo, la sombra apenas iluminada que se mantenía a
su lado con tranquila naturalidad, dirigía una poderosa
organización de agentes políticos y asesinos. Y que dos
de ellos estaban allí mismo, una docena de pasos a su espalda.

—Hace unos días recibí dos instrucciones de Moscú.
Una era liquidar físicamente a Leo Bayard, sobre quien
mis superiores han recibido lo que ellos llaman *pruebas
incontestables:* desviacionismo trotskista, colaboración con
potencias extranjeras, cuentas en Suiza y otros detalles
que usted conoce.

—¿Qué le hace suponer eso? ¿Que los conozco?

De nuevo sonó la risa queda del otro. Por el brillo
de los ojos, Falcó comprendió que lo estaba mirando con
fijeza.

—No ofenda mi inteligencia. Además, no disponemos de mucho tiempo. El caso es que recibí, como digo,
dos órdenes casi simultáneas. Una era zanjar el asunto
Bayard... La otra era viajar a Moscú, y eso ya no suena

bien. En el contexto de cuanto he dicho antes, la orden de presentarse allí no es algo que tranquilice a ningún soviético, sea cual sea su rango.

—Dudo que usted...

—Déjeme las dudas a mí y limítese a escuchar —aunque bajaba la voz, el tono se había vuelto seco—. No damos este paseo para que yo oiga su opinión, que como dicen ustedes los españoles me importa un pito, sino para que escuche lo que tengo que decir... ¿Entiende?

—Entiendo.

—Pues bien. Ese «vuelve a casa, camarada, que tenemos que hablar», que es en resumen la instrucción que recibí, no me hizo el hombre más feliz del mundo. Soy demasiado veterano para picar el anzuelo... Puede que en Moscú sólo pretendan conversar, pero también que hayan decidido incluirme entre los que acaban confesando cualquier cosa a cambio de salvar a su familia o tener una muerte rápida.

Se detuvo Kovalenko un momento. O más bien fue una pausa larga, deliberada. Casi teatral.

—¿Tiene usted familia? —preguntó al fin.

—No me acuerdo.

—Yo tengo una hija.

—Ah —Falcó miró al ruso con renovada curiosidad—. No lo sabía.

—Pues ahora ya lo sabe... Es mi única hija y está en un sanatorio suizo. Padece de los pulmones. Su madre falleció y la cuida una hermana mía.

—Comprendo.

—Tras mucho pensarlo tracé un plan. Ejecutar el asunto Bayard, pero no pensando en mis jefes.

—Pues eso ya no lo comprendo.

—Lo hará en seguida. Mi impresión es que se trata de un montaje organizado por ustedes y por los nazis. Con la colaboración de otros servicios.

—¿Por qué entonces ha actuado contra Bayard?...
Pues lo ha hecho, ¿no?

Un silencio. Quizá Kovalenko estaba derribando la última barrera de dudas. Por un breve instante, y por primera vez, pareció indeciso.

—Por una parte —dijo al fin— gano tiempo con mis superiores de Moscú. Por otra, ofrezco algo a terceros. Hago un regalo de buena voluntad.

—¿A quiénes?

—A usted... A sus jefes.

Un tren cruzó con estrépito sobre el puente. Falcó aguardó a que se alejara el ruido. Estaba atónito.

—¿Está diciendo que quiere pasarse?

La claridad lejana iluminó el escorzo del ruso cuando se volvió ligeramente a mirar atrás, en dirección a los guardaespaldas que se mantenían a distancia. Y de nuevo bajó la voz al hablar.

—Me gusta más la palabra desertar... Pero sí. Ésa es la idea, aunque lo resuma de una forma demasiado simple.

—¿Y por qué a nosotros?

—De los nazis no me fío, pues son capaces de entregarme a la Unión Soviética a cambio de cualquier cosa. Y los italianos no me gustan. Inglaterra es demasiado húmeda, y los pulmones de mi hija no soportarían el clima. Además, el sanatorio suizo es muy caro.

Con notable esfuerzo, Falcó intentaba encajar todo aquello. Situarlo en el terreno de lo que era posible creer. Por su parte, expuesto el punto principal, Kovalenko parecía dispuesto a ayudarlo. A facilitar el análisis.

—España es perfecta para mí —apuntó—. Me refiero a la del bando franquista, por supuesto. Como dije antes, la República va a perder. Le doy un año como mucho, o tal vez llegue a dos. He estado diez meses allí y sé de qué hablo.

—Me sorprende oír eso. Le suponía más fe en la victoria final: una España comunista y proletaria.

Chasqueó el ruso la lengua con desaliento.

—Sus compatriotas son refractarios a demasiadas cosas. Ni el fascismo ni el comunismo calan de verdad en ellos; he visto allí más oportunistas que gente con ideas firmes... Sólo el anarquismo encaja con su carácter, y eso los hace imprevisibles y peligrosos. Incluso los más disciplinados ignoran la palabra disciplina. Eso no les impide morir dignamente, como formidables guerreros que son... Aunque, para su desgracia, seguirán siendo siempre españoles.

Tras decir eso, se volvió a los escoltas y emitió una orden en ruso: imperativo brusco de alguien acostumbrado a que lo obedecieran de inmediato. Después apoyó una mano en el brazo de Falcó y lo condujo a través del túnel, sin otro ruido que sus pasos resonando en la oquedad. Sin despegar los labios hasta llegar al otro lado y comprobar que los guardaespaldas habían quedado atrás.

—Quiero que ustedes se ocupen de todo —dijo—. De asegurar mi vida y la de mi hija. A cambio, imagine cuánto puedo contar sobre la República. Las informaciones valiosas que poseo: listas de agentes, estructura de los servicios gubernamentales, intrigas varias, voluntarios extranjeros, armamento, relaciones entre comunistas, socialistas y anarquistas... ¿Se hace idea de lo que ofrezco?

Falcó no tenía la menor duda.

—Me la hago —asintió—. Oro puro, desde luego.

—Sí. Es exactamente eso.

—¿Y qué más espera?

Había un poco de luz a ese lado del túnel. Dos farolas de una calle cercana y reflejos amarillentos en los adoquines húmedos. Eso definía algo mejor las facciones del ruso, afilándole la nariz y perfilando su cabeza casi calva. La línea oscura del bigote, en vez de darle personalidad, contribuía a anularla. A Falcó le parecía un rostro de funcionario, de los que se hallaban tras la ventanilla de un banco o una oficina cualquiera. Una cara que de inmediato uno podía olvidar.

—Cuando haya satisfecho la curiosidad de los servicios de inteligencia fascistas, he pensado en Sudamérica, o tal vez los Estados Unidos. Con mi hija, claro.

—No sé si van a pagarle mucho, pese a todo. Mi gente es más bien tacaña.

—No me preocupa eso. Soy hombre precavido y reuní algunos ahorros. Lo que quiero es protección e infraestructura para la fase inicial.

—E inmunidad, imagino.

—Ah, claro. Bastante tendré con cuidarme de los agentes soviéticos que manden tras de mí, para además mirar sobre el hombro respecto a nazis y fascistas. Sólo un enemigo a la vez, a ser posible.

Se quedó callado un momento. Miraba hacia el túnel y parecía pensativo.

—Después ya será cosa mía —dijo al fin, lentamente—. Y, bueno. Tal vez hasta escriba mis memorias.

—Acabarán encontrándolo, tarde o temprano.

—Puede ser, pero tomaré precauciones. Si el camarada Stalin me deja en paz, dentro de lo que cabe, yo me guardaré ciertas cosas que conozco sobre él y otros: pecadillos de juventud y cosas así... Son muchos años entre ellos, ¿sabe?

Hizo Falcó un ademán indiferente.

—Usted sabrá lo que hace.

—Le aseguro que lo sé. Y en resumen, ésa es la respuesta a su pregunta de antes. Por eso sigue vivo y no hace compañía a Bayard: para que transmita con urgencia cuanto acabo de contarle, discretísimamente y sólo a su jefe... Sólo al Jabalí, recuerde —de nuevo se le endurecía el tono—. Y éste, sin intermediarios, al general Franco.

Había sacado de un bolsillo una tarjeta, poniéndola en manos de Falcó.

—Bastará una llamada a este número telefónico de París, donde recibirán las instrucciones oportunas —añadió—. Tienen ustedes cuarenta y ocho horas.

—Aceptarán, sin duda.

Kovalenko sacó la petaca, se puso un cigarrillo en la boca y volvió a guardarla.

—Oh, sí —comentó, displicente—. Claro que lo harán.

Había rascado una cerilla y protegía la llama en el hueco de las manos. Eso iluminó su rostro demacrado, los ojos vivos y negros que observaban a Falcó.

—Una pregunta más —dijo éste—. ¿Por qué yo?... ¿Por qué me ha elegido a mí para hacer de intermediario?

El otro apagó la cerilla sacudiéndola en el aire.

—¿Cómo está su dolor de cabeza?

—Se me ha pasado.

—Va ligero de ropa... ¿Tiene frío?

—No demasiado.

Kovalenko señaló un banco de madera situado en la orilla del muelle.

—Me alegro, porque su última pregunta es oportuna. Todavía no hemos terminado de hablar.

No se habían sentado en el banco porque estaba húmedo. Permanecían de pie ante la franja ancha y oscura del Sena, donde se reflejaban las luces de la otra orilla y los faros de automóviles que circulaban por la carretera de Versalles.

—Sé mucho sobre usted —dijo Kovalenko—. Tal vez sea el agente fascista al que mejor conozco.

Miró a Falcó mientras éste abría la pitillera y con un clic del encendedor prendía un cigarrillo.

—Supongo que imagina cuál es mi fuente —dijo el ruso.

No respondió Falcó a eso. Siguió fumando, callado, cosa de medio minuto. Cuando al fin habló, lo hizo sin mirar a su interlocutor.

—¿Ella regresó a Moscú?

—Sí. Cumplió las órdenes, que en ese momento también eran mías... Fue a dar cuenta del fracaso de su misión en Tánger.

—¿Era necesario?

—No sé si lo era. Pero sé que era inevitable.

Estuvieron un rato en silencio, fumando mientras miraban el río y las luces de la otra orilla.

—Yo estaba en Marsella y fui a esperarla —dijo de pronto Kovalenko—. Nos reunimos allí. Toda una tarde y una noche de conversación. De interrogatorio.

—De interrogatorio —repitió Falcó pensativo, situando la palabra.

—Eh, no lo interprete mal. Fue una conversación tranquila, nada intimidatoria por mi parte... Al terminar le dije cuáles eran las órdenes. Viajar a Moscú. Y en ningún momento las cuestionó —hizo una pausa y la brasa del cigarrillo brilló al llevárselo a la boca—. Ya sabe cómo era.

—¿Cómo era, o cómo es?

Pese a las sombras, Falcó advirtió que el ruso encogía los hombros.

—Le dije que debía ir a hacer su informe personal, que ésas eran las instrucciones. Y ni pestañeó. Usted la conoció y sabe a qué me refiero. Me escuchó sin objetar nada y asintió. Disciplinada y fría.

—¿La previno de los riesgos del viaje?

—No hizo falta. Los conocía muy bien. Nadie la engañó, y tampoco se engañaba a sí misma. Nunca lo hizo.

—Es cierto.

—La dejé sin vigilancia durante todo un día, hasta que arreglamos su pasaje para la Unión Soviética. Había sido mi mejor agente, y creí que se lo debía. No lo tome por un indicio de debilidad.

Las últimas palabras hicieron sonreír a Falcó. Una mueca turbia.

—Nunca se me habría ocurrido tomarlo así.

—Ella lo merecía, ¿comprende?

—Perfectamente.

—Le di esas veinticuatro horas y no las aprovechó para desaparecer. Se presentó impasible, sin una objeción. Sin una protesta. Embarcó en el *Zhdanov* rumbo a Bakú, y eso fue todo.

—¿Volvió a verla?

—No.

—¿Qué sabe de ella?

—Nada —Kovalenko hizo una breve pausa—. El Centro de Moscú confirmó su llegada. Eso es todo.

—¿Sigue viva?

—Lo ignoro. Y le estoy diciendo la verdad.

—¿No se ha interesado por ella?

—En caso de que las cosas hayan ido mal, eso no mejoraría su suerte, pero podría empeorar la mía. Es más sensato mantenerme lejos.

—Ya.

—Más prudente.

—Comprendo.

—Sí. Seguro que lo comprende.

La luz verde de una gabarra ascendía río arriba, y al poco llegó el sonido del motor.

—Hay una ley matemática en nuestro oficio —dijo Kovalenko tras un momento—. Los que tienen patriotismo, fe y valor siempre pierden al final mucho más que los que no los tienen.

Se quedaron mirando la forma negra que se deslizaba frente al muelle hasta que la luz verde dio paso a la blanca de popa.

—El último día me contó algo más sobre usted —concluyó el ruso mientras la embarcación desaparecía tras un recodo del río—. Detalles sobre la operación para liberar al jefe de la Falange, pormenores de lo de Tánger... Siempre lo mencionaba con una curiosa frialdad, casi excesiva. Con un respeto envuelto en una especie de distanciamiento técnico que resultaba muy interesante. Eso me llevó a preguntarle por qué no lo había matado.

—Lo intentó.

—Sí. Eso mismo dijo ella.

Kovalenko dio una última chupada al cigarrillo y lo arrojó al río.

—Es curioso lo de las mujeres, ¿verdad?... No es la única en estas historias que llevamos a medias usted y yo.

Aquello descolocó a Falcó. Era inesperado.

—¿A qué se refiere?

Las luces de la otra orilla hacían relucir la mirada del ruso. Estaba vuelto hacia él y tardó un poco en responder.

—Ella dijo que es usted un buen agente —comentó al fin—. Pero creo que por algún motivo lo sobrevaloró un poco. ¿Nunca se ha preguntado cuál es el papel de Eddie Mayo en el asunto Bayard?

—No he tenido motivos. En realidad...

—¿Tampoco el Jabalí le ha dicho nunca nada?

—En absoluto —dudó, intentando recordar—. ¿Qué debía haberme dicho?

—¿Estaba usted al corriente de que los servicios de inteligencia británicos han colaborado en el asunto Bayard, confirmando falsos informes?

—Algo de eso sé, en efecto.

—Los ingleses, con su habitual cinismo, juegan a la neutralidad; pero bajo cuerda hacen su propio juego. Hitler les parece un modelo de resurgimiento nacional, y están más interesados en recobrar los créditos que le concedió la City que en escuchar los tambores de guerra... Simpatizan con los fascistas y echan una mano cuando pueden, o les conviene.

—¿Y?

—Esta vez les convenía.

Dicho eso, Kovalenko giró sobre sus talones y caminó despacio, de vuelta hacia el túnel. Falcó, desconcertado, arrojó su colilla al río y se quedó mirando al ruso. Al fin reaccionó y fue detrás; y al llegar a su altura, el otro dijo:

—Eddie Mayo trabaja para el MI6.

Se detuvo Falcó en seco, cual si hubiera topado con una barrera invisible.

—No me lo creo.

—Pues créalo —Kovalenko se había detenido también—. Ya lo hacía el año pasado, cuando fue a fotografiar la guerra de España... Ignoro si su relación con Bayard ha sido sincera o profesional, pero durante todo este tiempo ha estado informando sobre él a los servicios secretos británicos, que a su vez han compartido ciertos datos con españoles y alemanes.

Falcó seguía inmóvil. Las últimas piezas sueltas encajaban ahora con precisión, y se sentía absolutamente estúpido.

—Creo que ella ha sabido siempre —dijo Kovalenko—, o sospechado al menos, que usted era un agente fascista.

Reflexionaba Falcó sobre eso. Precisamente sobre eso.

—Eso explicaría ciertas cosas —concluyó—. Ciertas actitudes —alzó la mirada del suelo barnizado de humedad hacia su interlocutor—... ¿De verdad cree que mis superiores estaban al corriente?

—No me cabe duda.

Entraron en el túnel. De nuevo el ruido de pasos en la oquedad.

—Creemos saberlo todo sobre las mujeres, y ya ve —dijo Kovalenko—. De pronto las miramos con más atención y lo que vemos nos hiela la sangre.

Al fin, Falcó se decidió a hacer la pregunta:

—¿Cómo queda Eddie después de lo de Bayard?

—Me temo que no queda de ningún modo.

El otro lo había dicho en tono neutro. Sin matices. No volvió a despegar los labios hasta que salieron del túnel. Los dos guardaespaldas esperaban disciplinados, inmóviles bajo la sombra más oscura de los árboles. Allí donde se habían quedado.

—Hay un punto de mi reputación que debemos tener en cuenta —comentó Kovalenko—. Todo el mundo ha creído estarnos engañando a los soviéticos, ¿comprende?... O más bien a mí en particular. Ustedes, los nazis, los británicos... Yo puedo estar haciendo mi propio juego, pero no me gusta que me tomen por tonto. Es una cuestión de respeto.

Seguía hablando en tono impersonal, desprovisto en apariencia de matices o sentimientos. Era la suya una objetividad opaca. Y eso, pensó Falcó, la hacía aún más siniestra que las palabras pronunciadas.

—Alguien tenía que pagar —prosiguió el ruso con la misma calma—. O, al menos, servir como prueba de que no me he estado chupando el dedo. Lo de Bayard está resuelto a satisfacción de todos. Y a usted, acabo de explicárselo, lo necesito vivo. De mensajero.

Se había detenido cortándole el paso, como si lo invitara a no seguir adelante y quedarse allí. Falcó recorrió despacio la silueta menuda y dura, perfilada por un escorzo de claridad lejana. Los ojos, relucientes en la penumbra, tenían un brillo despiadado. Duro y mortal.

—Se trata de reputación, como le digo —añadió Kovalenko tras un instante—. Un simple asunto de respeto entre servicios. Pero yo no tenía mucho donde elegir... Así que, descartado usted como chivo expiatorio, sólo me quedaba Eddie Mayo.

Dicho eso, se alejó seguido por los otros dos. Y las tres sombras se perdieron en la noche.

—¿Qué ocurre? —preguntó Falcó al conductor.

—No lo sé, señor. El paso está cortado.

Pagó los seis francos que marcaba el taxímetro, más uno de propina, y bajó del automóvil, cuyos faros iluminaban otros coches detenidos más adelante hasta bloquear el tráfico. Dejando atrás el puente Saint-Michel, caminó por la acera junto al parapeto del río sobre los muelles, teniendo a la izquierda la Cité y las torres oscuras de Notre-Dame. Al otro lado de la calle, dos gendarmes desviaban a los transeúntes. Más allá del parquecito Viviani había un remolino de curiosos, y también vecinos asomados a las ventanas próximas. Eso le hizo acelerar el paso, inquieto.

—No pueden pararse aquí —decía un gendarme.

—¿Qué ha pasado? —le preguntó Falcó.

—Circule... He dicho que circulen.

Siguió adelante, mirando a la derecha. Frente a la casa de Eddie Mayo había más uniformes oscuros y bailar de linternas. Entonces vio el cuerpo en el suelo, a un lado del asfalto. Estaba cubierto por una manta. Quiso detenerse, pero otro gendarme lo empujó, malhumorado.

—¿Qué ocurre?

—Una mujer se ha tirado desde el cuarto piso. Circule.

Continuó andando entre la gente que comentaba el suceso. Lo hizo cada vez más despacio, acompasando el andar con los lentos latidos de su corazón. Algo más allá se detuvo apoyado en el parapeto de piedra, junto al puesto cerrado de un buquinista, y miró abstraído las aguas oscuras del Sena. Se trata de reputación, había dicho Kovalenko. Un simple asunto de respeto.

Torcía Falcó la boca en una mueca fatigada, que también era amarga y cruel, mientras se palpaba la ropa en busca de un cigarrillo.

18. Epílogo

—Es horrible —dijo el Almirante—. Un verdadero engendro.

Él y Falcó se encontraban entre la gente que visitaba el pabellón español de la Exposición Internacional de Artes y Técnicas, inaugurado dos días atrás. A la izquierda de los ventanales que por ese lado iluminaban el recinto, bajo los grandes pilotes de acero que sostenían las vigas del techo, el *Guernica* ocupaba casi por completo el muro principal con su atormentada geometría de grises y negros.

—Podría haberlo pintado un niño de cuatro años.

—Pues hay a quien le gusta —apuntó Falcó.

El ojo de cristal y el ojo sano del Almirante dirigieron en torno una mirada furibunda. El jefe del SNIO se mordía el mostacho mientras aparentaba buscar, desafiante, a alguien que confirmase tales palabras.

—Es basura bolchevique —zanjó—. Además, tú de arte no tienes ni puñetera idea. Velázquez, Murillo, Goya... Eso es pintura de verdad. Esto, sin embargo, es... Es...

Se detuvo, buscando términos adecuados.

—¿Arte degenerado? —apuntó Falcó, malicioso.

—No, coño. Eso lo dicen los nazis, no mezclemos. Es, simplemente, una monumental tomadura de pelo.

Sonrió Falcó. Estudiaba el lienzo con atención, buscando diferencias con el que había destruido en la rue des Grands-Augustins. Pero apenas era capaz de encontrarlas. Aparte algunas pinceladas espesas que habían goteado a causa de las prisas, parecía casi idéntico. Sin duda las fotos del original hechas por la amiga de Picasso, Dora Maar, habían sido decisivas en eso.

—Al final no pudimos impedirlo —dijo.

El Almirante no tenía nada que reprocharle.

—Hiciste lo que podías, y estuvo muy bien. Los rojos han inaugurado su pabellón con mucho retraso, y las pasaron canutas para meter el cuadro a tiempo. Por lo menos hemos conseguido que les sangre la nariz.

Caminaron un poco alejándose del cuadro, junto a las mesas del café restaurante contiguo a éste. Al retroceder, contemplándolo de lejos sobre las cabezas del público, el Almirante casi tropezó con la barandilla metálica que circundaba una escultura en forma de fuente.

—*Fuente de Mercurio,* de Calder —gruñó, mirándola con el mismo mal humor—. Otro payaso... Como el segador de Miró que hay en el piso de arriba, que ni es segador ni es nada.

—Hoy lo veo poco tolerante, señor.

—Tolerante y un carallo. Me sacan de quicio estos rojos estafadores con su burda propaganda. Ya has visto las fotos de antes: milicianos salvando patrimonio artístico de iglesias destruidas por los fascistas... ¿Hay mayor cara dura?

—Cada cual se lo monta como puede.

—Cállate esa boca.

—A la orden.

—Eso mismo. A mi orden.

El jefe del SNIO sacó de un bolsillo la pipa vacía y se puso a morder la boquilla con fiereza.

—Cuánto cuento y cuánta mierda —dijo.

Y tras dirigir una última mirada censora en torno, hizo con la cabeza un ademán indicando la salida.

—Vámonos de aquí, que me estoy poniendo enfermo.

Cruzaron el patio cubierto con fotomontajes, carteles y estadísticas sobre los logros de la República, encaminándose a la escalera que bajaba hasta el nivel de la calle. Allí, con los brazos en jarras tras ponerse el sombrero, entornados aún los ojos por el resplandor del sol, el Almirante se detuvo junto a un alto tótem semejante a un cactus, ante el cartel colgado en uno de los muros del edificio: *Hay en las trincheras más de medio millón de españoles con bayonetas que no se dejarán pisotear.*

—Ellos mismos se desprestigian con estos disparates. Mira las caras de la gente, o lee lo que publican los periódicos. Todos ponen el *Guernica* a caer de un burro... Si con eso pretenden conmover a la clase trabajadora internacional, van listos.

—Supongo que sí —admitió Falcó—. El proletariado toca otra música.

—Vaya si la toca. Y la baila.

Se alejaron entre la multitud y los vendedores de recuerdos y tarjetas postales. Por la megafonía se oían mensajes en media docena de idiomas, el ambiente era festivo y la avenida central hormigueaba de gente a ambos lados de los surtidores de la gran fuente central, bajo los carteles indicadores de los pabellones más próximos: Egipto, Polonia, Uruguay, Portugal.

—Tengo un informe delicioso —dijo el Almirante— sobre la oferta que Picasso ha hecho al presidente Aguirre para que el gobierno vasco se quede con el cuadro al acabar la Exposición. Te tronchas de risa con los comentarios. Dicen que no, gracias. ¿Y sabes cómo lo ha descrito el propio Ucelay, el pintor vasco comisario del pabellón?... «Son siete por tres metros de pornografía que se cagan en Guernica, en Euskadi y en todo.»

Se detuvo, complacido con sus propias palabras. Mirando a Falcó cual si lo considerase testigo importante de todo aquello.

—Pero ahí lo tienen, qué remedio. Comiéndoselo con patatas —le dio un golpecito con el caño de la pipa en un hombro—. Querían Picasso, ¿verdad?... Pues toma Picasso.

Falcó, inclinado el panamá sobre los ojos, alzaba el rostro para contemplar los pabellones alemán y soviético, situados a cada lado de la avenida: una enorme torre de cemento bajo un águila dorada con la esvástica entre sus garras y también en el círculo blanco de dos grandes banderas rojas, ante una escultura de casi treinta metros con una pareja de obreros, hombre y mujer, hoz y martillo en mano, anunciando un glorioso futuro proletario. Dos totalitarismos frente a frente.

El Almirante seguía su mirada con curiosidad.

—¿Qué te parecen? —inquirió.

Lo pensó un momento Falcó.

—Simetría.

—¿Sólo eso?

—Simetría siniestra, ya que lo pregunta.

Miró de nuevo el Almirante los dos pabellones, ahora con más detenimiento.

—Tienes razón —concluyó—. Acojonan, ¿verdad?

—Sí.

—Son malos tiempos para la arquitectura menor.

—Y que lo diga.

—A ver cómo sale la pobre España de lo que viene.

—O de lo que tiene ya.

Había una terraza con una mesa libre y fueron a sentarse allí, cerca de los surtidores de la fuente grande. Más allá del puente de Jena, recortada en un cielo muy azul sobre los pabellones situados en la otra orilla, se alzaba la estructura metálica de la torre Eiffel.

—¿Cuándo vuelves a España? —preguntó el Almirante.

—En el expreso de mañana a Hendaya. ¿Y usted?

—Te veré en Salamanca la semana próxima, pues tengo asuntos aquí. Preséntate el viernes.

—Usted manda, señor.

—Hasta entonces, no te metas en líos consolando a esposas de guerreros ausentes... Recuerda que allí casi todos los maridos llevan pistola.

Pidieron cinzanos y rechazaron a un vendedor que pretendía colocarles el álbum de la Exposición por veinticinco francos. Muy caro, decía el Almirante. *Très cher*. Se abanicaba con el sombrero.

—Hiciste buen trabajo con Bayard, ¿sabes?... O no fue malo del todo.

—¿Intuyo un elogio, Almirante?... Ése no es su estilo. No me acostumbre mal.

—Bueno. Que no sirva de precedente. Pero a veces te equivocas y haces las cosas medio bien —miró en torno y bajó la voz—. ¿Crees que aparecerá alguna vez el cuerpo?

—Lo dudo.

—Estilo soviético, ya sabes. Dejar la cosa ambigua, insinuando una fuga, un retiro dorado. Es marca de la casa. Acaban de hacerlo en Barcelona con un trotskista que dicen se ha pasado a nuestro bando, Andrés Nin, y que a estas horas estará más muerto que mi abuela... La duda destruye más que las certezas.

Llegaron los vermuts, y el Almirante mojó el mostacho en el suyo. Luego alzó el vaso para observarlo al trasluz y pareció complacido. Bebió de nuevo.

—¿Me permite una pregunta, Almirante?

—Hazla y veremos si te la permito.

—¿Desde cuándo sabía usted que Eddie Mayo era una agente británica?

—Desde el principio.

—¿Y por qué no me puso al corriente?

—Porque no me dio la gana. Esa información te era innecesaria.

—¿Estaba ella al tanto de nuestra operación Bayard?

—Para nada... Siempre creyó que sus informes eran más o menos inofensivos. Que el MI6 sólo pretendía tener a Bayard bajo control.

—¿Nunca vio venir lo que estábamos montando?

—Cuando al fin se dio cuenta, en parte por tu intervención, era demasiado tarde.

—Incluso para ella.

—Sí.

—Yo podría haber...

—Tú no podías un carallo. Y ya vale. No te metas en lo que no te importa.

—Eso me importa, señor.

—¿Por qué?... Es asunto de los ingleses, no nuestro —lo miró con súbito recelo—. ¿O es que llegaste con ella a mayores?

—En absoluto.

—Era guapa, creo.

—¿Nunca vio una foto suya?

—Me parece que no.

—Pues sí —Falcó bebió un sorbo de vermut—. Lo era.

Suspicaz, el ojo sano del Almirante seguía estudiándolo.

—De un desalmado como tú me lo espero todo.

—Le digo que no, señor. Negativo. Ausencia de contacto.

—¿Miraste al soslayo, fuiste y no hubo nada?

—Hubo que la asesinaron. Ante mis narices.

—No fue culpa tuya.

—No es eso, señor... Kovalenko lo ordenó casi como una broma personal, para burlarse de nosotros. Y me fastidia que se vaya de rositas. Sin pagar el precio.

—Tú también matas, chico.

—Ya pagaré cuando me toque.

—Pues a ese caimán bolchevique tampoco le toca, de momento. Y en cualquier caso, lo de la mujer es una minucia en su currículum. Como aplastar una mosca.

—Lo sé.

—Échate agua fría por la cabeza y olvídalo.

Miraron alrededor. Junto al puente se veían las velas de los barquitos que evolucionaban en el río. Por la megafonía sonaba ahora una canción de Tino Rossi.

—No tengo por qué contarte nada —dijo el Almirante—, pero puedo decir que ese cabrón coopera. Es una carambola inesperada, y la gestionaste de maravilla. Lo tengo en una casita de campo entre encinas y cochinos de bellota, bien vigilado. Nos lo da con cuentagotas, administrando su capital; pero resulta valiosísimo: nombres, contactos, agentes en nuestra zona, operaciones de gran envergadura, secretos gubernamentales... Lo estamos exprimiendo como Dios manda.

—Hasta donde se deje.

—Ah, claro. Ha dicho que sobre ciertas cosas seguirá punto en boca. Supongo que se trata de su seguro de vida con el Kremlin, o algo así... Desde luego, es un fulano notable: frío, metódico, cruel, inteligente... Con esa pinta de pobre hombre a primera vista, hasta que te sientas enfrente, lo miras a los ojos y te percatas de que es un perfecto hijo de puta, estilo Parménides —le dirigió una ojeada dudosa—. ¿Sabes quién era Parménides?

—Ni idea.

—Es igual. Redondo, quiero decir. Compacto y sin poros. Me refiero a Kovalenko. Incluso su hija tísica lo hace pestañear lo justo.

Pasó un pequeño tren eléctrico lleno de gente, haciendo sonar la campanilla. Pensativo, el Almirante lo miró abrirse camino entre la multitud y cerrarse luego ésta tras su paso.

—Cuando termine, que será dentro de unos meses, cumpliremos con el trato... Nuestro común amigo el coronel Queralt quiere echarle el guante y fusilarlo sin más trámite, según el recio laconismo de su estilo; pero nosotros contamos con el beneplácito de Nicolás Franco, que es hombre pragmático. Y el Caudillo nos respalda en eso.

—¿Ya ha dicho adónde quiere ir?

—Se inclina por Sudamérica. De todas formas, lo que le ofrecemos es inmunidad y cobertura por algún tiempo. Punto. No va a sacarnos ni una perra gorda.

—Dijo que disponía de ahorros.

—Sí. En Suiza, me parece. Menudo pájaro.

El Almirante apuró el vermut, dejó el vaso sobre la mesa y se enjugó con un dedo el mostacho.

—No le envidio el resto de su vida mirando por encima del hombro —dijo tras un momento— y cada vez que llamen a su puerta, pensar que puede ser un asesino enviado por Stalin... Pero oye. Cada cual se busca los garbanzos como puede.

Se quedó mirando a Falcó como si esperase un comentario de su parte, pero éste no dijo nada. Al cabo de un rato, el Almirante sacó el reloj de un bolsillo del chaleco y consultó la hora.

—Tengo cosas que hacer... ¿Te dejo en algún sitio?

—Prefiero dar un paseo.

—Acompáñame hasta el coche. Tienes ahí la cartera que le dejaste a mi chófer.

—Sí, es verdad.

—Pues venga —se habían puesto en pie—. Paga y andando.

—Sólo son cinco francos, señor —protestó Falcó contando monedas en la palma de la mano—. Una miseria. Podría usted estirarse alguna vez.

—Ya me estiro pagándote cuatro mil pesetas al mes, más gastos... Además, no llevo suelto.

Caminaron hacia la puerta que daba al quai de Passy, donde estaban aparcados los automóviles. El Almirante se volvió dos veces de reojo a Falcó, sin decir nada.

—De tu amiga la Neretva no tenemos noticias —comentó al fin—. Cero absoluto. Su rastro se perdió en Moscú.

Falcó miraba a los transeúntes con expresión inescrutable.

—No le he preguntado por ella.

—Cierto, no lo has hecho. Eres un muchacho duro y todo eso... Pero como soy tu jefe, comento lo que me sale de las narices. ¿Lo captas?

—Lo capto.

Anduvieron un poco más, en silencio. Falcó caminaba con las manos en los bolsillos, inclinada el ala del sombrero. Tras unos pasos asintió muy despacio, dos veces, como al término de un razonamiento íntimo.

—Sé que está muerta.

—Sí. Kovalenko opina lo mismo.

Se quedaron callados otra vez. Los sonidos de la megafonía se apagaban a su espalda. Numeroso público cruzaba la verja camino de la estación de metro cercana.

—Lo de Tánger...

—Olvide lo de Tánger, señor. Ocurrió hace siglos.

Habían llegado junto al Mercedes del Almirante. Un chófer uniformado de gris, con gorra y polainas, salió del coche y abrió la puerta trasera. Falcó le pidió que abriese también el maletero y sacó de allí la cartera de piel que había dejado antes de entrar en el recinto.

—Tengo un regalo para usted, señor.

—¿Un regalo?

—Así es. Un souvenir de París. De la Exposición, en concreto.

Hizo alejarse al chófer. Después sacó un llavín del bolsillo, abrió la cerradura y puso el contenido de la cartera en manos del otro: un retal grande de lienzo pintado de gris, doblado sin miramientos en dos.

—¿Qué coño es este pingajo?

—Un trozo del *Guernica*. La cabeza del caballo.

El jefe del SNIO dio un respingo que casi lo alza del suelo. Volvió a doblar el lienzo a toda prisa, mirando con sobresalto al chófer, y luego a uno y otro lado.

—No fastidies.

—Se lo juro. Lo corté antes de ponerle el petardo al cuadro.

—¿Y para qué?

—Como prueba del sabotaje. Por si algo salía mal, que usted se lo creyera.

El Almirante lo miraba, estupefacto. Volvió a entreabrir a medias el trozo de lienzo, estudiándolo preocupado, y lo dobló de nuevo.

—¿Y qué quieres que haga con esto?

—Pues no sé —Falcó sonreía como un escolar desvergonzado—. Lo mismo le apetece ponerlo en un marco y colgarlo en su despacho.

—¿En mi despacho?... Tú estás mal de la cabeza, hombre.

—Considérelo un trofeo de guerra.

El ojo de cristal y el ojo sano del Almirante convergían con extrema fijeza en Falcó. Imposible saber si era una mirada de cólera o de diversión contenida.

—Guárdate esta basura, anda —le golpeó el pecho con el lienzo al devolvérselo—. Tíralo por ahí. Con discreción, claro... No sea que lo encuentre quien no debe y vayamos a liarla.

—Yo no lo necesito. Tengo un retrato que me hizo.

—¿Picasso a ti? —el Almirante se había quedado con la boca abierta—. ¿Un retrato?

—Como lo oye.

—Joder.

—Sí.

Seguía el otro mirándolo como antes. Al fin se quitó el sombrero y pasó la mano por el cabello duro y gris, como si de pronto sintiera demasiado calor.

—Tú no eres católico practicante, ¿verdad, chico?... De comunión y tal.

—No demasiado.

—Claro —el jefe del SNIO asentía irónicamente comprensivo—. Tendrías que ir a confesarte... Y en tal caso, después de escuchar cinco minutos, el cura colgaría la sotana para hacerse rico escribiendo un libro.

Se detuvo mientras se ponía el sombrero, y ahora no había duda: Falcó advirtió que el ojo sano destellaba burlón. Con evidente regocijo.

—Aunque hay otra posibilidad, claro. Que, recibida la absolución, te cargaras al cura.

Dicho eso, el Almirante volvió brusco la espalda y se metió en el asiento trasero. Un poco después, Falcó veía alejarse el automóvil. Cuando lo perdió de vista, volvió sobre sus pasos y caminó despacio hasta la orilla del Sena, donde estuvo un buen rato mirando los balandros que navegaban con las pequeñas velas henchidas por la brisa.

Al cabo de un momento encendió un cigarrillo. Con él humeando en la comisura de la boca, apoyado inmóvil en la barandilla sobre el río, tenía buen aspecto: alto y apuesto, inclinado el sombrero sobre la ceja derecha, el traje claro bien cortado, la corbata de seda roja sobre la camisa impecable, el rostro moreno y los ojos grises que contemplaban el mundo con tranquila curiosidad. Dos mujeres jóvenes, bonitas y bien vestidas, que pasaban en uno de los veleros, lo saludaron agitando las manos, y él se tocó con dos dedos el ala del panamá para devolver el saludo, con una sonrisa que pareció abrirle un espléndido trazo blanco en la cara.

Después dejó caer el cigarrillo, lo aplastó con la suela del zapato y se alejó sin prisa, perdiéndose de vista entre la gente. Con la cartera y el trozo del *Guernica* bajo el brazo.

Buenos Aires, mayo de 2018

Índice